Sommerfreundinnen

Das Buch

Mehr als dreißig Jahre lang waren die vier beste Freundinnen. Dann stirbt Sonja ganz überraschend. Ein letztes Mal verblüfft sie ihre Freundinnen Susanne, Maggan und Rebecka: Mit dem Wunsch »Ich will, dass ihr glücklich werdet« schickt sie die drei auf eine abenteuerliche Reise zu ihren ganz privaten Orten des Glücks. Zunächst zögern die drei. Sollen sie ihr bequemes Leben wirklich so einfach für einen Neuanfang hinter sich lassen? Es erfordert Mut, sich in die Welt hinauszuwagen. Doch Sonja hat nichts dem Zufall überlassen. Aufregende Abenteuer erwarten die Freundinnen in London, Paris und auf Mallorca. Das neue Leben ist nicht immer einfach, aber gemeinsam nehmen sie jedes Hindernis. Und Sonja zeigt ihnen, wie viel das Leben an Freundschaft, Glück und Liebe noch zu bieten hat.

Die Autorin

Åsa Hellberg wurde 1962 in Fjällbacka geboren. Heute lebt sie mit Sohn, Katze und ihrem Lebensgefährten in Stockholm. Sie arbeitete unter anderem als Flugbegleiterin, Coach und Dozentin, bevor sie mit dem Schreiben begann. *Sommerfreundinnen* ist ihr erster Roman. Er war in Schweden ein großer Überraschungserfolg und erscheint in zehn Ländern.

Åsa Hellberg

Sommerfreundinnen

Roman

Aus dem Schwedischen
von Sarah Houtermans

List Taschenbuch

Besuchen Sie uns im Internet:
www.list-taschenbuch.de

FSC
www.fsc.org
MIX
Papier aus verantwortungsvollen Quellen
FSC® C083411

Deutsche Erstausgabe im List Taschenbuch
List ist ein Verlag der Ullstein Buchverlage GmbH, Berlin.
1. Auflage April 2014
2. Auflage 2014

Titel der schwedischen Originalausgabe:
Sonjas sista vilja (Bra Böcker 2012)
Umschlaggestaltung: bürosüd° GmbH, München,
unter Verwendung einer Vorlage von BVDT, Amsterdam
Titelabbildung: Picture Press / © Thorsten Suedfels
Satz: Pinkuin Satz und Datentechnik, Berlin
Gesetzt aus der Stempel Garamond
Papier: Holmen Paper Hallsta, Hallstavik, Schweden
Druck und Bindearbeiten: CPI books GmbH, Leck
Printed in Germany
ISBN 978-3-548-61205-8

Für Jonathan

1

Es war durchaus außergewöhnlich, dass eine tote Frau vor dem Eingang von Åhléns lag. Aber Sonja Gustavsson war schließlich auch zu Lebzeiten nie eine gewöhnliche Frau gewesen.

Sie hatte nicht geplant, mitten im Farsta Einkaufszentrum zu sterben, aber sie hätte nichts dagegen gehabt. Sonja hatte seit vielen Jahren mit der Aussicht auf den Tod gelebt. Ihr Arzt hatte ihr bereits 1983 ins Gewissen geredet, aber ein Leben ohne gutes Essen, Zigaretten und Alkohol wäre für sie einem langsamen Tod gleichgekommen. Und viel schlimmer gewesen, als mitten in einem Shoppingcenter einen massiven Herzinfarkt zu erleiden.

Bevor sie nun mit vierundfünfzig Jahren ihren letzten Seufzer ausstieß, konnte sie gerade noch denken, wie gut es doch war, dass sie ihr Testament vor kurzem ein letztes Mal geändert hatte.

Die neue Fassung war einfach *so viel* amüsanter.

2

Auf dem Weg zum Flughafen Arlanda betrachtete Susanne ihre Fingernägel und stellte fest, dass die rote Farbe trotz mehrerer Lackschichten an einer Ecke abgeblättert war. Verdammt. Sie hatte keine Zeit, sie jetzt noch einmal neu zu lackieren. Im Bus war das ohnehin keine gute Idee. Sie würde sowieso rennen müssen, sie war schon spät dran gewesen, als sie um halb sieben in den Bus gestiegen war. In einer Stunde hatte die ganze Besatzung bereitzustehen, und sie musste sich ranhalten, wenn sie rechtzeitig kommen wollte.

Lieber Gott, bitte mach, dass er heute nicht dabei ist, dachte sie, als der Bus auf der E4 Richtung Flughafen raste. Sie lächelte. Wie oft hatte sie hier gesessen und sich genau das Gegenteil gewünscht? Gehofft, dass Anders da sein würde, dass er aus der Bereitschaft zum Dienst gerufen worden war, wenn er keinen regulären Flug hatte.

Obwohl sie ihr Verhältnis schon vor über drei Monaten beendet hatte, hätte sie Flüge mit ihm nach wie vor lieber vermieden. Sie wusste, wie anfällig sie für sein aggressives Werben war, wenn sie auf dem Weg irgendwohin waren, wo sie auch übernachteten. Laut Plan würde sie heute nach Oslo fliegen, und deshalb war es besonders wichtig, dass Kapitän Anders Schultz sich weit weg von ihrem Hotelzimmer befand.

Aber Gott erhört unsere Gebete nicht immer. Anders' dunkle Stimme war bereits von draußen zu hören, und Susanne schaffte es gerade noch rechtzeitig, ihr professionelles Gesicht aufzusetzen, auch wenn ihr Magen revoltierte. Sie dankte dem Himmel, dass er sie wenigstens vorgewarnt hatte, öffnete die Tür und ging hinein.

»Hallo zusammen, schön, euch zu sehen. Wie geht's?«, fragte sie in den Raum hinein, während die erste Kollegin schon aufsprang und ihr entgegenstürmte.

»Susanne, wie wunderbar, wir haben uns ja ewig nicht gesehen. Zuletzt beim Zwischenstopp in Helsinki, oder? Das ist Monate her. Wie geht's dir? Warst du im Urlaub? Du bist so braun gebrannt und gut erholt, wie machst du das nur? Ich kriege so frühmorgens kaum die Augen auf!« Ihre Kollegin erwartete keine Antwort auf das Geplapper, und während Susanne tat, als höre sie zu, behielt sie aus dem Augenwinkel Anders im Blick. Er wirkte zufrieden. Schwer zu sagen, ob das an seiner selbstgefälligen Art lag oder daran, dass sie den Raum betreten hatte. Sicher seine Selbstgefälligkeit, entschied Susanne. Wenigstens war ihr sofort wieder klar, weshalb eine Beziehung mit ihm völlig unmöglich war. *Ach ja, und außerdem ist er verheiratet*, fügte sie in Gedanken hinzu, als wäre das nur ein unwesentliches Detail. Aber so war es nicht. Im Gegenteil, es spielte eine ganz entscheidende Rolle. Selbstverständlich war seine Ehe furchtbar, das hatte er so oft wiederholt, dass Susanne sich fragte, ob er vielleicht einen kleineren Hirnschaden hatte. Denn nach ihrer Vorstellung beendete man eine Ehe, wenn darin weder Liebe noch Sex vorkamen. Aber für Anders gab es Hunderte von Gründen, um bei seiner Frau zu bleiben. Haus, Autos, Kinder, Schwiegereltern, um all das tat es ihm leid. Ganz sicher würde er seine Frau verlassen, nur noch nicht jetzt. Er sagte, ohne Susanne könne er nicht leben, aber sie glaubte ihm nicht eine Sekunde lang.

»Susanne, wie schön, dich zu sehen! Wie geht's dir?«, fragte der Pilot mit einem Augenzwinkern, als er sie auf dem Weg zum Flugzeug einholte.

»Danke, gut. Und dir? Wie läuft's mit deiner Familie? Hattet ihr einen schönen Urlaub?«, sagte sie und schnitt dabei eine Grimasse, die ein Lächeln darstellen sollte.

»Aber sicher. Alles wie immer. Wir haben viel mit den Kindern unternommen, du weißt schon. Ich erzähl dir später gern mehr, wir haben ja einen gemeinsamen Abend in Oslo vor uns. Bei dem schönen Wetter könnten wir doch zusammen ein Glas Wein in Akers Brygge trinken ... Ich hab dich vermisst, Susanne«, flüsterte er und legte seine Hand auf ihren Arm.

Sie erschauderte. »Nein, mit einem Glas Wein in Akers Brygge wird das nichts, und ehrlich gesagt, ich habe dich überhaupt nicht vermisst«, sagte sie, während sie seine Hand abschüttelte.

Das war gelogen. Sie vermisste den Sex mit ihm. Das war aber auch schon alles. Sie würde sich unter keinen Umständen noch einmal mit ihm einlassen, auch wenn ihr Körper gerade etwas anderes wollte. *Es wird wirklich Zeit für die Wechseljahre*, dachte sie, als sie den Rest des Weges über die Gangway zurücklegte. Die sexuelle Unlust, von der ihre älteren Freundinnen erzählt hatten, erschien ihr plötzlich äußerst verlockend.

Als das Kommando »Cabin Crew, Cross-check« ertönte, tat Susanne wie geheißen. Sie war den ganzen Tag über ständig auf Trab gewesen und sehnte sich nach ihrem Hotelzimmer. Weil sie ganz hinten in der Kabine arbeitete, hatte sie glücklicherweise kaum Kontakt mit dem Cockpit. Ihr reichte es schon, wie ihr Körper reagierte, sobald sie seine Stimme hörte. Manche Piloten machten gerne Durchsagen, und Anders war einer von ihnen. Susanne versuchte, abzuschalten und sich ganz auf die Fluggäste und ihre Bedürfnisse nach Wasser, Kaffee, Tee oder Wein zu konzentrieren. Wenn der letzte Flug für heute vorbei war, würde mit Sicherheit eine neue Einladung von ihm kommen. Da war es besser, so lange wie möglich an anderes zu denken.

Susanne hatte Beziehungen, die nirgendwohin führten, gründlich satt. Sie hatte ihr ganzes Leben darauf verschwendet. Ihr war klar, dass es ihre eigene Entscheidung war, immer wieder solche sinnlosen Verbindungen einzugehen. Das Beste an dieser Einsicht war, dass sie jetzt damit aufhören konnte. Vermutlich sehnte sie sich insgeheim nach Liebe, aber Susanne musste sich eingestehen, dass sie ihr bisher nicht einmal nahegekommen war. Ihre zwei längeren Beziehungen waren am Ende gescheitert und hatten ihr nicht gerade Lust auf mehr gemacht, und der Gedanke, ihr Leben mit Anders zu teilen, war geradezu unangenehm.

Susanne schaffte es, Anders' Annäherungsversuche auf dem Weg zum Hotel abzuschmettern, und als sie in ihrem Zimmer angekommen war, konnte sie sich endlich entspannen. Sie hängte ihre marineblaue Uniform auf, holte eine frisch gebügelte Bluse aus ihrem Gepäck und hängte sie im Badezimmer über einen Bügel. Der Wasserdampf aus der Dusche würde sie wieder ganz glatt werden lassen. Sie schlüpfte aus ihrer Strumpfhose und der Seidenunterwäsche, warf sie in ihre kleine Reisetasche und streckte sich nackt auf dem Bett aus. Wenn sie sich ein Omelett und einen Saft aufs Zimmer bestellte, musste sie es heute gar nicht mehr verlassen. Sorgen, dass ihr bis zum Frühstück am nächsten Morgen langweilig werden könnte, machte sie sich nicht. Etwas zu essen, eine Dusche und der Fernseher reichten ihr voll und ganz. Und um das prickelnde Gefühl, das sich nach der Begegnung mit Anders in ihrem Unterleib ausgebreitet hatte, konnte sie sich auch selber kümmern.

Als es eine Stunde später diskret an der Tür klopfte, war sie völlig mit sich selbst beschäftigt, und in dem Moment, als es noch einmal klopfte, kam sie, und der Orgasmus, so wohlbekannt wie intensiv, wallte in Schüben durch ihren Körper.

Gott sei Dank, das war perfektes Timing, dachte sie, als klar war, dass Anders aufgegeben hatte. *Gott sei Dank.*

3

Noch fünf Jahre, nur noch fünf Jahre, sagte sich Rebecka, als sie vor der Firma parkte. Sie rechnete nicht damit, dass man ihr anbieten würde, mit fünfundfünfzig in Rente zu gehen, war sich aber ziemlich sicher, dass man sie nicht länger würde behalten wollen, wenn sie die sechzig überschritten hatte. Was sie dann mit all der freien Zeit anfangen sollte, wusste sie zwar noch nicht, aber das war auch nicht so wichtig. Sie wollte einfach nur diesen ganzen Stress loswerden.

Ihrer kühlen Erscheinung war nicht anzumerken, was in ihrem Inneren vor sich ging. Ganz im Gegenteil, sie wirkte wie immer unglaublich ruhig und konzentriert. Ihr schulterlanges dunkles Haar war sorgfältig gefärbt, um die grauen Strähnen zu verdecken, und im Nacken zu einem Knoten zusammengesteckt. Ihre Kleidung – Blazer und dazu ein knielanger Rock – war tadellos, fast langweilig.

»Hallo«, grüßte Rebecka, als sie durch die Schwingtür trat und an der Empfangsdame vorbeiging, die ihr mit einem Winken bedeutete, dass sie ans Telefon gehen musste. Statt also kurz mit ihr zu plaudern, holte Rebecka tief Luft, sagte sich, eine positive Einstellung sei alles, und nahm den Aufzug in den zweiten Stock, wo die Geschäftsführung saß.

»Rebecka, gut, dass du kommst. Ich muss unbedingt etwas mit dir besprechen.« Lena, ihre Assistentin, war rot im Gesicht und trat nervös von einem Bein aufs andere.

»Gib mir fünf Minuten, ich brauche erst mal eine Tasse Kaffee«, antwortete Rebecka, während sie ihren Blazer aufhängte.

Sie hatte die Pausenecke noch ganz für sich – einer der vielen guten Gründe, früh zur Arbeit zu kommen. Während die Kaffeemaschine gurgelte, überlegte Rebecka, ob sie sich ein Stück Gebäck nehmen sollte, entschied sich aber dagegen. Sie musste noch weitere fünf Jahre lang in ihre Kleider passen. Danach konnte sie anfangen zu essen.

»Es geht nicht, ich kann den Quartalsbericht nicht schreiben, wenn ich die Unterlagen nicht bekomme, die ich dafür brauche.« So begann Lenas erstes Klagelied des Tages. Es würden weitere folgen, und Rebecka hörte nur mit halbem Ohr zu. Sobald irgendetwas in diesem Sermon tatsächlich ihre Aufmerksamkeit erforderte, merkte sie es schon. Stattdessen dachte sie an das Treffen mit dem Management, das heute anstand. Sie wusste, dass der kaufmännische Geschäftsführer ihren Vorschlag unterstützen würde, weil er verstand, was sie damit bezweckte. Die Marketingchefin, eine richtige alte Xanthippe, würde sich wahrscheinlich querstellen, aber das war nichts Neues, auf ihre Reaktion war Rebecka vorbereitet. Der Personalleiter und der Einkaufschef würden wie immer schweigend dasitzen – sie waren ohnehin nur aus formalen Gründen überhaupt im Management vertreten. Der Fabrikeigentümer war dagegen jemand, den Rebecka nie einschätzen konnte, und der neue Verkaufschef würde sich vermutlich zurückhalten, wofür Rebecka gerade heute dankbar war.

»Danke, dass du mir zugehört hast, mir geht es

schon viel besser«, sagte Lena und wischte sich die Tränen ab. »Verdammt, ich bin einfach zu feige. Aber du hast völlig recht: Ich werde mich durchsetzen«, fuhr sie fort.

Rebecka, die keine Ahnung hatte, wovon ihre Assistentin sprach, schaute sie erstaunt an. Anstatt ihr zu antworten, lächelte sie sie an und hoffte, dass so ein aufmunterndes Lächeln aussah.

Quartalsberichte waren eigentlich eine altmodische Angelegenheit, aber für die vierteljährlichen Konferenzen des Verkaufsteams erfüllten sie immer noch ihren Zweck. In der obersten Chefetage schaute man selten auf diese Zahlen, deshalb schickte Rebecka den Bericht, den ihr Lena zwei Stunden später auf den Schreibtisch legte, sofort weiter an die Verkaufsabteilung. Dass er zuerst der Geschäftsführerin vorgelegt wurde, war eine Tradition, die Rebecka von ihrem Vorgänger übernommen hatte. Viele Abläufe stammten noch aus seiner Zeit, aber Rebecka hatte sich darauf konzentriert, akute Missstände zu beseitigen; von denen hatte es jede Menge gegeben, als ihr vor acht Jahren die Geschäftsführung übertragen worden war. Ihr Vorgänger hatte viel zu lange auf seinem Posten gesessen und darüber den Scharfblick verloren. Die Konkurrenz hatte im Laufe der Jahre aus seinen Fehlern Profit geschlagen, trotzdem machte JH Foods einfach immer so weiter wie bisher. Das Unternehmen, das zwanzig Jahre lang marktführend gewesen war, hatte diese Position daher längst verloren, als Rebecka Geschäftsführerin wurde.

Jetzt, wo der Betrieb wieder glänzend dastand,

war es ihr egal, dass einiges beim Alten geblieben war. Den Angestellten vermittelte es ein Gefühl von Sicherheit, und sie konnte damit gut leben. *Noch fünf Jahre*, murmelte sie auf der Treppe nach oben zum Konferenzsaal vor sich hin und wünschte sich, sie könnte noch heute ihre Kündigung einreichen.

Die Sehnsucht nach einem ganz anderen Leben überkam sie keineswegs plötzlich, aber bisher war sie gut darin gewesen, sie zu verdrängen. Was sollte sie auch mit dem Rest ihres Lebens tun, wenn sie nicht mehr arbeitete? Sie, die fünfundfünfzig Jahre alt war und Single, keine Kinder oder Enkelkinder hatte. Nähen? Stricken? Golf spielen? Sie hatte keine Ahnung. Sich von etwas wegzuträumen war einfach, aber was wünschte sie sich stattdessen? Sie würde wohl gezwungen sein, sich in den nächsten fünf Jahren ein Ziel und einen neuen Lebenszweck zu suchen.

»Herzlich willkommen. Sie haben keine Tagesordnung für unsere außerplanmäßige Sitzung bekommen, aber Sie werden gleich verstehen, warum. Lena, teilst du bitte unser Programm aus?«

4

»Oma, guck mal! Guck mal, ich schaukle!«

Sie hatte eigentlich überhaupt keine Lust, schon wieder zu schauen, tat es aber natürlich trotzdem, wie jede gute Oma, wenn das Enkelkind Aufmerksamkeit begehrt. Sogar dann noch, wenn das jede zweite Minute passiert.

»Ich schaue ja, Alexander. Toll machst du das!«

Ihre Tochter hatte sie schon oft ermahnt, Alexander nicht pausenlos zu loben. Stattdessen sollte sie sich darüber freuen, dass er Spaß hatte. Aber ihr war das egal. Wenn ihr Enkel von ihr hören wollte, wie gut er etwas machte, bekam er das von ihr auch zu hören. Schon bald würde er zu groß sein, um zu schaukeln, und bis dahin würde sie ihn dafür loben.

»Hör mal, mein Schatz, was hältst du davon, wenn wir nach Hause gehen und es uns gemütlich machen, bis Mama dich abholt?«, sagte Maggan, während sie sich von der Bank auf dem Spielplatz erhob.

»Kommt drauf an«, antwortete Alex.

»Und worauf kommt es an?«

»Kommt drauf an, ob du Eis für mich hast.«

»Ich hab doch immer Eis für dich.«

Zufrieden über ihre Antwort, nahm der braunäugige Blondschopf seine Oma an der Hand, und zusammen gingen sie hinüber zu Maggans Reihenhäuschen.

»Oma?«

»Ja?«

»Bist du alt?«

»Nein, absolut nicht. Warum fragst du?«

»Weil du graue Haare hast. Und so viele Falten. Wenn man alt ist, stirbt man.«

»Ja, das stimmt. Aber ich bin kerngesund und eigentlich auch noch gar nicht so alt.«

Alex sagte nichts mehr und vergaß ihr Gespräch, sobald er ihre Gartenpforte erblickte. Er ließ die Hand seiner Oma los und begann zu rennen.

»Beeil dich, Oma! Beeil dich, bevor das Eis schmilzt.«

»Dein Prachtkerl von einem Sohn findet, dass ich alt aussehe«, berichtete Maggan ihrer Tochter, als sie kam, um Alex abzuholen. Und noch lange nachdem die beiden gefahren waren, dachte sie darüber nach, was der Fünfjährige gesagt hatte. Maggan selbst hielt »alt« zwar für eine Übertreibung, aber sie fragte sich, ob sie nicht mit den Jahren ihren Schwung verloren hatte.

Was Alex über ihre Haare gesagt hatte, stimmte. Sie hatte sie vor drei Jahren zuletzt gefärbt und sich mittlerweile an die grauen Strähnen gewöhnt. Sie fand sie sogar recht hübsch. Was sie dagegen störte, waren ihre Augenbrauen. Die kleinen Härchen standen in alle Richtungen ab. Selbst wenn sie die widerspenstigsten auszupfte, blieben sie nie in derselben Richtung liegen.

Der neueröffnete Kosmetiksalon in ihrer Straße hatte allerlei Haarbehandlungen im Angebot, Augenbrauen inklusive. Maggan beschloss, sich dort zumindest beraten zu lassen. Der arme Alex konnte doch nicht mit einer Oma durch die Gegend ziehen, die alt aussah.

Weil sie nach diesen Überlegungen zum Thema Augenbrauen etwas Aufmunterung brauchte, rief sie Sonja an, die inzwischen von ihrer Tour zum Farsta Shoppingcenter zurück sein musste. Sonja ging nicht ans Telefon, also hinterließ Maggan ihr eine Nachricht und holte dann ihren Putzeimer hervor. Das war dringend nötig, nachdem Alex den ganzen Tag bei ihr gewesen war. Drei Stunden später versuchte sie noch einmal, Sonja zu erreichen, und als diese wieder nicht abnahm, wählte sie stattdessen erst Rebeckas und dann Susannes Nummer. Keine von ihnen schien zu Hause zu sein.

Verfluchte Workaholics, murmelte sie vor sich hin. Dann löse ich eben Kreuzworträtsel, statt mit meinen besten Freundinnen zu reden.

5

Bis um Punkt halb neun am Donnerstag, den 14. Mai 2009, ahnten die drei Freundinnen Susanne, Rebecka und Maggan nicht, dass die Vierte im Bunde tot war.

Rechtsanwalt Andréasson und zwei seiner Mitarbeiter riefen gleichzeitig bei ihnen an, genau wie ihre langjährige Klientin Sonja Gustavsson es in Auftrag gegeben hatte. Die Anwaltskanzlei teilte den drei Frauen mit, dass Sonja gestorben war und dass sie sich von ihren drei Freundinnen ein großes Fest zu ihrer Beerdigung wünschte. Erst danach würden sie sich in der Anwaltskanzlei treffen und alles Weitere erfahren.

Um halb zehn, genau eine Stunde nach dem Anruf, hielten zwei Taxis vor Maggans Haus.

»Ein Fest? Was ist das für eine verrückte Idee, Sonja? Ob du willst oder nicht, ich werde so viel heulen, bis ich keine Tränen mehr habe«, schluchzte Susanne und sah nach oben, als schaute Sonja von dort auf sie hinab. Rebecka saß stumm neben ihr auf dem Sofa – seit sie das Haus betreten hatte, hatte sie noch keinen Ton von sich gegeben.

»Susanne, wenn sie sich ein Fest gewünscht hat, soll sie es auch kriegen«, sagte sie, als sie schließlich den Mund aufmachte. »Die Wünsche einer Toten muss man erfüllen«, fuhr sie fort, als spräche sie mit sich selbst.

»Muss man das? Ist die Beerdigung nicht für die, die noch leben? Klar hat Sonja Feste über alles geliebt, aber das kommt mir ziemlich makaber vor.«

»Hat der Rechtsanwalt wirklich von einem großen Fest gesprochen?«, fragte Maggan.

»Ja«, antworteten Rebecka und Susanne wie aus einem Mund.

»Dann soll sie eines bekommen. Rebecka hat recht, wir müssen ihren Wunsch erfüllen. Sie wird ja wohl nicht grundlos uns damit beauftragt haben.«

»Wen auch sonst? Irgendeinen Onkel aus Småland? Aber gut, ihr habt gewonnen. Zwei zu eins.«

Knapp drei Wochen später kamen etwa dreihundert Menschen zum Beerdigungsgottesdienst und genau zweihundertsechsundzwanzig zum Fest auf der Opernterrasse. Sonja hatte mit den Jahren viele Freunde um sich gesammelt und noch viel mehr Bekannte. Das war ihren drei Freundinnen durchaus bewusst, trotzdem staunten sie über all die Menschen.

Und freuten sich. Obwohl sie um Sonja trauerten und sie vermissten. Später am Abend, als sie über gemeinsame Erinnerungen lachten, verstanden sie plötzlich, wie recht Sonja gehabt hatte. Ein ausuferndes Fest war der einzig passende Abschied.

Am nächsten Tag sollten sie sich in Andréassons Kanzlei einfinden, ohne zu wissen, was sie dort erwartete. Die Beerdigung war vorbei, Sonjas Asche würde im Gedenkwäldchen auf dem Waldfriedhof verstreut werden, und in der Woche darauf wollten sie ihre Wohnung ausräumen. Sie hatten noch nicht entschieden, was sie mit all ihren Sachen machen sollten, und vielleicht ging es ja bei dem Treffen mit Herrn Andréasson genau darum.

Sie saßen schweigend im Wartezimmer. Keine hatte etwas zu sagen. Mit dem Fest am Vortag war für sie eine Epoche zu Ende gegangen, die über dreißig Jahre gewährt hatte.

»Herr Andréasson erwartet Sie jetzt«, sagte die Empfangsdame. Sie fassten einander bei der Hand, als sie sein Büro betraten. Der Raum war groß und düster, an den Wänden hingen Porträts ernst dreinschauender Männer. Der Anwalt stieß ein glucksendes Lachen aus, als er ihre Blicke sah.

»Im Büro meiner Tochter sieht es ganz anders aus, aber ich mag die alten Clubsessel, die Porträts meiner Vorgänger und den Geruch von Leder. Setzen Sie sich doch, setzen Sie sich doch«, sagte er und zeigte auf drei Stühle, die vor dem uralten Schreibtisch standen. Einstimmig lehnten die Freundinnen den angebotenen Wein ab und entschieden sich für Mineralwasser.

»Dann darf ich Sie in meinem Büro willkommen heißen. Erst einmal möchte ich Ihnen für gestern danken. Sonja hätte das Fest garantiert gefallen.« Er räusperte sich. »Vielleicht wissen Sie, dass ich seit dem Tod ihrer Eltern Sonjas Anwalt bin. Da war sie gerade achtzehn geworden. Also war ich gut fünfunddreißig Jahre in ihren Diensten, und das mit großer Freude. Die meisten meiner Klienten habe ich an meine Tochter abgegeben, aber Sonja war eine der wenigen, für die ich weiter gearbeitet habe. Im Laufe der Jahre hat sie ihr Testament immer wieder geändert und erst vor drei Monaten die Version angefertigt, die Sie jetzt hören werden. Sonja hat keine direkten Angehörigen, und auch sonst ist niemand erbberechtigt. Deshalb habe ich nur Sie herbestellt, denn Sie werden im Testament erwähnt. Verstehen Sie so weit alles?«

Susanne, Maggan und Rebecka sahen sich an und nickten schließlich.

»Gut, dann werde ich jetzt das Testament verlesen. Eventuelle Fragen können wir im Anschluss klären.«

Herr Andréasson öffnete den Ordner, der vor ihm lag, und nahm einen Papierstoß heraus. Er setzte seine Brille auf, nahm das erste Blatt in die Hand und räusperte sich. Als er zu lesen begann, versetzte er den drei Freundinnen einen ähnlich großen Schock wie mit der Nachricht von Sonjas Tod.

6

Meine allerliebsten Freundinnen,
ihr drei seid meine Familie, seit ich meine eigene verloren habe.
Ich weiß jetzt alles über Freundschaft, denn ihr habt es mir gezeigt.
Ich weiß jetzt alles über Liebe, denn ihr habt sie mir gegeben.
Ich weiß jetzt, wie wertvoll ich bin, denn das habt ihr mich gelehrt.
Oh, wie wir gelacht und geweint haben.
Wie wir geliebt und gehasst haben.
Wie wir uns alles erzählt haben.

Fast alles.

Von meiner Herzkrankheit habe ich euch nie erzählt. Ich weiß schon seit vielen Jahren, dass sie mir das Leben rauben wird. Ihr kennt mich und werdet deshalb verstehen, dass ich auf einen plötzlichen Tod hoffe, statt bettlägrig zu werden und das Leben nicht mehr genießen zu können. Die Ärzte können nicht garantieren, dass eine Herztransplantation gut ausgehen würde. Deshalb habe ich beschlossen, mein Leben so zu leben, wie ich es will.

Das ist das eine.

Das andere ist mein Geld.
Ich habe nämlich jede Menge davon. Um wie viel es sich genau handelt, weiß Herr Andréasson.

Seid mir nicht böse, dass ich euch nicht davon erzählt habe. Für mich war Geld nie wichtig, und ich habe nie mehr ausgegeben als ihr. Ich habe es von meinen Eltern geerbt, aber von meinen Bildern gelebt, die ich zusammengeschmiert habe.
Wie ihr wisst, liebe ich es, mich in euer Leben einzumischen. Das ist meine letzte Möglichkeit, und ich werde sie nutzen, so gut ich kann. Natürlich steht es euch frei, darauf zu pfeifen, was ich sage.

Maggan, liebste Maggan,
du musst endlich aufhören, dich zur Sklavin deiner Familie zu machen. Deine Tochter ist erwachsen und verheiratet. Dein Enkelsohn kann ab und zu genauso gut bei seinen anderen Großeltern sein. Es ist Zeit, dass du wieder aufblühst, dich hübsch zurechtmachst und dich attraktiv fühlst. Nicht um einen Mann anzulocken, sondern damit du dir selbst gefällst, wenn du dich im Spiegel siehst.

Rebecka, liebste Rebecka,
hast du nicht genug bewiesen? Jeden Tag gehst du zu deiner superwichtigen Arbeit, aber was hast du eigentlich davon außer Kopfschmerzen und Hämorrhoiden? Jedenfalls keinen Sex, obwohl du genau den am nötigsten brauchst. Jede Menge hemmungslosen Sex, ohne dabei daran zu denken, dass deine Kleider zerknittern oder du zu spät kommen könntest.

Susanne, meine liebste Susanne,
die Welt ist voller wunderbarer Männer. Tolle Männer, mit denen du nicht schlafen musst, sondern die

du kennenlernen und mit denen du dich vielleicht anfreunden kannst. Es gibt noch ein anderes Leben als das in Flugzeugen. Entdecke es, finde dich selbst. Pfeif auf Facebook, triff deine Freunde lieber im richtigen Leben, wenn du freihast.

Für euch alle drei gilt: Ihr müsst an eurem Gewicht arbeiten.
Rebecka und Susanne, ihr seid einfach zu dünn und habt anscheinend vergessen, wie man isst, so dass man gesund und hübsch aussieht. Ihr seid gerade mal fünfzig, und mit etwas mehr Fleisch auf euren knochigen Hüften könntet ihr großartig aussehen.
Maggan, bei dir ist es umgekehrt. Hör auf, dich hinter deinen Kilos zu verstecken. Ich liebe meinen runden Körper. Aber du benutzt deinen Speck als Schutz, der dich unsichtbar machen soll.

Mädels: Hiermit verspreche ich euch, dass ihr euch nie mehr Gedanken über eure Rente und überhaupt eure Finanzen machen müsst. Um stinkreich zu werden, müsst ihr bloß meine Bedingungen erfüllen. Ich schreibe sie Punkt für Punkt auf, damit es keine Missverständnisse gibt.

Unter folgenden Bedingungen könnt ihr mein Erbe antreten und unter euch aufteilen:
- *Im Laufe der nächsten drei Monate müsst ihr mindestens fünf Kilo zu- oder abgenommen haben. Maggan, hör auf, Kuchen zu essen. Rebecka und Susanne, fangt damit an.*
- *In drei Monaten habt ihr alle bestehenden Ver-*

pflichtungen erfüllt oder gelöst. Rebecka kündigt ihren Geschäftsführerposten, Susanne arbeitet nicht länger als Stewardess, und Maggan passt nicht mehr zwei Tage pro Woche auf ihren Enkel auf.

- *In genau drei Monaten und einem Tag bekommt ihr einen weiteren Brief von mir, in dem steht, was genau ihr im nächsten Jahr machen werdet. Herr Andréasson wird ihn euch hier in der Kanzlei vorlesen. Falls dieser Tag auf einen Samstag oder Sonntag fällt, kommt am Montag darauf um vierzehn Uhr in die Kanzlei. Es ist Eile geboten, weil das Vermögensverzeichnis in gesetzlich vorgeschriebener Zeit unterzeichnet werden muss.*
- *Von heute an wird es also genau ein Jahr, drei Monate und einen Tag dauern, bis ihr mein Erbe vollständig antreten könnt. Auf gar keinen Fall dürft ihr irgendjemandem von dieser Abmachung erzählen. Nehmt ihr meine Bedingungen an, könnt ihr über gewisse Punkte mit anderen sprechen, aber über das gesamte Erbe müsst ihr Schweigen bewahren. Bereits heute werden je fünfhunderttausend Kronen (500 000 SEK) auf eure Konten überwiesen. Solltet ihr meine Bedingungen ablehnen, ist das alles, was ihr bekommt. Die gesamte Erbschaft umfasst etwa drei, vielleicht vier Milliarden Kronen. Habe ich schon gesagt, dass ihr euch einig sein müsst? Falls eine von euch einen Rückzieher macht, müssen sich auch die anderen beiden mit den fünfhunderttausend Kronen begnügen.*

PS: Wenn ihr in drei Monaten und einem Tag nicht bei Herrn Andréasson erscheint, weiß er, was er zu tun hat, und mein Angebot verfällt.

Ich liebe euch. Sonja.

Schweigen. Nur das Knarren des Stuhls war zu hören, als der Rechtsanwalt sich zurücklehnte, nachdem er fertig gelesen hatte. Er war es, der schließlich das Schweigen brach.

»So viel dazu. Unsere Sonja Gustavsson war schon eine besondere Frau.« Er lachte und schüttelte den Kopf, als er fortfuhr: »Die Summe, von der die Rede war, beträgt genau drei Milliarden, fünfhundert Millionen und dreihundertfünfundsiebzigtausend Kronen. Was sagen Sie? Haben Sie Fragen?«

»Ich brauche Luft, sofort.« Rebecka sprang auf. »Ich kann mich sicher telefonisch an Sie wenden, wenn ich möchte?«, fragte sie den Rechtsanwalt.

Er nickte.

»Ja, das ist selbstverständlich kein Problem. Aber bevor Sie gehen, hätte ich gerne einige Unterschriften von Ihnen, damit Sie das Geld kriegen, das Ihnen bereits heute zusteht. Das gilt natürlich für Sie alle.«

7

»Anscheinend wollte sie sterben. Warum zum Teufel hat sie sonst nichts gegen ihre Krankheit unternommen? Sie hätte sich die besten Ärzte der Welt leisten können, so reich, wie sie war. Ich verstehe das nicht, ich verstehe es einfach nicht. Und warum hat sie uns nie erzählt, wie schlecht es ihr ging? Ich habe ihr immer alles erzählt. Alles.«

»Wie wir alle, Susanne.«

Rebecka versuchte, mit ihrer Freundin Schritt zu halten, was nicht leicht war, weil Susanne trotz ihrer hohen Absätze beinahe rannte. »Kannst du nicht ein bisschen langsamer gehen? So können wir nicht miteinander reden.«

Maggan ließ die beiden vorlaufen. Nach dem Besuch bei Herrn Andréasson fühlte sie sich völlig leer. So viel Geld hatte sie noch nie im Leben besessen, aber es war überhaupt kein beruhigendes Gefühl. Im Gegenteil. Es fühlte sich an, als stünde ihr das Geld nicht zu, als hätte sie es gestohlen, und sie schämte sich, obwohl es dafür keinen vernünftigen Grund gab. Sie hatte nie um diese wohltätige Geste gebeten und würde nie auch nur ein Öre von dem Geld anrühren können. Sie beschleunigte ihr Tempo und holte die Freundinnen ein.

»Ich weiß nicht, wie ihr euch fühlt, aber ich muss jetzt alleine sein. Können wir morgen sprechen?«

Rebecka und Susanne schauten sich an.

»Natürlich«, antwortete Rebecka. »Fahr ruhig nach Hause. Aber ich würde gerne noch einen Kaffee trinken. Ich brauche jetzt Gesellschaft. Wie sieht es mit dir aus, Susanne?«

»Lieber ein Glas Wein bei Mosebacke als Kaffee. Oder zwei.«

Nachdem sie sich bei der U-Bahn-Station Slussen mit einer Umarmung von Maggan verabschiedet hatten, gingen sie schweigend weiter. Sie beide waren vor die Wahl gestellt, ihre Jobs zu kündigen. Susanne wurde klar, wie schwer diese Entscheidung sein würde. Klar hatte sie oft gesagt, dass ihr das Fliegen keinen Spaß mehr machte, aber jetzt, wo sie ihn aufgeben sollte, kam ihr ihr Beruf vor wie der beste der Welt.

»Glaubst du, das Leben hat einen Sinn?«, fragte Rebecka. »Gibt es so etwas wie Vorherbestimmung, Schicksal?«

»Nein, bestimmt nicht. Du?«

»Ich weiß es nicht. So viele Jahre lang habe ich mein Leben selbst geregelt, und dann stirbt eine meiner allerbesten Freundinnen, und plötzlich könnte ich einfach loslassen. Sonja hat natürlich recht, ich bin ein ehrgeiziger Kontrollfreak, auch wenn ich es so sehen will, dass ich mein Leben unter Kontrolle habe. Was passiert, wenn ich loslasse, was kann im schlimmsten Fall geschehen? Wie viel Sinn hat mein Leben, so wie es jetzt ist, überhaupt?«

In Mosebackes Biergarten waren noch Plätze frei. Die Band baute auf der Bühne ihre Instrumente auf. In wenigen Stunden würde es hier von Leuten wimmeln, die den schönen Frühsommerabend genossen. Die vier Freundinnen waren oft zusammen hier gewesen, und als der Kellner zu ihrem Tisch kam, erkannte er sie und begrüßte sie fröhlich.

»Nur zu zweit heute?«, fragte er lächelnd. »Was darf's denn sein?«

Als sie in die U-Bahn stieg, bereute Maggan ihre Entscheidung. Was wollte sie ganz alleine zu Hause? Am Medborgarplatsen stieg sie wieder aus und ging, so schnell ihre schmerzenden Beine sie trugen, Richtung Mosebacke, wo ihre Leidensgenossinnen saßen. Vermutlich saß Sonja gerade auf einer Wolke und lachte.

Sie kam an, als Susanne gerade ihr zweites Glas Wein gebracht wurde.

»Für mich auch einen Wein«, sagte sie schnaufend zu dem Kellner, der noch neben dem Tisch stand. Dann ließ sie sich auf den Stuhl neben Rebecka fallen.

»Zwei Tage pro Woche mit Alexander haben meiner Kondition nicht gerade gutgetan«, sagte sie, während sie sich mit einer Serviette die schweißnasse Stirn abwischte. »Worüber sprecht ihr?«

Als sie aufbrachen, hatte es zu dämmern begonnen. Der vierte Stuhl am Tisch war den ganzen Abend leer geblieben, und als könnten sie so diese Leere füllen, hatten sie alte Erinnerungen heraufbeschworen. Die Zukunft schoben sie einstweilen beiseite. Erst jetzt berichtete Rebecka von ihrem Plan, zu kündigen. Sie würde vorgeben, ein Jobangebot von der Konkurrenz erhalten zu haben. Denn dann würde JH Foods sie nie mehr auch nur in die Nähe der Firma lassen.

»Bist du dir sicher?« Susanne sah schockiert aus.

»Todsicher. Ich bin dabei. Und ihr? Maggan, du hast nun wirklich nichts zu verlieren. Was meinst du?«

»Nichts zu verlieren? Ich riskiere, dass meine

Tochter sich von mir abwendet. Wir haben abgemacht, dass ich mich um Alexander kümmere, bis er im August in die Vorschule kommt. Und dann soll ich jeden zweiten Tag nach der Schule auf ihn aufpassen. Ich habe also sehr wohl etwas zu verlieren.«

»Aber du hast drei Monate Zeit, um eine Lösung für Alex zu finden und mit Anneli zu sprechen. Ich kenne deine Tochter, seit sie auf der Welt ist, und glaub mir, sie will nur dein Bestes. Und es verlangt ja niemand, dass du ihn überhaupt nicht mehr siehst. Susanne, was sagst du dazu?«

»Zu Anneli und Alex? Das wird sich lösen«, antwortete sie knapp.

»Nein, nicht dazu. Wie gefällt dir die Vorstellung, das Fliegen aufzugeben?«

»Es bereitet mir Magenschmerzen. Ich habe Angst. Es macht mich sauer. So ähnlich. Reicht dir das?«

Rebecka lachte. »Ja, das reicht mir. Erst mal.«

Die drei Freundinnen hakten einander unter und gingen schweigend Richtung Slussen, wo sich ihre Wege trennten. Maggan fuhr nach Farsta, Rebecka nach Gärdet, und Susanne ging zu Fuß nach Hause in die Folkungagatan.

Ihre hohen Absätze klackerten auf dem Asphalt. Susanne rannte fast, sie wollte nur noch nach Hause in ihre geliebte Wohnung und unter die Dusche. Obwohl es nicht besonders warm war, fühlte sie sich klebrig und schmutzig. So wie nach einer Nacht mit Anders, wenn er es mal wieder eilig hatte, aus ihrem Bett zu steigen.

An ihn hatte sie den ganzen Tag nicht gedacht.

Immerhin etwas Gutes in all dem Unglück. Er tat ihr nicht gut, und ganz abgesehen von dem, was Sonja in ihrem Testament geschrieben hatte, wollte sie sich nicht länger selbst wehtun. Sie hatte Anders vier Wochen lang nicht gesehen und vermisste ihn kein bisschen.

Normalerweise machte sie einen Umweg über die Fjällgatan, um von dort die schöne Aussicht über Stockholm zu genießen, aber heute ging sie mechanisch direkt nach Hause, ohne auf den Verkehr, Betrunkene oder Touristen zu achten. Die Leute schauten der langbeinigen Blondine, die den Katarinavägen entlangeilte, wie gewöhnlich hinterher, und mehr als eine Frau beobachtete eifersüchtig, wie ihrem Mann die Kinnlade herunterklappte. Im Laufe der Jahre hatte Susanne das Talent, ihr auffälligstes Körpermerkmal hervorzuheben, zur Perfektion gebracht, und mit achtundvierzig sah sie immer noch phantastisch aus.

Ihre Freundinnen dachten über Susannes Aussehen längst nicht mehr nach. Für sie war Susanne die mit dem größten Herzen. Sie war die Temperamentvollste von ihnen und sagte immer geradeheraus, was sie dachte, zeigte aber auch am häufigsten, wie sehr sie sie liebte.

»Verdammt, verdammt, verdammt.« Wie immer klemmte das Türschloss, und Susanne fluchte, weil es trotz ihrer Beschwerdebriefe an die Hausverwaltung noch nicht repariert worden war. Beinahe wäre ihr der Schlüssel abgebrochen, als sich die Tür endlich doch öffnete. Sie warf ihre Tasche auf den Stuhl im Flur und ließ auf dem Weg zum Badezimmer ein

Kleidungsstück nach dem anderen auf den Boden fallen. Den BH zog sie aus, als sie unter die Dusche stieg.

Frisch und sauber geschrubbt, beschloss sie, etwas zu tun, was sie noch nie zuvor gemacht hatte. Sie würde sich eine Woche krankschreiben lassen.

Als sie diese Entscheidung getroffen hatte, konnte sie zum ersten Mal seit Sonjas Tod tief durchatmen. Sie öffnete die Fenster, die auf die Folkungagatan hinausgingen, und ließ Luft und Lärm hinein. Aus ihrem Vorratsschrank nahm sie eine Schachtel Pralinen, die sie immer im Haus hatte, falls sie eingeladen wurde und keine Zeit hatte, Blumen zu besorgen. Sie machte es sich auf dem roten Sofa bequem, zog eine Decke über ihre langen schlanken Beine und begann zu essen.

Ein paar Kilometer weiter saß Rebecka am Schreibtisch und dachte darüber nach, wie sie ihre Kündigung formulieren sollte. Wenn sie nicht log, würde sie sechs Monate weiterarbeiten müssen, und dazu hatte sie überhaupt keine Lust. Nie wieder würde sie auch nur einen Fuß in die Firma setzen. Die Intensität dieses Gefühls überraschte sie selbst – aus der flüchtigen Idee auf dem Nachhauseweg von der Kneipe war nun vollkommener Ernst geworden. Außer ein Paar Schuhe hatte sie keine persönlichen Dinge bei der Arbeit, und die konnte Lena gerne erben, wenn sie wollte.

Rebecka hatte den Vorstandsvorsitzenden immer geschätzt. An ihn wollte sie die Kündigung richten. Sie wusste, dass ihr Stellvertreter seinen Job gut machen würde, bis ein neuer Geschäftsführer gefunden worden war, um die Firma musste sie sich also nicht die geringsten Sorgen machen. Aber es widerstrebte ihr, zu lügen. Doch mit der Aussicht, noch mehrere Monate weiterarbeiten zu müssen, fiel ihr die Wahl nicht schwer. Wenn sie an die Arbeit dachte, wurde ihr regelrecht schlecht. Sie begann zu schreiben.

Maggan schrieb und aß nicht. Sie saß vor ihrem Computer und starrte auf den Bildschirm, auf dem ihr Kontostand angezeigt wurde. 515 365 Kronen. Schwindelerregend viel Geld. Wenn sie sich die Bluse kaufte, die sie bei KappAhl gesehen hatte, würde die Summe kaum kleiner werden. In all den Jahren, die sie für sich und Anneli gesorgt hatte, war sie stets knapp bei Kasse gewesen.

Zum Glück war Anneli schon erwachsen gewesen, als das Auto Maggan die Vorfahrt genommen und die Front ihres Peugeots komplett demoliert hatte. Schon im Krankenwagen war die Rede von einem Schutzengel gewesen, sie hatte Glück gehabt, auch wenn beide Beine gebrochen waren. Wenn sie nur einen halben Meter weiter auf die Kreuzung hinausgefahren wäre, hätte alles viel schlimmer ausgehen können. Sechs Jahre nach dem Unglück fiel es ihr immer noch schwer, daran zu denken. Es hatte ihr Leben komplett verändert.

Vorher hatte sie ihre Arbeit als Kindergärtnerin geliebt, sie hatte mit dem Auto Ausflüge gemacht und war jeden Sonntag rund um den Magelungen gewandert. Mit dem Unfall war all das vorbei gewesen. Am schlimmsten war es, nicht mehr arbeiten zu können. Sie hatte sich wertlos gefühlt, bis Anneli fragte, ob sie sich zwei Tage die Woche um Alex kümmern könne. Nun wurde sie wieder gebraucht, und das half besser als jede Medizin der Welt.

Maggan hatte es nie etwas ausgemacht, wenig Geld zu haben, und wenn ihre Freundinnen von ihren Shoppingtouren im schicken Kaufhaus NK erzählten, hatte sie das nie gestört. Äußerlich konnte sie sich mit ihnen nicht messen, das war ihr klar, aber in ihrem Innern ähnelten sie einander, und das hatte sie zusammengeschweißt, so dass sie all die Jahre Freundinnen geblieben waren.

Außerdem besaß Maggan etwas, das wertvoller war als alle Einkäufe der Welt. Sie hatte ein Kind. Eine Tochter, die mit Susanne, Rebecka und Sonja gleich drei weitere Mütter hatte.

Anneli war über Sonjas Tod ebenso verzweifelt wie Maggan und hatte während der Beerdigung und des Festes danach ununterbrochen geweint.

»Ich verstehe nicht, weshalb wir ihren Tod auch noch feiern müssen«, hatte sie gesagt.

Maggan versuchte erst gar nicht, ihr zu erklären, wie ihre geliebte Tante getickt hatte. Wie lebensfroh sie gewesen war und dass sie mit ihrem übergroßen Lebenshunger jegliche Vergnügung mit offenen Armen empfangen hatte. Für Anneli war es wichtiger, überhaupt am Leben zu sein. So hatte Sonja nie gedacht.

Maggan fuhr ihren Computer herunter. Morgen würde sie sich endlich um ihre buschigen Augenbrauen kümmern.

8

Rebecka hatte mit Widerspruch gerechnet, aber nichts passierte. JH Foods ließ sie einfach gehen und bezahlte ihr Gehalt sechs Monate lang weiter, und genauso lange durfte sie auf keinen Fall einen neuen Job in derselben Branche annehmen. Hielt sie sich nicht daran, hätte das ein gerichtliches Nachspiel. Sie würde sich daran halten. Sie war fest entschlossen, nie mehr einen Job mit einer solchen Arbeitsbelastung zu wählen wie als Geschäftsführerin eines großen Lebensmittelkonzerns.

Obwohl es sich merkwürdig anfühlte, aß sie zu ihrem Vormittagskaffee ein Stück Gebäck. Sie hatte die Morgenstunden damit verbracht, ihren Kleiderschrank aufzuräumen, und wollte später alles, was sie aussortiert hatte, zum nächsten Secondhandladen bringen. Über ihre Sachen, die alle in tadellosem Zustand waren, freute man sich dort bestimmt. Freizeitkleidung besaß sie fast gar nicht. Das Einzige, was in diese Richtung ging, waren zwei Jeans und ein paar Polohemden, konstatierte sie, als sie in ihren leergeräumten Kleiderschrank schaute. Vier Kleider, zwei davon ärmellos, hingen ganz hinten im Schrank. Drei schwarze und ein graues. Alle knielang und in Größe 36.

Sie dachte über Sonjas Bedingung nach, mehrere Kilos zuzunehmen, und fragte sich, was das für ihre Kleidergröße bedeutete. Für ihr Alter war sie ungewöhnlich schlank, worauf sie immer großen Wert gelegt hatte. Weshalb, wusste sie selber nicht genau, denn eigentlich gefielen ihr Frauen mit runden Formen sehr viel besser als stockdürre. Andererseits hatte sie sich nie darum bemüht, schön zu sein. Sie wollte lieber durch ihre Intelligenz als durch ihr Aussehen auffallen, fragte sich aber manchmal, ob sich das wirklich gegenseitig ausschloss. Viele ihrer Freundinnen waren sowohl schön als auch klug, aber dass dasselbe auf sie zutreffen könnte, war ihr nie in den Sinn gekommen.

Unbewusst hatte sie bereits das zweite Gebäckstück aufgegessen und hielt ein drittes in der Hand. Ich muss im Internet nachschauen, wie Gewicht und Kleidergrößen zusammenhängen, dachte sie, bevor sie sich die Leckerei in den Mund schob.

Genau wie sie vermutet hatte, freute man sich im Secondhandshop Myrorna in Ropsten über ihre fast neue Kleidung. Sie hatte sogar die perfekt gebügelten Kleider mitgenommen, darunter das, das sie auf Sonjas Beerdigungsfest getragen hatte. In Zukunft würde sie auf Partys nie mehr in Grau und Schwarz erscheinen.

Zu Hause parkte sie ihren Ford in der Garage und beschloss, einen Spaziergang in die Stadt zu machen. Sie war froh, immer ihr eigenes Auto und keinen Dienstwagen gehabt zu haben, vor allem jetzt, nachdem sie mit unmittelbarer Wirkung gekündigt hatte. Ihr Auto war zwar nicht mehr ganz neu, aber perfekt in Schuss, wie ihr die Werkstatt bei der letzten Überprüfung gesagt hatte.

Rebecka ging über den Östermalmstorg und weiter Richtung Hamngatan. Sie hatte kein bestimmtes Ziel, sondern genoss es einfach, am helllichten Tag durch die Stadt spazieren zu können, und das mitten in der Woche. Sie musste kichern, als sie sich vorstellte, wie ihre ehemaligen Kollegen sich gerade vermutlich mit dem Projekt abmühten, das sie vor nur einer Woche angestoßen hatte. Der Gedanke beschwingte sie so sehr, dass sie beschloss, sich ein kalorienreiches Softeis zu kaufen. Mit Streuseln. Das hatte sie noch nie zuvor getan.

Sie setzte sich auf die letzte freie Parkbank in der Nybrogatan, um sich nicht mit Eis zu bekleckern. Neugierig betrachtete sie all die Menschen, die herumschlenderten und sich die Schaufenster anguckten. Sie überlegte, ob sie wohl Touristen waren. Schwer zu sagen, wenn ihnen nicht gerade eine Kamera vor dem Bauch hing. Der Mann im Anzug, der die Straße hinuntereilte, war definitiv kein Tourist. Er hatte etwas Zielgerichtetes an sich, weshalb sie überrascht war, als er plötzlich vor ihrer Bank anhielt.

»Stört es Sie, wenn ich mich hierhersetze?«

»Überhaupt nicht, aber kommen Sie mir lieber nicht zu nahe, sonst landet mein Eis noch auf Ihrem Anzug.« Rebecka lächelte. So gute Laune hatte sie lange nicht mehr gehabt, obwohl sie gerade eine ihrer besten Freundinnen verloren hatte und außerdem arbeitslos geworden war.

»Das Eis sieht lecker aus, wo haben Sie es her?«

»Die Straße hinauf, fast bei der Markthalle. Aber haben Sie überhaupt Zeit für ein Eis? Sie sehen aus, als hätten Sie es eilig.«

»Wirklich? Können Sie das durch Ihre dunklen Brillengläser überhaupt erkennen?«, fragte er mit einem Lächeln.

»Ich sehe mehr, als Sie denken. Ich bin voll und ganz damit beschäftigt herauszufinden, was all diese Menschen hier an einem ganz gewöhnlichen Wochentag machen. Gerade bin ich zu dem Schluss gekommen, dass sie Touristen sein müssen.«

»Hmm.« Der Mann sah sich um. »Darüber habe ich noch nie nachgedacht«, gab er zu.

»Das liegt daran, dass Sie sich so abhetzen«, stellte Rebecka mit vollem Mund fest.

»Und Sie hetzen sich nie ab?«, fragte er freundlich und interessiert.

»Nein. Nicht mehr. Gestern habe ich alles hingeschmissen.«

»Und wie lange wird Ihr entspanntes Lächeln anhalten, denken Sie? Wann fangen Sie wieder an?«

»Nie mehr«, hörte sie sich selbst sagen und wurde sich im selben Moment bewusst, dass es stimmte. Sie würde sich nie mehr abhetzen. Von dem Gedanken wurde ihr schwindelig, sie hätte sich hinstellen und es laut herausschreien mögen.

»Nie mehr«, sagte sie noch einmal nachdrücklich.

»Nehmen Sie die Sonnenbrille ab, damit ich Ihre Augen sehen kann, während Sie das sagen«, sagte der Mann lachend, und sie tat wie geheißen. Sie nahm ihre Sonnenbrille ab und sah ihm mit ihren ungeschminkten blauen Augen direkt ins Gesicht.

»Nie mehr«, wiederholte sie zum dritten Mal.

»Sie haben Eis im Mundwinkel, sind unglaublich süß und haben recht. Aber ich muss jetzt weiterhetzen. Viel Glück mit Ihrer Freiheit.«

Er stand auf, deutete eine Verbeugung an, und schon war er verschwunden.

Süß. Für alles gibt es ein erstes Mal. Als tüchtig hatte man sie bezeichnet. Oder smart. Hübsch hatte sie genannt, wer mehr von ihr wollte, als nur mit ihr zu tanzen. Aber süß? Erfreut über das Kompliment, rannte sie fast bis zum Kaufhaus NK. Wer süß ist, braucht auch schöne Kleider. Ehe sie sichs versah, hatte sie 27 000 Kronen ausgegeben und einen halben Tag in der Damenabteilung mit all ihren Boutiquen verbracht. Sehr zufrieden und mit schmerzenden Füßen stieg sie draußen in ein Taxi und ließ sich und all ihre Tüten nach Hause bringen.

»So ein Quatsch, ich habe ja wohl schon immer gesagt, dass du süß bist!«, rief Susanne, als Rebecka ihr am Telefon erzählte, was sie erlebt hatte. »Hast du dir seine Nummer geben lassen?«

»Nie im Leben, denkst du, ich bin nicht nur arbeitslos, sondern auch größenwahnsinnig geworden?« Rebeckas Lachen war durch den Hörer bis nach Söder zu hören.

»Haha, nein. Höchstens ein kleines bisschen verrückt. Jetzt habe ich aber leider keine Zeit mehr, Rebecka. Kannst du dir vorstellen, dass ich mir eine Serie auf DVD gekauft habe?«

»Wirklich? Und welche?«

»*Stolz und Vorurteil.* Sonja hat sie sich wieder und wieder angeschaut, immer wenn sie ihre Sofa- und Pralinentage hatte. Aber wir haben es nie geschafft, sie zusammen zu sehen. Bei Åhléns gibt es sie gerade im Angebot. Eigentlich wollte ich zu einem Parfümevent, aber ich habe mich krankschreiben lassen und bleibe die ganze Woche zu Hause.«

»Krank? Du? Was hast du? Bist du erkältet?«

Rebecka wusste, dass die meisten Stewardessen bei Erkältungen am Boden blieben, weil der Kabinendruck Probleme mit den Ohren und Nebenhöhlen verursachte.

»Ja, genau das habe ich gesagt. Dabei bin ich kerngesund, nur furchtbar müde.«

»Mach's wie ich. Kündige«, schlug Rebecka vor. Sie hatte das Gefühl, nach einem Tag in Freiheit endgültig mit ihrem alten Leben abgeschlossen zu haben.

»Und was soll ich dann mit dem Rest meines Lebens anfangen? Ich bin achtundvierzig und kann noch fast zwanzig Jahre weiterfliegen. Bei dir stehen die Dinge anders, dich erwartet eine fette Rente, und du hättest ohnehin nur noch ein paar Jahre gearbeitet.«

»Ich weiß. Außerdem habe ich auch keine Ahnung, was ich den Rest meines Lebens mit mir anfangen soll, aber im Moment ist mir das piepegal. Genauso egal wie Sonjas Geld. Deshalb habe ich nicht gekündigt. Allerdings hat mich ihr Tod zum Nachdenken gebracht. Will ich wirklich, bis ich den Löffel abgebe, etwas machen, das mir überhaupt nicht gefällt? Sonja war glücklich, als sie starb. Sie liebte ihr Leben, ihren Alkohol, ihr Essen, ihre Zigarillos. Es machte ihr nichts aus, dick zu sein, sie hat sich nicht so gefühlt. Verstehst du, was ich meine?«

Rebecka stand von ihrem Sessel auf und begann, in der Wohnung umherzugehen.

»Wenn ich mich bei mir zu Hause umsehe, sehe ich nur Perfektion. Ich habe Angst, selbst durch und durch perfekt zu sein. Versteh mich nicht falsch, natürlich habe ich Fehler wie alle anderen auch, aber die Oberfläche ist makellos. Wenn Maggan Alex mitbringt, bin ich vollauf damit beschäftigt, hinter ihm herzuputzen, anstatt den Besuch eines Fünfjährigen zu genießen.«

Sie rückte ein Bild gerade, das schief an der Wand hing. Als ihr bewusst wurde, was sie da tat, brachte sie es wieder zurück in seine ursprüngliche Position.

»Ich habe die Nase voll von der Rebecka, die ich geworden bin. Früher war ich wenigstens ab und zu mal ein bisschen verrückt, oder?«

»Nein, ehrlich gesagt, das warst du nie. Aber fröhlicher ganz bestimmt. Seit Robert dich verlassen hat, habe ich dieses sprühende Funkeln nicht mehr in deinen Augen gesehen.«

»Ist das wahr?« Sie dachte nach. Vielleicht hatte Susanne recht? Wenn das stimmte, war es sieben Jahre her, seit sie zuletzt gefunkelt hatte.

»Ich will ja auch jetzt kein verrücktes Huhn werden, aber ich will zu mir selbst zurückfinden. So wie damals mit fünfundzwanzig, als ich neugierig war, wohin mich mein Leben bringen würde. So bin ich überhaupt nicht mehr.«

»Vermisst du ihn immer noch?«

»Jeden Morgen wache ich davon auf, dass ich ihn nicht atmen höre. Jeden Tag muss ich mich daran erinnern, nur für mich selbst einzukaufen. Es hat drei Jahre gedauert, bis ich aufgehört habe, für alle Fälle zwei Steaks zu kaufen.« Sie verstummte. Es war ihr immer noch unangenehm, darüber zu sprechen, wie sehr Robert sie enttäuscht hatte. All die Jahre hatten ihre Freundinnen vergeblich versucht, sie zum Sprechen zu bewegen.

»Komm zu mir«, schlug Susanne vor. »Bring deine schicken neuen Klamotten mit und zeig sie mir. Und dann schauen wir uns die Serie zusammen an. Ich hab genug zu essen und Wein für uns beide. Komm einfach her. Bitte«, fügte sie hinzu.

»Darf ich in T-Shirt und Pantoffeln kommen?«

»Zieh an, was du willst.«

9

Es war eine Woche her, dass sie den Rasen vor dem Haus gemäht hatte, und drei Regennächte hatten das Gras wachsen lassen. Sobald sie ihren Kaffee ausgetrunken hatte, würde sie sich daranmachen. Sie winkte dem Briefträger zu, der wie immer durchs Küchenfenster hereinschaute, als er die Post einwarf. So wusste Maggan, dass es elf Uhr war. Einen pünktlicheren Briefträger als ihn gab es nicht. Am besten fing sie sofort an.

Normalerweise wäre Alex jetzt bei ihr, aber weil Anneli im Urlaub war, würde Maggan sich stattdessen um ihre Haare und Augenbrauen kümmern. Der neue Friseursalon war so beliebt, dass sie drei Wochen auf einen Termin hatte warten müssen. Jetzt freute sie sich auf die Veränderung. Sobald sie etwas mutiger geworden war, würde sie sich dort auch die Beine enthaaren lassen. Sie hatte keine Lust mehr, sie ständig zu rasieren, und benutzte manchmal einen elektrischen Rasierer – ihre Beine berührte ja ohnehin niemand, der die Stoppeln hätte spüren können. Am Tag zuvor war sie nicht gründlich gewesen, und als sie sich bückte, um ihre Schuhe zuzuknoten, sah sie einige schwarze Haare rund um den Knöchel. Sie zupfte sie mit einer Pinzette aus, aber natürlich wäre es viel bequemer, alles auf einmal loszuwerden. Wenn es bloß nicht so furchtbar wehtun würde!

Maggan konnte mehr seelischen Schmerz als sonst jemand ertragen, davon hatte sie ja auch schon mehr als genug abbekommen, aber sobald irgendetwas in ihrem Körper wehtat, bekam sie Angst. Kratzte es im Hals, war es mit Sicherheit eine Mandelentzündung oder gar ein unerkanntes Geschwür. Leichte Magenschmerzen bedeuteten stets Krebs, und bei Kopfweh rief sie den telefonischen Notdienst an. Ihre marineblaue Sporttasche stand fertig gepackt hinter der Schlafzimmertür – und das schon seit sechs Jahren, seit ihrem Unfall. Damals war sie wirklich krank gewesen und hatte starke Schmerzen gehabt. Falls man es krank nennen kann, wenn einfach beide Beine vom Körper abgetrennt werden. Maggan jedenfalls nannte es so.

Der Arzt hatte gesagt, sie solle dankbar dafür sein, dass sie überhaupt noch gehen konnte, und das war sie natürlich. Obwohl sie nie wieder richtig gesund geworden und nie ganz schmerzfrei war, hörte man sie selten klagen. Bei kürzeren Spaziergängen konnte sie wieder Schritt halten, schwieriger war es, wenn sie sich auf den Boden hockte, um mit Alex zu spielen. Dass sie humpelte, sah man kaum, aber ihre Arbeit als Kindergärtnerin hatte sie aufgeben müssen. Damals, 2003, war ihr nichts anderes übriggeblieben, als Frührentnerin zu werden.

Seitdem war die Tasche gepackt. Drei Paar Unterhosen, ein BH, drei Paar Strümpfe, Zahnbürste, Zahnpasta und ein Taschenbuch, *Sturmhöhe* von Emily Brontë. Das Buch hatte sie eigentlich herausnehmen und lesen wollen, aber als die Jahre vergingen, war die verschlossene Tasche, die sie immer noch nicht gebraucht hatte, zu einem guten Omen geworden. Der Roman war vor über hundertfünfzig Jahren geschrieben worden. Da machte es wohl nichts, wenn sie noch ein paar Jahre mit dem Lesen wartete.

»Was meinen Sie, sollen wir Ihre grauen Strähnen aschblond färben? Sie sind ja noch nicht völlig grau.« Die Friseurin klang, als wisse sie, wovon sie sprach, und Maggan hatte sich vorgenommen, auf alle Vorschläge einzugehen. Sie hatte sich bisher nur selbst die Haare gefärbt, und es schien ihr am besten, sich auf die Vorschläge der Friseurin einzulassen.

»Ich verlasse mich voll und ganz auf Sie. Machen Sie, was Sie wollen, und schneiden Sie es so, wie Sie meinen«, sagte sie mit einem Lächeln.

»Wirklich? Oh, wie schön. Vielen Dank für Ihr Vertrauen. Sie werden umwerfend aussehen, versprochen.«

Wie leicht man vergaß, wie wunderbar es sich anfühlte, wenn einem jemand die Haare machte. Maggan genoss es, als ihr die Friseurin das Haar wusch, schnitt und schließlich föhnte. Sie würde erst schauen, wenn alles fertig war.

»Jetzt können Sie gucken.« Die Friseurin drehte

ihren Stuhl, so dass Maggan das Resultat bewundern konnte.

»O Gott, sind das wirklich meine Haare?«, fragte sie erstaunt.

Was ihr vorher gleichmäßig auf die Schultern gefallen war, war jetzt angestuft. Der Pony fiel ihr weich übers rechte Auge, und ihr zuvor graues Haar glänzte in einem aschblonden Ton, so wie damals, als sie jünger war. Sie schüttelte leicht den Kopf, fuhr sich mit der Hand durch den Pony und lächelte zufrieden.

»Kümmern wir uns jetzt um die Augenbrauen? Und können Sie mir auch die Wimpern färben?«

Als sie aus dem Laden kam, machte sie ein Foto von sich selbst und schickte es Anneli. »Zeig das Alex«, schrieb sie dazu.

10

»Wie kann es sein, dass ihr ein ganzes Mietshaus gehört hat, ohne dass wir davon wussten?«, fragte Susanne, als sie die Haustür im Torsgränd aufschloss. Im Flur lagen Berge von Reklameblättchen, die durch den Briefschlitz gefallen waren. Jeden zweiten Tag kam jemand aus der Rechtsanwaltskanzlei her, um sich um die Post zu kümmern – dies war also das Ergebnis von nur zwei Tagen.

»Jetzt, wo du es sagst. Aber wir haben ja auch nie danach gefragt«, antwortete Rebecka und bückte sich, um einzusammeln, was auf dem Fußboden lag. Sie legte den Stapel auf den kleinen Hocker im Flur.

»Nein, natürlich haben wir nicht danach gefragt. Wie viele Leute kennst du, die ein ganzes Haus in Vasastan besitzen und selber in einer der Dreizimmerwohnungen im Erdgeschoss wohnen?«, fragte Maggan.

Sie ging ins Wohnzimmer, um die Balkontür aufzumachen. Hier war seit Wochen nicht gelüftet worden. Sie rief Rebecka zu, sie solle das Küchenfenster öffnen, um für Durchzug zu sorgen.

»Hier sollten jetzt keine Rechnungen mehr ankommen, oder?«, fragte Susanne aus dem dritten Zimmer, das Sonjas Atelier gewesen war. Rebecka ging zu ihr hinüber.

»Wahrscheinlich nicht, darum müsste sich die Anwaltskanzlei gekümmert haben.« Sie ging zu einem der Gemälde, die an die Wand gelehnt standen, hockte sich davor und strich vorsichtig mit der Hand über die Leinwand.

»Ich habe keine Ahnung von Kunst, aber das hier ist wirklich wunderschön, findest du nicht auch?«, fragte sie Susanne, die die Schubladen einer alten Kommode durchwühlte.

»Ja, genauso schön, wie diese Kommode voll ist. Hier sind ganze Bündel mit Briefen, manche sogar ungeöffnet. Was sollen wir damit machen?« Sie betrachtete neugierig die Briefumschläge und sah, dass sie in London und Paris abgeschickt worden waren. Erst als sie Maggan die Briefe zeigen wollte, fiel ihr auf, wie anders ihre Freundin aussah.

»Maggan, wie hast du das bloß gemacht? Rebecka,

guck mal, wir haben eine völlig neue Freundin. Wie schön du bist! Die Frisur steht dir richtig gut. Was ist mit deinen grauen Haaren passiert?«

Rebecka sagte gar nichts. Sie sah Maggan erst von der Seite, dann von hinten an, und als sie einmal um sie herumgegangen war, nahm sie sie in den Arm.

»Maggan, du bist einfach wunderschön«, flüsterte sie.

Maggan wand sich ein wenig peinlich berührt aus Rebeckas Armen und hob den Umzugskarton hoch, den sie auf den Boden gestellt hatte.

»Leg sie erst mal hier rein. Ich habe schon drei Kartons für die ganzen Briefe und Papiere zusammengebaut.«

»Das ist clever. Du bist eben ein Organisationstalent. Und ein sehr hübsches obendrein«, sagte Susanne lächelnd.

»Dank vieler Jahre als Kindergärtnerin und einer geschickten Friseurin«, antwortete Maggan ebenfalls mit einem Lächeln. »Wir brauchen einen Plan, wie wir das hier angehen. Das Auto ist für übermorgen bestellt, und bis dahin müssen wir entschieden haben, was wir wegwerfen, verschenken oder behalten wollen. Ich schlage vor, wir bauen zunächst die restlichen Umzugskartons zusammen.«

Weil im Atelier nur wenige Möbel standen, beschlossen sie, es als Erstes auszuräumen und die fertig gepackten Kisten darin zu deponieren.

Sie arbeiteten fieberhaft, und Kiste um Kiste füllte sich mit Fotos, Briefen, Skizzen und allem, was sonst noch ihre Neugier weckte. All das würden sie später in Ruhe durchgehen.

»Wenn die Wohnung ohnehin nicht weitervermietet wird, können wir die Kartons hierlassen, oder?« Susanne hielt ein Fotoalbum in der Hand, und als sie es öffnete, sah sie, dass es Fotos aus den achtziger Jahren enthielt. Am liebsten wäre sie in alten Erinnerungen versunken, aber jetzt mussten sie sich darauf konzentrieren, fertig zu packen, damit der bestellte Transporter alles, was sie wegschmeißen wollten, zum Recyclinghof fahren konnte. Sie legte das Album beiseite. Fürs Erste.

»Woher weißt du, dass die Wohnung nicht neu vermietet wird?«, fragte Rebecka, die eine sehr unanständige Porzellanskulptur in der Hand hielt – einen Mann mit Ständer und eine Frau mit gespreizten Beinen. Sie erschauderte und ließ die Skulptur in einen Müllsack fallen.

»Was mit der Wohnung passiert, wird entschieden, wenn das Nachlassverzeichnis fertig ist«, antwortete Susanne, die den Anwalt danach gefragt hatte.

Das Nachlassverzeichnis. Keine von ihnen hatte es bisher erwähnt, und sie hatten nicht mehr darüber gesprochen, seit ihnen der Anwalt Sonjas Testament vorgelesen hatte. Doch alle drei hatten Schritte unternommen, die zeigten, dass sie Sonjas Bedingungen akzeptierten.

Rebecka hatte den obersten Knopf der alten Jeans, die sie zum Ausräumen trug, geöffnet, weil sie sonst zu sehr über dem Bauch spannte. Und Maggan hatte während der Kaffeepause auf Kuchen verzichtet.

Susanne wirkte nach außen hin unverändert, aber innerlich brodelte es in ihr, was vor allem mit ihrer Arbeit zu tun hatte. Dick zu werden war kein Problem, aber nie mehr in einem Hotel in Dubai zu übernachten? Dass sie dort würde einziehen können, wenn sie wollte, sobald sie Sonjas Vorschlag akzeptiert hatte, kam ihr nicht in den Sinn. Sie konnte sich beim besten Willen kein anderes Leben vorstellen. Sie fühlte sich nur sicher, wenn alles so blieb, wie es war. Ihr blieben noch zwei Monate Bedenkzeit, und sie wusste, dass Rebecka und Maggan bald hören wollen würden, was sie von Sonjas Bedingungen hielt.

»Am besten lassen wir die Kisten erst mal hier. Dann können wir uns einen ganzen Abend Zeit nehmen und in Ruhe alles durchsehen. Ich bin neugierig auf die Briefe, manche hat sie nicht einmal geöffnet. Warum sie sie wohl behalten hat, ohne sie zu lesen?«, staunte Maggan.

»Das frage ich mich auch, aber Sonja hat uns seit ihrem Tod schon so oft überrascht, dass es mich nicht wundern würde, wenn noch mehr Geheimnisse ans Licht kämen.« Susanne lachte. »Vielleicht gehören ihr ein paar Schlösser in ganz Europa, und ihr Verwalter erstattet ihr in den Briefen Bericht über kaputte Bleiglasfenster.«

Die beiden anderen phantasierten weiter, und bald hatten sie Sonja zu den Schlössern auch noch einen Liebhaber in jedem Land angedichtet. Eine Frau mit solch einem Lebenshunger wie Sonja konnte sich unmöglich mit jemandem wie Karl Andersson begnügt haben, mit dem sich Sonja regelmäßig getroffen hatte. Sie waren ihm nie vorgestellt worden, Sonja hatte ihn nie zu gesellschaftlichen Anlässen mitgebracht, aber wenn man ihr glauben konnte, so war er ein wunderbarer und einfühlsamer Liebhaber voller Bewunderung für ihre Rundungen gewesen.

»Komisch ist es schon. Eigentlich ist Sonja nicht gerade viel herumgereist. Soweit ich weiß, war sie ein paarmal in Frankreich, und dann gab es da noch einen weniger gelungenen Urlaub auf Zypern, wo es so warm war, dass sie meistens drinnen saß«, sagte Maggan, die in ihrem Leben bloß zwei Pauschalreisen unternommen hatte. Und eine Interrailtour. Auf der sie sich verliebt hatte.

»Soviel wir wissen, ja. Ich finde übrigens nicht, dass wir ihre Briefe öffnen dürfen. Sie gehören uns nicht.«

»Doch, genau das tun sie. Alles in dieser Wohnung gehört uns. Dazu gehören auch die Briefe, oder?« Rebecka war sich ziemlich sicher, wollte aber für alle Fälle den Anwalt fragen.

»Also, was meint ihr? Sollen wir einen Abend nächste Woche ausmachen, um die Briefe anzuschauen?«

»Von mir aus gerne. Susanne, wann hast du Zeit?«

Sie antwortete nicht. Sie hatte gerade eine SMS von Anders bekommen. Er hatte seine Frau verlassen.

11

Während Maggan sich einen Salat machte, dachte sie darüber nach, was ihre Tochter wohl von ihr wollte. Anneli hatte ernst geklungen, als sie anrief, um sich mit ihr zu verabreden, und Maggan machte sich wie so oft Sorgen, wenn es um ihre Tochter und deren Familie ging.

Sie wünschte ihrer Tochter ein völlig sorgloses Leben, und die ersten achtzehn Jahre hatte das trotz der Abwesenheit eines Vaters auch funktioniert. Jetzt war ihre Tochter erwachsen und kam ohne sie zurecht, was Maggan schwerfiel zu akzeptieren. Deshalb mischte sie sich in Sachen ein, die sie nichts angingen. Ging sie dabei zu weit, gab es Streit, bis Maggan nachgab und einsah, dass Anneli sich mittlerweile um sich selbst kümmern konnte. Ihre Tochter hatte schon oft vorgeschlagen, dass Maggan ausgehen und sich einen Mann für ihr übergroßes Fürsorgebedürfnis suchen sollte. Aber das hatte Maggan immer brüsk abgelehnt. Sie fühlte sich alleine wohl.

Als Anneli noch bei ihr wohnte, hatte sie zwei kürzere Beziehungen gehabt, aber nach ein paar glücklichen Monaten hatte sie sich beide Male gelangweilt. Seit sie damals die schmerzhafte Entscheidung getroffen hatte, sich von dem Mann, den sie liebte, fernzuhalten, hatte sie keine Lust mehr auf eine engere Beziehung verspürt.

Inzwischen war sie in ihrer Großmutterrolle aufgegangen, buk Zimtschnecken und löste Kreuzworträtsel. Die Zimtschnecken waren Alex' Schuld. Dabei aß sie die meisten von ihnen selber auf. Sonja hatte mit ihrer Analyse, sie verstecke sich hinter ihren Kilos, völlig recht gehabt. Aber damit war jetzt Schluss. Zu der neuen Frisur gehörte ein neuer und schlankerer Körper. Der Hometrainer, den sie nach ihrem Unfall gekauft hatte, um wieder in Form zu kommen, hatte viel zu lange ungenutzt in der Ecke gestanden, doch seit dem Besuch bei dem Anwalt trainierte sie jeden Tag. Die von Sonja verlangten fünf Kilo hatte sie schon abgenommen, mindestens zehn mussten noch runter. Eine Diät wollte sie nicht machen, aber sie war fest entschlossen, nie mehr aus Traurigkeit und Langeweile zu essen.

»Mama, wir ziehen um.«

»Ach wunderbar, habt ihr endlich ein Haus gefunden?«, fragte Maggan fröhlich und sah schon vor sich, wie sie ihrer Tochter beim Gardinennähen und der Gartenarbeit half.

»Ja, das haben wir. Und ein sehr schönes noch dazu. Am Stadtrand von Östersund.«

»Was hast du gesagt? Wo?«

»In Östersund.«

»Nicht in Stockholm?«

»Nein, Mama, in Jämtland.«

Maggan stand so schnell auf, dass ein stechender Schmerz durch ihr rechtes Bein fuhr. Sie humpelte zur Spüle und drehte den Wasserhahn auf. Sie hielt die Hand unter den Strahl, um zu prüfen, ob das Wasser kalt genug war, füllte ein großes Glas und stürzte es in einem Zug hinunter.

»Willst du auch?«

»Nein danke.«

Sie stellte das Glas ins Spülbecken und drehte sich um.

»Und was wird aus mir?«

»Wie meinst du das, Mama?«

»Was soll ich dann machen? Du kannst mir doch nicht einfach Alex wegnehmen! Wir sehen uns fast jeden Tag. Hast du überhaupt nicht an ihn gedacht und daran, dass er seine Oma dann nicht mehr treffen kann?«

»Ja, natürlich habe ich an ihn gedacht. Und an dich auch. Ihr und wir werden uns natürlich sehen. Nur nicht mehr ganz so oft. Ich werde dich immer brauchen, Mama, aber ich muss zuerst an meine eigene Familie denken. Vor allem jetzt, wo sie größer wird.« Sie lächelte mit Tränen in den Augen.

»Was soll das heißen?«

»Du wirst ein zweites Mal Großmutter. Im März, es ist also noch sehr früh.« Sie verstummte und wartete, wie ihre Mutter reagieren würde.

»Ach ja«, sagte Maggan. »Wie schön für euch.«

»Für uns? Freust du dich denn gar nicht?«

»Ich werde das Kind ja sowieso nie sehen.«

Maggan sprach mit leidender Stimme, wie immer, wenn sie ihren Willen nicht bekam. Anneli wusste, dass sich unmöglich mit ihr sprechen ließ, wenn sie in dieser Stimmung war. Vielleicht hätte Maggan anders reagiert, wäre ihr bewusst gewesen, wie sehr sie ihrer eigenen Mutter ähnelte, wenn sie so über das Leben ihrer Tochter zu bestimmen versuchte. Aber sie hatte längst verdrängt, was sie selbst in den Wahnsinn getrieben hatte, als sie Anneli bekam.

Damals hatte sie alles hinuntergeschluckt. Ihre Mutter war nicht gerade glücklich gewesen, als Maggan ihr mit neunzehn von ihrer Schwangerschaft erzählte, obwohl auch sie ihr Kind ganz allein ohne einen Vater aufgezogen hatte.

»Ich war dreißig und reif genug, aber du bist doch selber noch ein Kind. Wie willst du es schaffen, dich allein um ein Kind zu kümmern?«, hatte sie gefragt. Maggan hatte darauf nicht antworten können, sie wusste es selber nicht. Aber sie wusste ganz sicher, dass sie nicht abtreiben wollte. Was der Vater ihres Kindes dazu sagen würde, wusste sie nicht, weil sie sich dafür entschieden hatte, ihn nie mehr wiederzusehen.

Die Liebe zu ihrer Tochter und ihr Beschützerinstinkt waren damals genauso überwältigend gewesen wie heute, dreiunddreißig Jahre später.

»Nicht *das* Kind, Mama, *die* Kinder. Und wenn du aus deinem Selbstmitleid wieder aufgetaucht bist, melde dich doch bitte, damit ich dir alles über das Haus und die winzigen Zwillinge in meinem Bauch erzählen kann.«

12

Als er langsam in sie eindrang, hatte sie bereits wortlos darum gefleht, endlich spürte sie ihn in sich. Sie stöhnte laut auf.

»Küss mich«, flüsterte er, und während seine Zunge mit ihrer spielte, bewegten sich ihre Körper im selben Rhythmus. Sie drückte sich immer fester an ihn und zog ihn an sich, um dem ersehnten Orgasmus näherzukommen. Sie strich über seinen verschwitzten Rücken, und als ihre Hände bei seinem Hintern ankamen, spürte sie, mit welcher Kraft er sich immer tiefer in sie drückte. Nie hatte er sich so hart und ausdauernd angefühlt, was sie nur noch mehr erregte. Er nahm ihre Hände und hielt sie hinter ihrem Kopf fest. Um sie zu reizen, zog er sich fast ganz aus ihr heraus, kümmerte sich nicht darum, dass sie das nicht wollte. Er sollte sie hart nehmen, und als sie die Hände losbekam, drückte sie ihn aufs Bett und setzte sich auf ihn. Sie wollte ihren Orgasmus, und zwar jetzt.

»Du bist wunderbarer denn je«, sagte Anders, als er wieder zu Atem gekommen war und mit der Hand auf ihrem Bauch neben ihr lag. »Hast du irgendwas mit deinem Busen gemacht? Es fühlt sich an, als wäre er seit dem letzten Mal gewachsen«, fuhr er fort, während er seine Hand nach oben wandern ließ, bis sie auf ihrer Brust zu liegen kam. Mit Daumen und Zeigefinger packte er eine Brustwarze.

»Guck mal, was ich kann«, sagte er grinsend, als sie steif wurde. Susanne musste ihm recht geben. Er konnte es. Er wusste ganz genau, was sie anmachte.

Sie zog ihm die Decke weg und ließ den Blick über seinen nackten Körper gleiten, von seinem männlichen Gesicht über die perfekt behaarte Brust bis zu den muskulösen Beinen. Manche Männer rasierten sich ihre Körperbehaarung ab, was sie unattraktiv fand. Anders war perfekt. Seine Finger waren immer noch damit beschäftigt, ihre Brustwarze zu kneten, während sein Mund sich um die andere schloss.

»Fühl mal, wie sehr ich dich will«, flüsterte er und führte ihre Hand nach unten. »Ich will die ganze Nacht mit dir Liebe machen, deinen phantastischen neuen Körper streicheln und dir alles geben, was du willst«, fuhr er fort und küsste ihren Nacken dort, wo sie besonders empfindlich war. Er drehte sie um, bis sie in Löffelchenstellung zu liegen kamen, und küsste ihren Hals. Seine Zunge fuhr leicht unter ihr Ohr, und Susanne stöhnte auf, während sie sich so hinlegte, dass er sie wieder nehmen konnte.

Sie war voll und ganz bereit und hatte kein Wort gesagt, seit er eine Stunde zuvor ihre Wohnung betreten hatte.

Erst als sie aus Sonjas Wohnung zurück nach Hause gekommen war, hatte sie seine SMS mit der Mitteilung, er habe seine Frau verlassen, beantwortet. Sie hatte ihm geschrieben, dass er sie gerne am Abend besuchen könne. Seine Antwort kam umgehend: »Ich bin in zwei Stunden bei dir.«

Susanne wusste genau, was sie wollte. Sie hatte ihn nicht hergebeten, um zu reden.

Als es an der Tür klingelte, öffnete sie in ihrem langen weißen Seidenmorgenrock. Sie schaute ihn herausfordernd an und ging dann Richtung Schlafzimmer. Ob er überrascht war, als sie noch auf der Treppe den Morgenrock fallen ließ, war schwer zu sagen, jedenfalls war er steif, als er sie auf halbem Weg gegen die Wand drückte, was darauf schließen ließ, dass er auf dasselbe aus war wie sie.

Susanne hatte sich in ihrem Körper schon immer wohlgefühlt, und die Komplexe, von denen ihre Freundinnen erzählten, waren ihr fremd. Sie war nie zu schüchtern oder ängstlich gewesen, um die Initiative zu ergreifen, und wenn sie einen Mann wollte, dann sah sie zu, dass sie ihn – und sei es nur für eine Nacht – auch bekam.

Maggan und Rebecka hatten schweigend dabeigesessen, wenn Sonja und Susanne ungeniert stundenlang über Sex sprachen.

»Pfui, jetzt reicht es aber«, hatte Rebecka dann irgendwann gesagt und sich geschüttelt, weil es eben zu ihr passte, so etwas zu sagen.

Susanne konnte sehr gut zwischen Sex und Liebe unterscheiden, und sie kannte alle Kniffe, wie sie Ersteres bekommen konnte. Mit der Liebe sah es da schon anders aus. Viele Male hatte sie geglaubt, endlich beides gefunden zu haben, nur um kurz darauf ihren Irrtum einsehen zu müssen.

So war es auch mit Anders gewesen. Sie hatte keine Ahnung gehabt, dass er verheiratet war, bis eine Kollegin sie einen ganzen Monat nach dem ersten Date darüber aufklärte. Susanne hatte sich sehr darüber aufgeregt, aber nicht genug, um mit ihm Schluss zu machen. Allerdings hörte sie auf, ihm kurze zärtliche Nachrichten zu schicken, wie sie es vorher – im Glauben, ihn wirklich zu mögen – oft getan hatte. Und sie war nicht mehr jederzeit, wann immer es ihm gerade passte, verfügbar, sondern traf sich nur noch mit ihm, wenn sie selber Lust dazu hatte. Schließlich beendete sie ihr Verhältnis, weil sie nicht mehr länger die Liebhaberin eines verheirateten Mannes sein wollte. Jetzt, wo er sich von seiner Frau getrennt hatte, war die Lage natürlich anders. Als sie auf seine SMS geantwortet hatte, war sie also auf Sex aus und auf sonst gar nichts.

Sie kam in der Dusche erneut, während Anders sorgfältig den Schaum von ihrem Körper abspülte. Das war bereits ihr zehnter Orgasmus in den letzten drei Stunden. Sie war zufrieden.

Jetzt war es Zeit für ihn, zu fahren, und *das* sagte sie laut, klar und entschieden.

13

Langsam begann die neugewonnene Freiheit Rebecka anzustrengen. Sie musste sich irgendeine sinnvolle Beschäftigung suchen, wenn sie nicht eingehen wollte. Etwas Interessantes, womit sie sich die Zeit vertreiben konnte und worin sie voll und ganz aufgehen konnte. In einer Stadt wie Stockholm gab es natürlich unendlich viele Möglichkeiten, aber sie war es nicht gewohnt, das Angebot der Stadt auszunutzen, und fühlte sich eher gelähmt als inspiriert.

Es war noch nicht einmal neun Uhr, aber Rebecka war schon angezogen, es fehlten lediglich die Schuhe, dann war sie bereit für ihren Spaziergang. Sie hatte heute ein Kleid gewählt, das unter dem Busen gerafft war. Alle figurbetonten Kleidungsstücke von ihrer großen Shoppingtour im NK hatte sie zurückgebracht. Sie waren nicht mehr bequem, seit sie ein paar Kilo zugenommen hatte. Aber dieses passte perfekt. Sie hatte nie Kleider getragen, schon gar nicht romantische Modelle wie dieses, aber sie fühlte sich wohl darin. Ihr klassischer dunkler Pagenschnitt bildete einen schönen Kontrast zu dem verspielten Kleid, und ausnahmsweise fühlte sie sich richtig hübsch, wenn auch sehr gelangweilt.

Als sie vor der Tür stand, wusste sie nicht, welchen Weg sie einschlagen sollte. Am Tag zuvor war sie, wie schon so oft, durch Djurgården spaziert. Sie kannte diesen Teil der Stadt mittlerweile in- und auswendig. Planlos ging sie Richtung Östermalmstorg. Sie könnte sich die Schaufenster anschauen, bevor sie sich zu Hause eine weitere Folge der Oprah-Winfrey-Show ansah. Sie war vollkommen süchtig danach. Als alle anderen über Oprah Winfrey sprachen, hatte Rebecka sie nur von Bildern gekannt. Aber jetzt, wo sie Zeit hatte, guckte sie die Show fast täglich. Am besten gefielen ihr die Folgen, in denen Trauer und Vergebung diskutiert wurden.

Rebecka war klargeworden, dass sie niemals richtig getrauert hatte, nachdem Robert sie verlassen hatte, und ihm zu verzeihen, wie sehr er sie hintergangen und enttäuscht hatte, war ihr nie in den Sinn gekommen. Es hatte einen starken Eindruck auf sie gemacht, als Oprah in ihrer Show davon sprach, dass man um seiner selbst willen vergibt, um sich frei zu machen und sein Leben weiterzuleben.

Während sie den Weg zu Robert's Coffee in der Humlegårdsgatan einschlug, dachte sie darüber nach, wie wenig sie eigentlich über die menschliche Psyche wusste, zumindest über ihre eigene.

Ihr Caffè Latte schmeckte genauso wunderbar wie immer, und sie war vollauf damit beschäftigt, ihre Zimtschnecke zu zerteilen, als eine Stimme sagte: »Merkwürdig, dass wir uns immer treffen, wenn Sie gerade etwas Weißes im Mundwinkel haben.«

Sie schaute auf. Der Mann vor ihr lächelte fröhlich, und sie versuchte, ihn einzuordnen, kam aber beim besten Willen nicht darauf, wer er war.

»Entschuldigen Sie bitte, aber kennen wir uns?«, fragte sie freundlich.

Der Mann sah sympathisch aus, stellte sie fest. Sehr sympathisch sogar. Die gutgeschnittenen Shorts und das kreideweiße Polohemd standen ihm, und die Fältchen in seinem sonnenverbrannten Gesicht sagten ihr, dass er wahrscheinlich in ihrem Alter oder ein wenig jünger war.

»Nun ja, Bekannte sind wir nicht direkt, aber wir haben uns vor ungefähr einem Monat auf einer Parkbank in der Nybrogatan kennengelernt, als Sie gerade das ganze Gesicht voller Eis hatten«, antwortete er.

»Ach, Mr Supereilig. So leger gekleidet habe ich Sie gar nicht erkannt.«

»Das hab ich gemerkt.« Er lächelte immer noch. »Sie sind noch viel süßer heute, wenn das überhaupt geht«, flüsterte er.

»Danke«, flüsterte sie zurück.

Er richtete sich auf.

»Ich bin sicher, wir werden uns wiedersehen«, sagte er und verschwand Richtung Humlegården-Park.

Dieses Mal ließ er sie mit roten Ohren zurück, so sehr genierte sie sein Kompliment. Dass er sich vorgebeugt und ihr zugeflüstert hatte, fühlte sich weitaus vertraulicher an als ihre letzte Begegnung, bei der sie mit einem guten Meter Abstand voneinander auf einer Parkbank gesessen hatten.

Ein merkwürdiger Mann, dachte Rebecka, die ihren Blick nicht von seinem Rücken wenden konnte. War er an ihr interessiert, oder tat er den ganzen Tag nichts anderes, als Komplimente an Frauen mit Milchschaum im Mundwinkel auszuteilen? Verdutzt blieb sie zurück.

Als sie darüber nachdachte, was Susanne an ihrer Stelle getan hätte, musste sie lächeln. Wahrscheinlich hätte sie ihn eingeladen, sich zu ihr zu setzen, oder ihm ihre Telefonnummer gegeben, und Rebecka wünschte sich, auch nur ansatzweise so mutig wie ihre Freundin zu sein. Stattdessen hatte sie diesen gutaussehenden Typen, der ein bisschen Colin Firth ähnelte, einfach ziehen lassen. Nun ja, immerhin eine schöne Geschichte, die sie ihren Freundinnen erzählen konnte, wenn sie sich diese Woche in Sonjas Wohnung trafen, um alle Briefe und Fotos durchzusehen.

Rebecka freute sich schon auf einen ganzen Abend mit Maggan und Susanne. Bei ihren letzten Treffen waren sie in ihrer Trauer noch wie betäubt gewesen. Es würde ihnen guttun, wieder zusammen zu lachen. Vielleicht half ihnen eines von Sonjas Fotoalben dabei, wieder zurück zu der Freude und dem Spaß zu finden, die sie all die Jahre hindurch miteinander gehabt hatten.

Sie stocherte in den letzten Kuchenkrümeln herum und stand schließlich auf. Zeit, nach Hause zu gehen und sich Oprah anzuschauen. Vielleicht hatte die ja etwas zum Thema merkwürdige Männer zu sagen. Als sie gerade bei Åhléns vorbeilief, klingelte ihr Telefon. Am anderen Ende der Leitung erklang eine Stimme, die sie sieben Jahre lang vermisst hatte.

»Hallo, Rebecka, ich bin's, Robert.«

14

Fast hätten sie eine Rednerliste gebraucht, aber weil Rebecka weinte, durfte sie anfangen.

»Man versteht nicht, was du sagst, Liebes, atme erst mal tief durch«, sagte Maggan und reichte Rebecka ein Papiertaschentuch. Sie hatte immer einen Vorrat davon in der Handtasche.

»Gib mir gleich das ganze Paket. Immerhin müssen sieben Jahre Trauer raus.« Rebecka versuchte zu lachen, aber es ging nicht. Drei Tage hatte sie sich zusammengerissen, aber sobald sie ihre Freundinnen auf der Straße gesehen hatte, war sie zusammengebrochen.

Sie saßen auf den Sprossenstühlen in Sonjas Küche. Kaffee kam jetzt überhaupt nicht in Frage. Susanne hatte eine ganze Box Weißwein dabei, die mit Sicherheit noch vor Ende des Abends ausgetrunken sein würde.

»Was bildet er sich eigentlich ein, einfach so in dein Leben zurückzukehren? Versteht er nicht, wie sehr er dich verletzt hat?«, fragte Susanne verärgert.

Sie hatte noch nie viel für Rebeckas Exmann übriggehabt. Er war ihr immer viel zu angeberisch, eingebildet und glatt gewesen. Sie war nicht sonderlich überrascht gewesen, als er sich als Widerling entpuppt hatte, aber dass er die Dreistigkeit besaß, nach sieben Jahren zurückzukommen, hätte sie dann doch nicht gedacht.

»Anscheinend nicht. Er hat gesagt, dass er mich die ganze Zeit vermisst hat und es der größte Fehler seines Lebens war, mich zu verlassen.«

»Ist er inzwischen geschieden?«

»Nein, aber es läuft wohl nicht so gut zwischen den beiden. Sie geht völlig in ihrer Mutterrolle auf, und er fühlt sich vernachlässigt.« Rebecka schnäuzte sich in ein weiteres Taschentuch.

»Rebecka, bitte sag, dass du ihm diesen Quatsch nicht abnimmst«, sagte Susanne wütend.

»Doch, irgendwie schon.« Rebecka lächelte unter Tränen. »Vielleicht weil ich es mir so sehr wünsche.«

Maggan, die bisher Susanne das Wort überlassen hatte, konnte sich nicht länger zurückhalten.

»Rebecka, der Mann ist wie eine Warze. Du musst sie wegätzen, damit sie verschwindet.«

Die beiden anderen schauten sie erstaunt an. Es klang wie etwas, das sie irgendwo gelesen hatte, denn Warzen wegzuätzen war nicht direkt Maggans Stärke. Selbst verdrängte sie alles, was schmerzte.

»Du hast recht, Maggan«, sagte Susanne zustimmend. »Die Warze muss weg. Bloß wie?«

»Ich habe keine Ahnung. Vielleicht indem ich mich am Samstag mit ihm treffe?« Rebecka zog die Schultern hoch, als sie das sagte, weil sie lauten Protest von den Freundinnen erwartete.

»Gute Idee«, sagte Susanne. »Hab Sex mit ihm, dann geht es vorbei.«

»Sex?« Rebecka fing an zu lachen.

Die beiden anderen fielen in ihr Gelächter ein. Allen war klar, dass Rebecka keinen Sex mit Robert haben würde, Susanne an ihrer Stelle aber genauso handeln würde.

»Wo trefft ihr euch?«, fragte Maggan neugierig.

»Im Sturehof. Er hat das Diana vorgeschlagen, aber das habe ich abgelehnt. Zu viele gemeinsame Erinnerungen.«

»Er wagt es also, sich mit dir mitten auf den Stureplan zu setzen, obwohl er noch verheiratet ist. Donnerwetter!«, sagte Susanne. Sie wünschte sich von ganzem Herzen, dass Robert Rebecka nicht zurückhaben wollte, sagte es aber lieber nicht laut. Stattdessen sagte sie, sie hoffe, dass er sowohl seine Haare als auch die Zähne und sein Urteilsvermögen verloren habe.

»Lasst uns auf den zahnlosen Robert trinken. Möge er in der Hölle schmoren.« Sie prostete ihren Freundinnen zu und lachte fröhlich.

»Da kann er sich mit Käpten Anders vergnügen, den ich soeben genau dorthin geschickt habe.«

Susanne erzählte gut gelaunt, wie sie einige angenehme Stunden mit ihm in ihrer Wohnung verbracht hatte, bis sie zu dem Schluss gekommen war, dass er ihren Ansprüchen auch als Geschiedener nicht gerecht wurde.

»Er ist immer noch ein göttlicher Liebhaber, aber jetzt bin ich wirklich ein für alle Mal fertig mit ihm.«

Sie sah so glücklich aus, dass die Freundinnen ihr das abnahmen.

Maggan hatte nie Liebesprobleme, weil sie sich von Männern fernhielt. Die letzten dreiunddreißig Jahre war ihre Tochter ihr Ein und Alles gewesen. Anneli hatte zu Hause gewohnt, bis sie sechsundzwanzig war und ihr Studium beendet hatte. Kurz darauf hatte sie Peter kennengelernt, und zwei Jahre später war Alex auf die Welt gekommen. Seit ihre Tochter die Bombe hatte platzen lassen, dass sie nach Östersund umziehen würden, hatte Maggan zweimal mit ihr gesprochen. Beim zweiten Mal hatte sie sich widerwillig entschuldigt und alles über die Zwillinge hören wollen.

»Sie ziehen am achten September um. Und das ist doch wohl ein bisschen seltsam?«

»Warum ist das seltsam?«, wollte Rebecka wissen, bevor ihr einfiel, dass sie an ebendem Tag den Termin mit dem Anwalt wegen Sonjas Testament hatten. »Ach ja, stimmt. Autsch«, fuhr sie fort. »Mal sehen, ob du ihnen beim Umzug helfen kannst. Wie geht es dir damit, dass sie wegziehen?«

»Tja, ich habe immer eine Packung Taschentücher dabei. Ich bin traurig, und es wird sich sehr leer anfühlen, wenn sie weg sind. Und ich kann Anneli nicht helfen, wenn die Babys kommen.«

Am schlimmsten war es, dass ihre Tochter in Zukunft ohne sie zurechtkommen würde. Wie auch immer das gehen sollte mit zwei Säuglingen und einem lebhaften Fünf-, fast Sechsjährigen.

»Aber du kannst sie besuchen und sogar ein bisschen länger dortbleiben, oder? Sie haben doch ein großes Haus gekauft.« Susanne füllte Maggans Glas wieder auf.

»Ja, das schon, aber die Frage ist, ob sie das überhaupt wollen. Ich habe es Anneli nicht angeboten. Da muss sie mich selbst fragen, wenn es so weit ist.«

Susanne lachte.

»Du bist eine schlechte Märtyrerin, Maggan. Sag doch einfach zu Anneli, dass du kommst, wann immer sie dich braucht. Mach es dir nicht so schwer.«

»Ich bin überhaupt keine Märtyrerin. Sie werden schon einen Grund dafür haben, hier wegzuziehen, wahrscheinlich weil Anneli nicht mehr so nah bei mir wohnen will.«

»Jetzt mach aber mal einen Punkt. Du hast doch erzählt, dass Peter einen Job bei Skistar in Åre gefunden hat und dass sie sich darauf freuen, in der Natur zu leben. Tu dir nicht selber weh, und hör auf zu denken, dass es hier um dich geht.«

»Susanne hat völlig recht, Maggan. Anneli kann zwar nicht deinetwegen hierbleiben, aber das bedeutet noch lange nicht, dass sie deinetwegen wegzieht. Sie muss zuerst an ihre eigene kleine Familie denken, das verstehst du doch sicher?« Rebecka stand auf, um sich zu strecken.

»Außerdem wirst nicht nur du sie vermissen. Jetzt, wo ich üben will, meine Wohnung schmutzig zu machen, habe ich mich auf Alex' Besuche gefreut. Das musst du jetzt übernehmen. Für Sonntag kann ich mir gut ein bisschen Schmutz vorstellen, am Tag nach dem Treffen mit Robert. Habt ihr Lust, zum Abendessen zu kommen?«

Die drei schoben ihre privaten Sorgen erst mal zur Seite und wandten sich dem ersten Karton zu, den sie durchsehen wollten. Er enthielt Fotoalben, und schon bald saßen sie auf dem Küchenfußboden, lachten lauthals über alte Bilder und schwelgten in Erinnerungen an schöne Momente.

»Schau mal, Rebecka. Hier siehst du richtig ausgelassen aus. Meine Güte. Wie konntest du bloß so furchtbar ernst werden?«

»Ich fürchte, so fröhlich, wie ich da aussehe, war ich gar nicht. Und was war mit dir los? Guck dir das mal an.« Sie zeigte Susanne ein Bild aus einer Disko. Susanne saß eingeklemmt zwischen zwei fremden Männern und sah alles andere als glücklich aus.

Susanne kicherte.

»Wegen den beiden bin ich gut darin geworden, Männer zu fressen. Dann sind sie weniger im Weg.«

Maggan ignorierte die Kabbelei der beiden. Sie hatte ein Album mit Fotos von ihrer Interrailtour gefunden und blätterte hastig die Seiten um, ängstlich und zugleich aufgeregt, was sie wohl finden würde.

Als Sonja die Fotos vor fast vierunddreißig Jahren entwickeln ließ, hatte Maggan sie nicht sehen wollen. Sie fürchtete sich vor ihren Gefühlen. Ihr Bauch wuchs von Tag zu Tag, und solange sie sich einzig darauf konzentrierte, musste sie nicht daran denken, wie sehr sie sich verliebt hatte.

Die Bilder waren wie ein Schlag ins Genick. Sie hatte alles vergessen. Hatte verdrängt, wie wunderbar sich seine weichen Hände angefühlt hatten. Vergessen, wie er versuchte, auf Schwedisch »Ich liebe dich« zu sagen. Ihre vielen Versprechen, sich wiederzusehen, und ihre Überzeugung, dass das Schicksal sie zusammengeführt hatte. Alles hatte sie vergessen. Bis jetzt, als die Erinnerung mit voller Wucht auf sie einstürzte. Sie ließ sich von ihren Gefühlen überwältigen, erinnerte sich an die Küsse, all das Lachen und ihren tränenreichen Abschied in Paris. Sie waren beide sicher gewesen, dass sie sich wiedersehen würden, aber als Maggan ihre Schwangerschaft bemerkte, wusste sie, dass das unmöglich war. Der Winzling und das Leben, das sie mit ihm erwartete, waren das Allerwichtigste gewesen.

Paul wollte sich nicht mit einem Kind belasten. Er wollte in einem Kibbuz arbeiten, am Great Barrier Reef tauchen und in den Pyrenäen wandern. All das hatte sie auch gewollt, aber nur wenige Wochen nach ihrer Rückkehr hatte sich alles verändert.

Als Maggan den Freundinnen von ihrer Schwangerschaft erzählt hatte, bestürmten sie sie nicht länger, nach Paris zurückzukehren. Sie verstanden, dass Paul beim Anblick ihres Bauches am Boden zerstört sein würde. Paul aufzugeben war unglaublich schmerzhaft, aber was blieb ihr für eine Alternative?

Ihre Freundinnen hatten den Mann nie getroffen, der sie kurz nach ihrer Interrailtour geschwängert hatte, und sie hatten sie nie ermuntert, Kontakt mit ihm aufzunehmen. Sie würde eine alleinerziehende Mutter werden, und das hatten sie akzeptiert.

Alle bis auf Sonja. Sie hatte Maggan lange zu überzeugen versucht, Kontakt mit Paul aufzunehmen, hatte ihr versichert, er werde nichts dagegen haben, dass sie ein Kind mit einem anderen hatte, aber Maggan war nicht darauf eingegangen. Schließlich hatte Sonja aufgegeben, und Paul war in Vergessenheit geraten.

Rebecka und Susanne hatten nicht bemerkt, dass Maggan in Gedanken ganz woanders war, sie waren voll und ganz mit all den Fotos von Festivals, Reisen und Partys Ende der siebziger Jahre beschäftigt und lachten laut darüber, wie sie damals ausgesehen hatten.

Maggan setzte sich neben sie und betrachtete die Bilder von sich selbst, als sie hochschwanger gewesen war. Sie sah so jung aus. Wie konnte so ein junges Mädchen entscheiden, ein Kind zu bekommen, ohne den Vater des Kindes an seiner Seite zu wissen?

Ihre Entscheidung, die andere als vollkommen verrückt abgetan hatten, war ihr, die ohne Vater aufgewachsen war, ganz natürlich erschienen. Immer wenn sie Hilfe gebraucht hatte, war ihre Mutter da gewesen, auch wenn sie gleichzeitig versucht hatte, das Ruder zu übernehmen.

Und jetzt beklagte sich Maggan selbst darüber, dass ihre dreiunddreißigjährige Tochter sich entschieden hatte, mit Mann und Kind umzuziehen. Sie lächelte in sich hinein und verstand, wie dankbar sie im Grunde dafür war, dass Anneli ihr Leben mit jemandem teilen konnte. Und dass dieser Jemand nicht ihre Mutter war.

15

Das leichte Mittagessen, das sie zu sich genommen hatte, kam ihr beinahe wieder hoch. Es waren nur noch ein paar Stunden bis zu dem Treffen mit Robert, und Rebecka war vor Schreck wie gelähmt. Die Idee, den Mann wiederzusehen, der sie sieben Jahre zuvor so leichtfertig verlassen hatte, war reiner Wahnsinn. Sie hatte diesen Tag längst verdrängt, aber nun stand er ihr wieder glasklar vor Augen. Sie konnte präzise den Ablauf jener Stunde des 13. Juni 2002 wiedergeben, die ihre Trennung gedauert hatte. Sie erinnerte sich an jedes Detail.

Robert war völlig durchnässt, als er durch die Wohnungstür trat. Ohne daran zu denken, welche Flecken das auf dem geölten Holzboden hinterlassen würde, stellte er seinen Regenschirm neben die Tür statt auf den Fußabtreter. Rebecka seufzte leise und räumte den Schirm weg.

»Verdammt, meine Schuhe sind pitschnass«, sagte er, während er versuchte, sie abzustreifen, ohne sich zu bücken und die Schnürsenkel aufzubinden.

»Auch dir einen guten Abend, mein Schatz«, sagte Rebecka trocken, während sie die Versuche ihres Mannes beobachtete, seine nassen Schuhe loszuwerden.

»Was hast du denn? Du warst schließlich nicht draußen im Regen«, antwortete Robert mürrisch, als er sein Jackett aufhängte.

»Aber ja. Ich bin vor einer Viertelstunde nach Hause gekommen, da hat es schon genauso geregnet wie jetzt. Willst du ein Glas Wein?«, fragte sie und ging in die Küche. Sie betrachtete die Flaschen im Regal und bekam Lust auf ein Glas Rioja. Irgendwann zwischen dem Moment, als sie den Korkenzieher hervorgeholt, und dem, als sie ihn in den Korken gedreht hatte, kam er in die Küche und verkündete, dass er sie verlassen werde. Am selben Abend. Sie hieß Anna.

Die Flasche glitt ihr aus den Händen.

»Wie bitte?«

»Ich verlasse dich. Du und ich, wir passen nicht mehr zusammen. Es ist schon ewig her, seit wir uns zuletzt miteinander wohl gefühlt haben.« Er verstummte und wartete auf eine Reaktion. Als keine kam, fuhr er fort: »Mit Anna ist das anders. Sie schätzt mich wirklich.«

Rebecka starrte ihren Mann an, der während dieser Rede völlig ruhig blieb. Was er sagte, schien ihn überhaupt nicht zu berühren.

Er zerstörte ihr Leben, und es interessierte ihn nicht einmal.

»Anna?«

»Ja, Anna. Es tut mir leid, dass ich dich hintergangen habe, und das hätte ich natürlich nicht gemacht, wäre ich nicht dazu gezwungen gewesen. Sie gibt mir etwas, das ich mein Leben lang vermisst habe, und wenn ich das selbst so sagen darf, sie betet mich an.«

Rebecka holte das Kehrblech heraus, während Roberts Stimme wie aus weiter Entfernung weitersprach. Rotweinflecken waren nicht gut. Der Holzboden wäre ruiniert, wenn sie ihn nicht sofort wischte. Verdammt, warum mussten Flaschen auch immer in so viele Teile zersplittern. Die Scherben würden noch bis in alle Ewigkeit überall auftauchen.

»Hörst du überhaupt, was ich sage?«, brüllte Robert plötzlich. »Genau das meine ich. Du hörst mir nicht zu. Wenn ich mit Anna spreche, schaut sie mir in die Augen und hört zu. Ich sage, dass ich dich verlasse, und du wischst den verdammten Fußboden?«

Rebecka überlegte, ob sie für ein paar Tage verreisen sollte. Vielleicht würde Sonja mit ihr nach Paris fahren. Sie schüttelte den Kopf. Nein, das war keine gute Idee. Nächste Woche sollte es wieder warm werden, da wäre es in Sandhamn schöner. Sie war nicht mehr da gewesen, seitdem das Hotel renoviert worden war.

Sie kam erst wieder zu sich, als sie das Gartentor schlagen hörte.

Auf dem Doppelbett lag ein Zettel, auf dem stand, sie könne alle Möbel behalten, er wolle ohnehin mit Anna zusammen neue kaufen, und sie solle bitte ausrechnen, was der gesamte Hausrat und die Wohnung wert seien, und ihn dann auszahlen. Außerdem wäre er ihr dankbar, wenn sie den Scheidungsantrag, der neben dem Zettel lag, sobald wie möglich unterschreiben würde. Er wolle ihre Ehe gerne auf zivilisierte Art und Weise zu Ende bringen.

Sie hatten nie wieder miteinander gesprochen, und jetzt, sieben Jahre später, verstand sie immer noch nichts. Der Mann, in den sie sich verliebt hatte, war ein anderer als der Mann, der sie verlassen hatte.

Ihre Freundinnen hatten versucht, aus ihr herauszubekommen, was passiert war, aber weil Rebecka es selbst nicht verstand, konnte sie auch nichts darüber erzählen, außer dass Robert gesagt hatte, sie genüge ihm nicht als Ehefrau und er wolle nicht mehr mit ihr, sondern stattdessen mit Anna verheiratet sein. Als die Freundinnen fragten, wie sie sich fühlte, konnte sie nichts antworten, weil sie überhaupt nichts verspürte. Eine lähmende Leere war, soweit sie wusste, kein Gefühl.

Mit den Jahren war ihre Lähmung verschwunden, nicht jedoch die Leere. Sie wusste nicht, ob sie ihn vermisste. Genauso gut konnte es sein, dass sie vermisste, verheiratet zu sein. Einen starken Arm zu haben, an den sie sich lehnen konnte. Jemanden, mit dem sie vor dem Einschlafen sprechen konnte.

Ihr war immer noch schlecht, als sie ins Badezimmer ging, um zu duschen.

16

Bei Sturehof war alles voll. Der Abend versprach schön zu werden, und wollte man einen guten Tisch bekommen, musste man rechtzeitig da sein. Sie hatten verabredet, sich draußen zu treffen, und Rebecka wartete in einiger Entfernung, um nicht wie bestellt und nicht abgeholt dazustehen, falls Robert nicht auftauchte.

Sie sah ihn schon von weitem. Mit langen Schritten überquerte er die Birger Jarlsgatan, und als er am Svampen, dem Betonpilz, vorbeikam, nahm Rebecka einen tiefen Atemzug und verließ ihr Versteck hinter den Tischen der Utecompagniet. Sie sah Robert mit jemandem am Eingang sprechen und dann im Restaurant verschwinden. Als sie selbst eintrat, saß er bereits an einem Tisch bei den zur Terrasse hin geöffneten Fenstern.

»Rebecka!«, rief er und erhob sich. Sie machte keine Anstalten, sich in seine weit geöffneten Arme zu werfen.

»Hallo, Robert«, sagte sie mit festerer Stimme, als sie zu hoffen gewagt hatte. »Ist ja eine Weile her«, fügte sie hinzu und zog einen Stuhl heran.

Falls Robert die Anspielung seiner Exfrau bemerkt hatte, ließ er es sich nicht anmerken. Er hielt sie fest, bevor sie sich setzen konnte.

»Ich muss dich einfach anschauen«, sagte er schelmisch. Rebecka antwortete nicht. Sein Blick wanderte von ihrem Kopf aus nach unten. Er pfiff leise.

»Du hast immer noch eine phantastische Figur.«

Das war sicher als Kompliment gedacht, doch Rebecka gefiel das überhaupt nicht. Es fühlte sich an, als würde er sie mit seinen Blicken ausziehen, und der Robert, an den sie sich erinnerte, hatte keine solchen Tricks auf Lager gehabt. Zumindest nicht bei ihr.

Ganz im Gegenteil, er war stets die Höflichkeit in Person gewesen. Sie setzte sich schnell hin.

»Also. Gibt's Ärger im Paradies?« Am besten kam sie gleich zur Sache. Hier zu sitzen und Höflichkeitsfloskeln auszutauschen, nachdem sie zwanzig Jahre verheiratet gewesen waren, schien ihr albern. Seltsamerweise war ihre Nervosität wie weggeblasen. Stattdessen betrachtete sie ruhig den Mann, der einmal ihrer gewesen war. »Deshalb wolltest du mich doch treffen, oder?«, fuhr sie fort.

Er lachte.

»Ja, deshalb. Aber zuerst musst du mir erzählen, wie es dir geht. Was machst du zurzeit?« Den letzten Satz sang er, und Rebecka verdrehte die Augen.

»Singen kannst du immer noch nicht.« Sie lächelte den Kellner an, der ihnen die Speisekarte brachte und nach ihren Getränkewünschen fragte.

»Ich hätte gerne einen Erdbeer-Daiquiri. Und du, Robert?«

Er schaute sie erstaunt an.

»Seit wann nimmst du vor dem Essen einen Drink?«

»Seit etwa sieben Jahren«, sagte sie lächelnd.

»Okay, dann nehme ich einen Gin Tonic. Aber erzähl. Wie geht es dir?«

Als sie berichtete, dass Sonja gestorben war, war er bestürzt. Er hatte sie – wie jeder – gemocht und sprach Rebecka sein ehrliches Beileid aus.

»Du verbringst also noch immer viel Zeit mit deinen Mädels?«, fragte er, nachdem sie vom Begräbnis und dem Fest erzählt hatte.

»So viel wie möglich. Susanne ist nach wie vor viel

unterwegs, und Maggan ist mit ihrer Tochter und deren Familie beschäftigt. Aber natürlich sehen wir uns, wann immer es geht. Morgen Abend kommen sie zum Essen zu mir.«

»Um über mich zu diskutieren?«

»Glaub mir, Robert, wir haben Wichtigeres zu besprechen. Aber klar, ich werde bestimmt erwähnen, dass ich dich getroffen habe.«

»Und was wirst du ihnen erzählen? Dass ich alt und langweilig geworden bin?«

»Etwas in der Art«, antwortete sie lächelnd, während sie entspannt an ihrem Drink nippte.

So alt sah er allerdings gar nicht aus. Ein bisschen mitgenommen vielleicht? Mit fünfzig Vater zu werden zehrte sicherlich an den Kräften. Andererseits hatte seine junge Frau ihn doch wohl frisch gehalten. Zumindest bis jetzt.

»Ich habe seit unserer Scheidung jedenfalls nicht ein Kilo zugenommen.« Er klang stolz, als er die Speisekarte in die Hand nahm, und Rebecka fragte sich insgeheim, ob er immer schon so selbstbezogen gewesen oder erst mit den Jahren so geworden war.

»Wir beide haben immer sehr bewusst gegessen, und so habe ich es auch weiterhin gehalten. In unserem Alter muss man auf sich achten, meinst du nicht?«

»Ja sicher«, antwortete Rebecka, die gerade eine herrliche Schokoladen-Pannacotta auf der Speisekarte gefunden hatte.

Während Robert die Speisekarte las, schaute sie sich um und zuckte zusammen, als sie in ein wohlbekanntes Augenpaar etwa fünf Meter von ihrem Tisch entfernt blickte. Der merkwürdige Mann, der Colin Firth so ähnelte, nickte ihr unmerklich zu und führte seinen Zeigefinger zum Mundwinkel, bevor er sich wieder auf seine weibliche Begleitung konzentrierte.

Es hatte nur eine Sekunde gedauert, aber Rebecka spürte, wie sie errötete. Schnell hob sie die Speisekarte vor ihr Gesicht.

»Ich kann dich dahinter nicht sehen.« Robert heischte um ihre Aufmerksamkeit und fragte, was sie bestellen wolle. Sie ließ die Karte sinken und schaute ihn an.

»Ein Beefsteak, medium, mit Sauce béarnaise und Bratkartoffeln. Entschuldige mich bitte einen Moment, ich muss mir die Nase pudern. Bestellst du für mich?« Sie kämpfte gegen den Impuls an, loszurennen, und ging stattdessen in so würdevoller Haltung wie möglich Richtung Damentoilette.

Sie sah in den Spiegel, um zu überprüfen, ob sie tatsächlich auch dieses Mal etwas im Mundwinkel hatte, stellte aber fest, dass er wohl auf ihre vorherigen Treffen angespielt hatte. Sie nutzte die Gelegenheit, auf die Toilette zu gehen, wusch sich die Hände und spülte sich die Handgelenke mit eiskaltem Wasser ab. Sie frischte ihren Lippenstift auf, überprüfte, ob kein Klopapier unter ihrem Kleid hervorhing, und ging ruhig zurück. Kein Grund zur Sorge. Colin Firth hatte sie nur ein bisschen geneckt, weiter nichts.

»Ich habe mir erlaubt, eine Flasche Wein zu bestellen. Roten. Der passt auch zu meinem Thunfisch.« Robert sah zufrieden aus.

Sie aßen schweigend. Die Übelkeit, die Rebecka

den ganzen Tag über begleitet hatte, war verschwunden, und sie aß alles auf, was gebracht wurde. Die erste Flasche Wein war schnell leer, und sie nickte zustimmend, als Robert vorschlug, eine weitere zu bestellen.

Der eigentliche Grund für ihr gemeinsames Abendessen war noch nicht zur Sprache gekommen, und Rebecka fragte sich, wie lange er noch mit der Antwort auf ihre Frage warten wollte, ob er Ärger mit seiner Frau hatte. Erst als ihre Teller abgeräumt waren und sie auf das Dessert warteten, rückte er mit der Sprache heraus.

»Ich bin unglücklich, Rebecka. Ich fürchte, ich habe den größten Fehler meines Lebens gemacht, als ich dich verlassen habe.«

Rebecka sagte nichts. Sie wartete auf die Fortsetzung.

»Wir waren doch glücklich miteinander?«

»Ich war glücklich. Aber du wolltest mehr, Robert, hast du das vergessen?«

»Aber was wollte ich denn? Ich erinnere mich nicht mehr. Ich weiß nur noch, dass es ruhig und schön war mit dir. Ich wusste, wie die Tage verlaufen würden, und unser Leben plätscherte gemächlich dahin. Das vermisse ich.«

»Ich dachte, genau das konntest du nicht mehr ertragen, dass ich so langweilig war?«

»Habe ich das gesagt? Wenn ja, dann nehme ich es zurück. Du warst nie langweilig. Ich habe in den letzten Monaten viel über dich und uns nachgedacht, und ich sehne mich zurück. Sogar nach der weißen Wohnung.« Er lächelte schief und versuchte, ihren

Blick aufzufangen, suchte nach Bestätigung, dass sie sich über das, was er sagte, freute.

Aber das tat sie nicht.

»Klingt anstrengend – sich ständig nach etwas zurückzusehnen, das man unter gar keinen Umständen mehr haben kann«, sagte sie ruhig. Robert konnte nicht darauf antworten, da der Kellner in diesem Moment Rebeckas Pannacotta brachte.

»Entschuldige mich einen Augenblick.« Robert stand auf. »Auch Männer müssen sich mitunter die Nase pudern.« Er bemühte sich um einen munteren Tonfall, aber Rebecka ließ sich nicht täuschen. Er hatte mit Sicherheit eine andere Antwort von ihr erwartet, und anscheinend musste er sie erst mal verdauen.

Sobald Robert außer Sicht war, wagte sie, zu Colin Firth' Tisch hinüberzuschauen. Auch seine Begleitung war aufgestanden.

Als hätte er bloß darauf gewartet, dass sie zu ihm sah, trafen sich ihre Blicke, und sie saß wie festgenagelt. Sie konnte den Blick nicht abwenden. Er lachte nicht. Sie auch nicht. Die ebenso sprachlose wie intensive Kommunikation zwischen ihnen brach erst ab, als die Frau zurückkam und er aufstand, um ihr den Stuhl zurechtzurücken. Rebecka kehrte in die Wirklichkeit zurück. Robert wollte wieder mit ihr zusammen sein, und sie hatte gerade dankend abgelehnt.

17

Während Maggan am ersten Glas rosé Champagner des Abends nippte, ging Rebecka in die Küche, um eine Vase für die weißen Gladiolen zu holen.

»Dass es die schon gibt«, rief sie, als sie auf der Suche nach der perfekten Vase einen Schrank öffnete. »Ich dachte immer, die blühten erst im Herbst.«

»Ich weiß, das habe ich auch gedacht. Aber der Markt in Farsta war voll davon.« Maggan sah sich in der Wohnung um.

»Sie machen sich hier wirklich gut«, sagte sie und wies auf eine der Wände, als Rebecka mit dem stattlichen Strauß zurückkam.

»Ja, sie passen dorthin, nicht wahr? Ich hatte schon seit einer Weile eine Serie von Sonjas Gemälden im Schlafzimmer, aber jetzt will ich sie immer um mich haben. Sie machen mich froh.« Sie hob ihr Glas. »Prost, Darling, und willkommen bei mir.«

Als Susanne zehn Minuten später klingelte, waren die beiden bereits bei ihrem zweiten Glas, und ihre Freundin kippte schnell das erste hinunter, um aufzuholen.

»Na«, sagte sie und schaute Rebecka auffordernd an. »Wie lange willst du uns auf die Folter spannen?«

Rebecka stürzte sich sofort in eine detaillierte Erzählung ihres Abends mit Robert. Sie ließ nichts aus. Erst als sie den Nachtisch servierte und die dritte Flasche Champagner öffnete, verstummte sie.

Susanne und Maggan, die zwischendurch nur ein

paar kurze Nachfragen und ein »Das gibt's doch nicht« eingeworfen hatten, hatten Rebecka noch nie zuvor so lange am Stück reden hören. Erst jetzt verstanden sie wirklich, wie tief sie die Scheidung getroffen hatte, wie verzweifelt sie gewesen war, als sie von seinem Kind erfuhr, und wie sie ihr Herz verschlossen hatte, nachdem sie von ihm verlassen worden war.

»Seit gestern bin ich endlich frei. Voll und ganz. Ich kann euch gar nicht sagen, wie sehr mich das erleichtert. Ich habe so lange an meinem Bild von dem perfekten Robert festgehalten, dass ich völlig vergessen habe, dass unsere besten Jahre die ersten fünf waren. Danach ging es mit uns bergab, und ohne dass ich es gemerkt hätte, ging unsere Ehe vor die Hunde. Ich wollte zu gerne glücklich verheiratet sein, um einzusehen, dass ich es nicht war. Wie kann man sich selbst so hinters Licht führen?«

Sie sah ihre Freundinnen an, die darauf warteten, dass sie fortfuhr.

»Es ist vorbei. Ich bin frei. Frei. Versteht ihr? Prost, verdammt!«

Sie hob ihr Glas und stürzte dann den Inhalt hinunter.

»Wir brauchen Musik. Ich will tanzen.«

Während ihre Freundinnen eine Art Kriegstanz aufführten, saß Maggan auf dem Sofa. Vom Alkohol beflügelt, hätte sie am liebsten mitgetanzt, aber obwohl sie schon recht beschwipst war, wusste sie, dass ihre Beine dann die nächsten Tage überhaupt nicht mitmachen würden, und sie brauchte sie, um Anneli und Alex zu treffen. Stattdessen genoss sie es, zuzusehen, wie ihre Freundinnen ekstatisch zu *Love to Love you, Baby* tanzten.

Donna Summer. 1975. Maggan war fast neunzehn, Sonja zwanzig und Rebecka einundzwanzig.

Sie waren sofort ein Herz und eine Seele. Sonja war die Unternehmungslustigste von ihnen und nahm die beiden anderen mit auf Konzerte, in Clubs und auf Partys in obskuren Kellerlokalen. Nach außen hin waren sie vollkommen unterschiedlich. Sonja war nicht nur Künstlerin – sie sah auch aus und lebte wie eine. Sie hatte keinerlei Ängste und stürzte sich in neue Unternehmungen, ohne mit der Wimper zu zucken. Am meisten bekümmerte es sie, dass sie sechs Jahre zuvor noch zu jung gewesen war, um Woodstock mitzuerleben. Jetzt, wo sie endlich alt genug war, war es out, Hippie zu sein, und Disko war das neue Ding. Darüber kam sie nie ganz hinweg.

Maggan ging es wunderbar in Sonjas Windschatten. Für sie war Sonja eine Art große Schwester, der sie nacheiferte und von der sie jede Menge lernen konnte. Sonja ließ sie gerne großzügig an ihrem Wissen über das Leben teilhaben, und Maggan sog begierig jedes Wort auf. Erst als sie Anneli bekam, verstand sie, dass nicht alles, was für Sonja stimmen mochte, notwendigerweise genauso für sie gelten musste.

Rebecka war von Anfang an ganz sie selbst gewesen und ließ sich nie auf etwas ein, was sie nicht wollte. Sie war deshalb nicht langweilig, aber anders als Sonja nahm sie das Leben nicht auf die leichte Schulter. Sie achtete darauf, was sie aß, hatte vor, an der Stockholmer Handelshochschule oder der Königlich Technischen Hochschule zu studieren, und trank, wenn überhaupt, dann nur mäßig, um nicht die Kontrolle zu verlieren. Ihre Unschuld hatte sie, als es ihr mit sechzehn an der Zeit dafür schien, genau nach Plan verloren, und anders als Sonja, die sich kaum ein interessanteres Thema vorstellen konnte, sprach Rebecka nie über ihr Sexleben. Mit einundzwanzig hatte sie es mit einigen Männern probiert, aber Sex war ihr stets klebrig und unappetitlich vorgekommen.

Susanne, die ein paar Jahre jünger war, hatte Maggan kennengelernt, als sie zusammen in einem Kindergarten arbeiteten. Susanne hatte an den wenigen Abenden, die Maggan ausgehen wollte, auf Anneli aufgepasst, und es hatte nicht lange gedauert, bis sie Sonja und Rebecka vorgestellt wurde. Bald gehörte sie wie selbstverständlich dazu.

Erst mit den Jahren verstanden sie, warum sie sich sofort so zueinander hingezogen gefühlt hatten, zumindest glaubte Sonja, den Grund dafür zu kennen. Es ging um den nicht vorhandenen Kontakt zu ihren Vätern, hatte sie gesagt, und dass sie deshalb alle in einem außergewöhnlichen Maße in der Lage waren, sich um sich selbst zu kümmern.

»Ich glaube kein bisschen daran, dass Gegensätze sich anziehen«, sagte sie. »Jedenfalls nicht bei Freundschaften. Wir haben alle vier ein Problem damit, anderen Menschen zu vertrauen, auch wenn sich das völlig unterschiedlich ausdrückt. Du, Maggan, willst immer alle in deiner Nähe haben, aus Angst, sie könnten dich verlassen. Rebecka muss ständig beweisen, wie fähig und kompetent sie ist, immer alles richtig machen. Susanne legt es ständig darauf an, verlassen zu werden, weil sie nicht glauben kann, dass jemand sie wirklich mag. Ich selber picke mir zwar ein paar Krümel heraus, aber an den ganzen Kuchen wage ich mich nicht.«

»Uff, ich bin fix und fertig«, sagte Susanne und warf sich in einen Sessel. Ihr Gesicht glänzte vor Schweiß.

»Genug getanzt! Wer möchte Kaffee und Schnaps?«, fragte Rebecka, und zwei Hände reckten sich in die Luft.

»Punsch, Cognac oder Strega?«

Sie äußerten ihre Wünsche, und während Rebecka in der Küche Kaffee kochte, fragte Maggan, ob Susanne über Sonjas Testament nachgedacht habe.

»Ich denke jeden Tag daran«, gab Susanne zu. »Ich weiß immer noch nicht, was ich will. Ich habe zwar wie verlangt zugenommen, aber es fällt mir schwer, mir ein Leben ohne Flugzeuge vorzustellen. Und du?«

»Meine Situation hat sich völlig geändert, jetzt, wo Anneli umzieht, für mich gibt es also eigentlich keine Hindernisse mehr. Es ist das Geld, das mir Angst einjagt. Was soll ich bloß mit so vielen Millionen anfangen?«

»Worum geht's?«, fragte Rebecka, die mit einem Tablett voller Kaffeetassen und Gläser zurückkam.

»Um Millionen. Was man mit ihnen macht, wenn man sie hat.«

»Sprecht bloß nicht weiter, bis ich den Kaffee geholt habe.«

Sie war schnell zurück, und als sie ihnen einschenkte, wollte sie wissen, weshalb sie über Geld sprachen.

»Wenn wir Sonjas Bedingungen akzeptieren, werden wir unanständig reich, und ich weiß nicht, ob ich so leben kann. Das bringt sicher jede Menge Verpflichtungen mit sich.«

»Wie meinst du das?«

»Ich müsste plötzlich ganz anders leben als bisher. Ich drehe jede Krone zweimal um – wie lebt man überhaupt, wenn man das nicht mehr muss? Klar, in vielerlei Hinsicht wäre es eine Erleichterung, aber gleichzeitig vielleicht auch eine zu große Veränderung. Was meint ihr?«

»Ich kann mich nur schwer in deine Lage versetzen, weil ich immer einen gutbezahlten Job hatte. Aber deine Angst vor Veränderung kenne ich sehr gut. Genau deshalb wollte ich wohl nicht einsehen, dass meine Ehe mir nicht gab, was ich mir wünschte. Es gibt einem Sicherheit, wenn alles bleibt wie bisher.«

»Ja genau. Genau so fühlt sich der Gedanke an, das Fliegen aufzugeben. Geld ist ja schön und gut, aber ich muss etwas zu tun haben, sonst werde ich verrückt«, sagte Susanne.

»Ich werde jetzt schon verrückt ohne meine Arbeit«, gab Rebecka zu. »Ich denke darüber nach, was ich wohl tun könnte. Aber irgendetwas werde ich bestimmt finden.«

»Aber fällt es dir schwer, dich auf Sonjas Bedingungen einzulassen?«, fragte Susanne.

»Nein, überhaupt nicht. Ich freue mich schon auf die Herausforderung, die sie für uns geplant hat, bis wir nächstes Jahr ihr Geld bekommen. Ihr nicht?«

»Ich hatte ganz vergessen, dass sie für uns noch ein

Abenteuer geplant hatte. Bisher habe ich mich nur darauf konzentriert, das Fliegen aufzugeben und zuzunehmen.«

»Das habe ich auch verdrängt. Ob sie noch mehr Geheimnisse hat, von denen wir nichts wissen?«, überlegte Maggan.

»Bestimmt, wir kennen bisher anscheinend nur eine Seite von ihr. Alle anderen Geheimnisse dürfen wir erst jetzt, nach ihrem Tod, lüften.« Rebecka klang, als sei Sonja die Hauptfigur in einem Krimi. Sie sah zufrieden aus. »Gebt euch einen Ruck, Mädels. Das ist doch, als würden wir uns in einem Roman befinden. Könnte das Leben spannender sein?«

Nachdem sie am Freitag nach Larnaca und zurückgeflogen war, am Samstag als Stand-by nach Mallorca beordert worden war, um dann am Tag darauf nach Kreta zu fliegen, war Susanne fix und fertig. Ihr war schlecht vor Erschöpfung, und sie beschloss zu kündigen, solange sie noch alles so zum Kotzen fand.

Thomas Cook ließ sie mit sofortiger Wirkung gehen, da sie noch Resturlaub und Überstunden hatte. Um es sich zu ersparen, mit sämtlichen Kollegen einzeln zu sprechen, rief sie die größte Tratschtante unter ihnen an und erzählte ihr, dass sie nach einem Job am Boden suche und sehr glücklich über ihre Entscheidung sei. Eine Notiz auf ihrer Facebook-Pinnwand würde alle anderen informieren.

Wenn Susanne einen Schnitt machte, dann radikal, das galt sowohl für ihre Männerbekanntschaften als auch für alte Freunde, und sie sah niemals zurück. War etwas zu Ende, dann war es das endgültig, auch wenn der Weg dorthin tränenreich und voller Zweifel gewesen war. Dieses Mal war sie sich nicht ganz so sicher, ob sie die richtige Entscheidung getroffen hatte, aber ihr Bauchgefühl sprach dafür, und sie beschloss, darauf zu hören.

»I did it«, brüllte sie Maggan durchs Telefon zu.

»Was hast du gemacht?«

»Gekündigt!«

»Echt?«

»Ja.«

»Echt?«, fragte Maggan noch einmal, als traue sie ihren Ohren nicht.

»Du weißt, was das bedeutet?«, fragte Susanne zurück.

»Dass ich meine Ehrfurcht vor Geld überwinden und mit ins Boot steigen muss?«

»Ja.«

»Okay.«

»Okay?«

»Okay.«

Und so geschah es, dass die drei Freundinnen, wieder Hand in Hand, die Kanzlei von Rechtsanwalt Andréasson betraten.

Dieses Mal ließen sie sich gerne von ihm ein Glas Wein bringen.

18

»Da sieh mal einer an«, gluckste Herr Andréasson. »Ich habe mir fast gedacht, dass Sonja Sie überzeugen würde zurückzukommen. Setzen Sie sich doch, setzen Sie sich doch.«

»Wie oft kommen Ihnen Testamente dieser Art unter?«, fragte Rebecka.

Der Advokat lächelte. »Tja, der Normalfall ist das nicht gerade. Einen ähnlichen Fall hatte ich, wenn mich nicht alles täuscht, 1963, eine sehr verwickelte Geschichte, wo es um die Umgehung der Erbschaftssteuer ging. Aber dieses Testament ist mit Abstand das interessanteste meiner Laufbahn. Jetzt wollen wir mal sehen, aha, hier ist es ja.« Er trank einen Schluck Wasser. »Sind Sie bereit?«

Meine allerliebsten Freundinnen,
ich habe damit gerechnet, dass ihr zurückkommen würdet, und hier oben im Himmel freue ich mich darüber (zumindest glaube ich das, man weiß ja nicht recht, wie es dort aussieht).
Die Organisation all dessen, worum ich euch bitten werde, übernimmt die Anwaltskanzlei, weil ich zwar genaue Pläne für euch hatte, aber nicht wusste, wann ich den Löffel abgeben würde. Herr Andréasson und sein Team haben nun drei Monate lang nach meinen Anweisungen alles vorbereitet und das Nachlassverzeichnis erstellt, und deshalb freue ich mich besonders (ja, hier oben im Himmel), dass ihr gekommen seid. Es wäre ja schade gewesen, hätten

sie sich all die Arbeit umsonst gemacht (nicht wahr, Herr Andréasson?).
Meine nicht gerade hart erarbeiteten Milliarden Kronen (exklusive der Immobilien) werdet ihr wie versprochen in einem Jahr erhalten, ohne weitere Bedingungen. Ihr könnt also heute aus der Kanzlei gehen und meinen letzten Wunsch unerfüllt lassen, aber ich denke doch, dass ihr zu neugierig seid, um euch nicht daraufzustürzen.
Falls ihr aber doch zufrieden seid, wird Herr Andréasson alle Immobilien aus dem Nachlass in Geld verwandeln.
Jetzt sollte Herr Andréasson eine Pause einlegen, um zu hören, was ihr dazu sagt, denn der nächste Teil des Briefs enthält meinen Plan.

Der Rechtsanwalt nahm seine Brille ab und schaute die Frauen fragend an.

»Also, was sagen Sie? Soll ich fortfahren?«

»Ja, lesen Sie weiter«, sagte Rebecka und sah ihre beiden Freundinnen herausfordernd an.

»Unbedingt.«

»Selbstverständlich. Wo wir schon so weit gekommen sind, soll der Spaß auch weitergehen«, sagte Susanne. »Könnten wir wohl noch etwas Wein bekommen?«

Der Plan

Ich habe euch niemals angelogen. Ihr wusstet vieles über mich. Aber ich hatte außerdem, wie ihr inzwischen sicher gemerkt habt, noch ein anderes

Leben. Es hat mich nie interessiert, in Saus und Braus zu leben, aber Abenteuer haben mich gereizt, und ich habe sie umso mehr genossen, weil ich sie für mich behalten habe. Ich hoffe, ihr denkt jetzt nicht, ich hätte euch hintergangen. Aber ich wollte gerne wenigstens ein paar Geheimnisse für mich behalten. Aber jetzt habe ich meine Meinung dazu geändert. Ich kenne euch alle drei nun schon seit vielen Jahren, und manchmal frage ich mich, wohin die jungen Frauen, die ihr einmal wart, verschwunden sind. Was ist mit euren Träumen passiert? Weshalb habt ihr nicht an ihnen festgehalten? Ich erinnere mich an eine sprachbegabte Schriftstellerin, eine Hotelbesitzerin und eine Architektin. Erinnert ihr euch?

In der nächsten Zeit werdet ihr euch nicht in Schweden aufhalten. Falls ihr aus außerordentlichen Gründen noch eine Weile zu Hause bleiben müsst, dann dürft ihr das selbstverständlich. Falls ihr meinen Plan nicht unmittelbar in die Tat umsetzen könnt, lasst das Herrn Andréasson noch heute wissen, so dass er sich danach richten kann.
Leider habe ich nicht vor, euch in dasselbe Land zu schicken.
Aber ich rate euch, Kontakt miteinander zu halten und euch gegenseitig zu helfen. Was eure Nächsten und Liebsten betrifft, so dürft ihr ihnen von euren Aufträgen erzählen, aber nichts von der restlichen Hinterlassenschaft.

Jede von euch erhält jetzt ein Paket. Darin werdet ihr eine Kreditkarte finden, die zu einem Konto ge-

hört, um das ihr euch im Moment nicht zu kümmern braucht, sowie Flugtickets.
Sobald ihr auf dem jeweiligen Flughafen gelandet seid, geht direkt zur Information, wo euch ein weiterer Brief erwartet. Darin erfahrt ihr, wohin ihr euch wenden sollt.
Im Paket liegen außerdem ein Laptop und ein Telefon. Ihr könnt euch aussuchen, ob ihr sie benutzen wollt oder lieber eure eigenen.
Ihr habt eine Woche Zeit, um alles für eure Abreise vorzubereiten. Eure Post lasst ihr an die Kanzlei Andréasson umleiten, die sich um eure Rechnungen kümmern wird. Sie wird außerdem in euren Wohnungen nach dem Rechten sehen und braucht deshalb eure Schlüssel.

Wir hören uns bald wieder. Have fun!

PS: Herr Andréasson wird euch bitten, einigen Papierkram zu unterschreiben.

19

Maggan war schon immer sprachbegabt gewesen, und so war es für sie kein Problem, die Information auf dem Flughafen Charles de Gaulle zu finden. Als sie ihren Pass zeigte, händigte man ihr den Brief aus, nach dem sie gefragt hatte.

Sie sah sich nach einer Sitzgelegenheit um und fand bald ein ruhiges Eckchen. Die Anspannung der letzten Wochen hatte ihren Höhepunkt erreicht, und keuchend öffnete sie den Umschlag.

Liebe Maggan, willkommen in Paris!

Erinnerst du dich an das letzte Mal, als wir hier waren? Ich erinnere mich sehr gut. Du warst voller Lebensfreude und Ambitionen. Du wolltest an einer Heimvolkshochschule studieren, und nichts sollte dich nach deiner Weltreise mit Paul davon abhalten, eine erfolgreiche Schriftstellerin zu werden.
Kurz danach warst du mit Anneli schwanger, und dadurch nahm dein Leben eine andere Wendung. Die Kleine war das Wichtigste überhaupt, genau wie es ja auch sein soll. Heute ist sie dank dir eine phantastische junge Frau. Aber sie ist ständig voller Gewissensbisse dir gegenüber. Immer musste sie sich darum sorgen, dass es dir gutgeht, weshalb sie sich niemals frei fühlen konnte – genauso wenig wie du dich.
Deshalb freut es mich, dass du jetzt hier in Paris bist, wo ich dich zuletzt habe strahlen sehen. Ist es dir ein wenig unangenehm, ganz allein hier zu sein? Keine Sorge, ich habe dafür gesorgt, dass du schnell neue Freunde findest.
Die nächsten Monate wirst du einen Sprachkurs machen, immer von Montag bis Freitag von neun bis dreizehn Uhr. Dort wirst du Sprachschülern aus aller Welt begegnen, und ich bin überzeugt, dass dich das für deinen Auftrag inspirieren wird, mit dem du im Laufe des Jahres beginnst.

Du wirst einen Roman schreiben.
Dabei wird dir eine Lektorin zur Seite stehen, der du schreiben kannst, wann immer du willst.
Ihre Kontaktdaten liegen zusammen mit allen Informationen über die Sprachschule in der Wohnung, die jetzt dir gehört. (Ich habe mit Herrn Andréasson besprochen, dass du die Wohnung nach Ablauf des Jahres behalten kannst – so wie auch Rebecka und Susanne ihre Wohnungen behalten sollen.)
Ich wünschte, ich könnte dabei sein und deine Reaktion sehen, wenn du die Wohnung betrittst, aber du kannst dir mich als Fliege an der Wand vorstellen.

PS: Dich erwartet außerdem noch eine Überraschung. Du musst bei einer Sache meine Nachfolge antreten. Mehr verrate ich nicht.

Maggan hatte sich noch nie so einsam gefühlt wie während der Taxifahrt in die Pariser Innenstadt. Sie war seit dreißig Jahren nicht mehr hier gewesen und sich nicht sicher, ob sie sich noch zurechtfinden würde. Sie kannte keinen einzigen Menschen und bezweifelte, dass sie bei einem Sprachkurs Freunde finden würde. Sie sprach zwar fast perfekt Englisch, aber ihr Französisch war eingerostet. Sie wusste einfach, dass ihr ganzer Aufenthalt hier schrecklich werden würde. Ganz schrecklich. Und einen Roman schreiben? Die letzten Jahre hatte sie nichts anderes als ihren Blog geschrieben, es war fünfunddreißig Jahre her, dass sie Texte verfasst hatte, die mehr als eine Seite lang waren.

Sie holte das Buch heraus, das sie dabeihatte, um

zu sehen, wie viele Seiten es hatte. 365. Ein Jahr lang eine Seite pro Tag. Ja, das könnte sie schaffen. Wenn sie nur wüsste, worüber sie schreiben sollte. Aber da war nichts. Und selbst wenn sie eine Idee gehabt hätte, wäre sie nie im Leben in der Lage, sich auszudrücken. Sie war Kindergärtnerin, keine Schriftstellerin.

Maggan war so tief in ihren Gedanken versunken gewesen, dass sie nicht bemerkt hatte, dass das Taxi bereits bei der Adresse angekommen war, die sie dem Fahrer aus Angst, den Namen nicht richtig auszusprechen, auf einem Stück Papier hingehalten hatte. Nummer 38.

»Madame?«

»Oui. Merci.« Sie schaute auf das Taxameter, das bei siebenundfünfzig Euro stehengeblieben war, und gab ihm siebzig von den tausend, die sie vor der Abfahrt eingetauscht hatte.

»Merci«, wiederholte sie und öffnete die Autotür.

Vieles in ihrem Leben erinnerte zurzeit an einen Film, und der Portier in seiner Uniform hätte definitiv eine Nebenrolle darin verdient. Nachdem er ihr mit den drei Taschen geholfen hatte, lächelte er freundlich und ließ einen langen Wortschwall auf Französisch los, bei dem Maggan nicht mitkam. Sie hörte jedoch ihren Namen und nahm an, dass er sie willkommen hieß, weshalb sie wieder einmal »merci« sagte und hoffte, dass das die passende Antwort war.

Er holte einen Schlüsselbund hinter seinem Tisch hervor.

»Wohnung Nummer fünf«, sagte er sehr langsam,

während er ihr die Schlüssel überreichte. »Ihr Name steht an der Tür.«

Sie wusste nicht, was sie eigentlich erwartet hatte – dies jedenfalls nicht. Der Eingang des Hauses war so prunkvoll, dass sie angenommen hatte, die Wohnung würde ebenso prächtig sein. Stattdessen war sie voller Charme. Verwundert ging sie von Raum zu Raum, und als der Portier, oder was er nun war, an der Tür klingelte und die Taschen brachte, öffnete sie ihm mit einem Lächeln.

»Merci.«

»Alain.«

»Merci, Alain. Je m'appelle Maggan«, sagte sie lächelnd, und erst als sie die Tür schon geschlossen hatte, fiel ihr ein, dass sie ihm vielleicht ein Trinkgeld hätte geben sollen. Dann eben beim nächsten Mal. Sie entschied, eine Woche hierzubleiben und dann weiterzusehen.

Zufrieden mit diesem Plan, nahm sie sich vor, ihren Aufenthalt zu genießen. Bevor sie die Tasche mit dem Vermerk »Herbst« auspackte, verstaute sie »Winter« und »Frühling« in einem Schrank. Der einzige Raum, den sie bei ihrem schnellen Rundgang noch nicht gesehen hatte, war die Küche. Als sie sie betrat, war sie hellauf begeistert und wusste, dass dies ihr Lieblingszimmer werden würde.

Sie öffnete die Tür, die auf einen französischen Balkon hinausging, um die Geräusche von der Straße hereinzulassen, während sie die Schränke und Schubladen untersuchte. Nichts fehlte, und es war, als hätte sie selbst die perfekt geformten Kaffeetassen für ihren Morgenkaffee ausgesucht, das gut in der Hand liegende Besteck und die weißen Teller von genau der richtigen Größe.

In einem der Schränke standen die Gläser. Auch sie waren sorgfältig ausgewählt worden und standen fein säuberlich aufgereiht, und zwar auf dem Kopf, genau wie Maggan es haben wollte. Vor der Balkontür standen ein kleiner Tisch und zwei Stühle, und Maggan hätte schwören können, dass der Flickenteppich darunter von IKEA kam. Das erfüllte sie mit einem Gefühl von Zufriedenheit, und sie freute sich außerdem darüber, dass der Kühlschrank randvoll war. Sie musste also nicht losrennen und einkaufen, und während sie ein Stück Käse herausnahm, überlegte sie, was sie in den nächsten Tagen unternehmen wollte. Die Sehenswürdigkeiten reizten sie nicht besonders, außerdem hatte sie die bereits vor dreißig Jahren abgeklappert.

Mit einer Käsescheibe in der Hand ging sie aus der Küche hinüber ins Wohnzimmer. Sie warf sich auf das große Sofa und staunte, wie weich es sich anfühlte. Das war nicht von IKEA. Sie gähnte. Wahrscheinlich kam das Sofa aus einem teuren und ganz besonders schicken Laden. Sie hatte nichts dagegen. Es fühlte sich gerade herrlich an, sich eine Weile darauf auszuruhen. Sie hatte keine Eile. Sie würde mindestens eine Woche hierbleiben.

20

Als sich die Flugzeugtüren öffneten, strömte die mallorquinische Wärme herein. Mit ihrer Tasche in der Hand stand sie ungeduldig im Mittelgang und trat von einem Bein aufs andere. Wie konnte es bloß so lange dauern, eine Gangway heranzuschaffen, das war doch wohl nicht so schwer? Um sie herum drängten sich die anderen Passagiere. Gepäck musste aus den Fächern geholt werden, Kinder weinten, und einige rotgesichtige Männer hatten einen Whiskey zu viel getrunken. Rebecka, die in der ersten Reihe gesessen hatte, versuchte, sich darauf zu konzentrieren, was vor ihr geschah, statt auf den Lärm in ihrem Rücken. Die Wärme fühlte sich herrlich an. Im September war es auf Mallorca meist heiß, was ihr überhaupt nichts ausmachte. Während Stockholm auf den Herbst zuging, würde sie selbst im Mittelmeer baden.

Zum Glück hatte sie ihre Loafer angezogen. Mit flachen Schuhen konnte sie schneller den großen Flugplatz überqueren, um die Information zu finden und ihren Brief abzuholen. Die weiten Hosenbeine umflatterten ihre Beine. Seit sie zugenommen hatte, war an enge Kleidung nicht mehr zu denken, und bei der Wärme wäre Einschnürendes ohnehin unerträglich gewesen. Je nachdem, was Sonja mit ihr vorhatte, würde sie sich kaufen, was sie neben dem, was sie mitgebracht hatte, an Klamotten brauchte. Ihr Gepäck bestand aus einer einzigen Reisetasche. Die war zwar groß, aber nicht gerade prall gefüllt. Ein paar Kleider, die ihr noch passten, drei Paar Schuhe, ein

Bikini, ein Badeanzug, ein dicker weißer Frotteebademantel, eine Jacke, Unterwäsche und zwei warme Pullover lagen zusammen mit ihrer Toilettentasche hübsch und ordentlich verpackt.

Die Tasche lag schon auf dem Rollband. Dankbar ergriff sie sie und lief zur Ankunftshalle.

Liebe Rebecka.
Herzlich willkommen auf Mallorca! Weißt du noch, wann du zuletzt hier warst? Wir haben vielleicht als Erste verstanden, wie großartig Magaluf ist.
Heute bin ich aus naheliegenden Gründen nicht mit dabei. Aber gewissermaßen bin ich es trotzdem, weil ich deinen Aufenthalt hier geplant habe. Das hat wahnsinnig viel Spaß gemacht, und bereits 2005, als mein Herz mehr und mehr zu flattern begann, habe ich für dich, Susanne und Maggan Pläne geschmiedet. Keine von euch hat so viel Freude am Leben wie ich, und ich habe lange darüber nachgedacht, was der Grund dafür ist. Wie kommt es, dass ich mein Leben in vollen Zügen genieße, während ihr versucht, eure Leben zu kontrollieren? Ich weiß die Antwort nicht. Vielleicht habe ich als Genießerin, die ich bin, einfach keine Grenzen akzeptiert? Vielleicht hat der frühe Tod meiner Eltern mich dazu gezwungen, das, was das Leben mir so großzügig gegeben hat, wertzuschätzen? Wie gesagt, ich weiß es nicht.
Meine Liebe zu Mallorca hat mich viele Male hierher zurückkehren lassen – sehr viel öfter, als du weißt. Ich habe außerdem hier investiert, unter anderem habe ich dir ein Haus gekauft.
Damit du etwas hast, worein du dich stürzen kannst,

habe ich ein Haus ausgesucht, das die Eigentümer verkaufen mussten, bevor es fertig gebaut und eingerichtet war. Dein Auftrag wird also sein, innerhalb eines Jahres dein Heim fertigzustellen.
Dabei wird dir ein Architekt aus Stockholm zur Hand gehen, der sich häufig auf der Insel aufhält und den Herr Andréasson kontaktiert hat. Der Architekt wird dir mit allem helfen, aber du wirst alle Entscheidungen treffen. Außerdem steht dir eine Baufirma zu Diensten, mehr Informationen über deine Helfer findest du im Haus.
Dein Spanisch ist grauenhaft, und damit du mit den Einheimischen und den Bauarbeitern kommunizieren kannst – und ein paar Freunde findest –, beginnt dein Aufenthalt mit einem vierwöchigen Sprachkurs. Apropos, dir gehört auch noch eine Wohnung in Palma. Dort wirst du wohnen, während du dein Haus baust.
Have fun!

In dem Brief stand nirgends die Adresse des Hauses, weshalb Rebecka den Taxifahrer bat, sie zu der Adresse in der Stadt zu fahren.

Sie hätte am liebsten vor Freude gebrüllt, die Fenster heruntergekurbelt und ihr Glück allen entgegengeschrien, die es hören wollten. Sie war noch nie so aufgeregt gewesen. Ihr eigenes Haus. Das sie selbst einrichten konnte. Wo sie alles selbst aussuchen und entscheiden durfte. Ein ganzes Jahr auf Mallorca. Sie trampelte mit den Füßen, und der Fahrer drehte sich zu ihr um.

»Signora, qué pasa?«

»Bien, muy bien«, antwortete sie und hoffte, er würde verstehen. Sie lachte fröhlich, um zu zeigen, dass nichts Schlimmes passiert war, im Gegenteil.

In dem Briefumschlag hatten zwei Schlüsselbunde gelegen, ein Türcode und eine Wohnungsnummer. Ohne auf den Eingang zu achten, lief sie zum Aufzug und riss die Gittertür auf. Der Schweiß lief ihr nach der Autofahrt ohne Klimaanlage nur so herunter, aber das war unwichtig. Sie wollte so schnell wie möglich in die Wohnung und die Adresse ihres Hauses finden. Duschen konnte sie später.

Erst als sie vor dem Haus stand, brüllte Rebecka los. Sie warf die Arme in die Luft, sprang in die Höhe und schrie, so laut sie konnte, über das Mittelmeer. Sie hüpfte und johlte und beruhigte sich erst, als sie völlig erschöpft war. Dann setzte sie sich auf die Erde, dort, wo sie Mallorcas schönste Terrasse anlegen würde.

Trotz all ihrer Auslandsreisen und vieler Freunde mit phantastischen Häusern hatte sie nie jemanden getroffen, der eine solche Aussicht hatte. Die ganze Bucht von Port d'Andratx erstreckte sich unter dem Hügel, auf dem ihr Haus stand. Als sie sich umsah, fielen ihr einige große Villen auf, die aber so von der Vegetation umwuchert waren, dass fast nur die Dächer zu erkennen waren. Zwischen den Bäumen glitzerte blaues Wasser, Swimmingpools, wie sie annahm.

Im Haus fand sie die Pläne. Die Grundfläche des Hauses betrug rund fünfhundert Quadratmeter, und die beiden Seitenflügel waren jeweils hundert Quadratmeter groß. Soweit sie sehen konnte, waren sie so angelegt, dass dort zwei eigene Parteien wohnen konnten, da sie eigene Eingänge und Küchen hatten. Ein langer Saal im Hauptflügel verband die beiden Seitenflügel miteinander. In der Mitte lag die offene Küche, die in den vermutlich als Wohnzimmer geplanten Raum überging. Die Wand zum Wasser hin bestand ganz aus Glas. Der Raum wirkte riesig, und als sie die Pläne genauer betrachtete, fiel ihr auf, dass er genauso groß war wie ein ganzer Seitenflügel. Von beiden Seiten des großen Saals in der Mitte gingen Zimmer ab, und während Rebecka auf Besichtigungstour ging, drehte es sich in ihrem Kopf. Wie sollte sie bloß mit einem so umfangreichen Projekt fertig werden? Wo sollte sie anfangen? Natürlich hatte sie immer ihre eigenen Wohnungen eingerichtet, aber da war es bloß um weiße Wände und weiße Möbel gegangen.

Ihr war klar, weshalb Sonja jemanden zu ihrer Hilfe engagiert hatte – ob sie wollte oder nicht, das hier würde sie niemals alleine schaffen.

Der Spaziergang ins Dorf dauerte etwa eine halbe Stunde, und obwohl sie wahnsinnig hungrig und durstig war, nahm sie ein Taxi zurück zur Wohnung in Palma. Port d'Andratx würde sie bei einer anderen Gelegenheit erkundigen.

21

Sie hatten vereinbart, erst am Tag nachdem sie an ihren jeweiligen Bestimmungsorten angekommen waren, miteinander zu sprechen. Aber im Auto auf dem Weg von Heathrow nach London wünschte Susanne, sie könnte die Freundinnen jetzt gleich anrufen und ihnen Sonjas Brief vorlesen. Ihr waren schon viele Verrücktheiten untergekommen, aber das hier schlug dem Fass den Boden aus. Sie hielt den Brief in der Hand, brauchte ihn aber nicht noch einmal zu lesen, um sich zu erinnern, was darin stand.

In der Londoner Innenstadt wartete ein Hotel auf sie. Ein frisch renoviertes Hotel, das seit zehn Jahren weder Gäste noch Personal gesehen hatte. Susanne war seine neue Besitzerin und Geschäftsführerin und sollte den Betrieb wieder aufnehmen.

So ungefähr hatte es in dem Brief gestanden, und Susanne überlegte, ob Sonja neben ihrem schwachen Herzen nicht vielleicht auch an einer Art Hirnkrankheit gelitten hatte. Die einzig gute Neuigkeit war, dass sie außerdem ein Reihenhaus in der Portobello Road in Notting Hill bekommen sollte. Nur der Gedanke daran ließ sie weiter Richtung City fahren, anstatt umzukehren und nach Hause zu fliegen.

Als sie das Haus betrat, war sie etwas versöhnter. Es war schlicht und einfach entzückend, und ihm war anzumerken, wie gut Sonja sie gekannt hatte.

Susanne mochte keine großen Räume, weißen Möbel oder den typisch britischen Teppichboden, und in diesem Haus gab es nichts davon. Der Fußboden war aus Holz, und die Farbskala reichte von warmen Beigetönen bis hin zum Dunkelrot des großen Samtsofas im Wohnzimmer.

Susanne konnte nicht anders, als zu lächeln, als sie die Kunstfelldecke sah, die auf dem Bett in einem der Schlafzimmer lag, und sie entschied, dass dies ihres werden sollte. In den beiden anderen Schlafzimmern würden ihre Gäste schlafen, und zwar bestimmt gut. Sie waren wundervoll eingerichtet mit perfekten, schweren Vorhängen, die zehn Zentimeter zu lang waren, genau wie Susanne es am liebsten hatte. Die Betten waren mit Kissen bedeckt und wirkten mit den leichten Daunendecken und geschmackvollen Überwürfen unwiderstehlich gemütlich. In allen Schlafzimmern befanden sich offene Kamine, die, soweit Susanne sehen konnte, mit Gas beheizt wurden.

Der einzige Raum, der sie nicht interessierte, war die Küche. Ihre Kochkünste waren weithin als inexistent bekannt, und sie hatte noch nie verstanden, weshalb man Platz für etwas so Unnötiges wie einen Herd verschwendete. Als sie die Küche betrat und den Tisch mit sechs Stühlen sah, dachte sie, dass sie hier meist alleine sitzen würde. Sie hatte keine Ahnung, wann sie Rebecka und Maggan das nächste Mal treffen würde. Wenn sie Gäste in ihrem kleinen Haus empfangen wollte, musste sie sich wohl oder übel neue Freunde suchen. Am besten welche, die kochen konnten.

Sie hatte bisher erfolgreich verdrängt, dass sie nun Besitzerin eines Hotels war, entschied sich jetzt aber doch, einen Spaziergang dorthin zu machen. Sie würde auf keinen Fall hineingehen, nur einen Blick darauf werfen.

Es war ein wunderschöner Spätsommertag, und Susanne ging langsam die Portobello Road entlang, als ihr Handy klingelte.

»Susanne, hier ist Rebecka. Bist du schon da?«, fragte die Freundin, und Susanne fing vor Freude, mit jemandem sprechen zu können, beinahe an zu weinen.

»Ja, ich bin hier. Wie schön, dass du anrufst! Wie geht es dir, in welchem Wahnsinn bist du gelandet?«

»Im allerbesten. Ich habe ein Haus in der Nähe von Palma bekommen, das ich von oben bis unten einrichten darf. Es ist einfach phantastisch, und ich freue mich schon wie verrückt darauf, dass du es anschauen kommst, wenn es fertig ist. Und du?«

»Ein Hotel.«

»Was soll das heißen, ein Hotel?«

»Ich habe ein ganzes Hotel bekommen.«

»Aber Susanne, das klingt doch toll.«

»Findest du? Ich finde das völlig verrückt. Ich bin gerade auf dem Weg dorthin, um es mir wenigstens von außen anzusehen.«

»Wieso willst du denn nicht hineingehen?«

»Es ist geschlossen, und wahrscheinlich werde ich es verkaufen. Sonja will, dass ich Personal einstelle und das Hotel wiedereröffne. Verstehst du? Wie soll ich das bloß schaffen?«, fragte sie resigniert.

»Aber bekommst du keine Hilfe dabei? Mir helfen sowohl ein Architekt als auch eine Baufirma.«

»Woher weißt du das?«

»Aus ihrem Brief. Steht in deinem nicht auch so etwas?«

»Oje, ich habe wohl nicht weit genug gelesen. Warte, ich habe ihn in meiner Tasche.« Sie klemmte ihr Handy zwischen Schulter und Kinn, zog den Brief heraus und überflog ihn.

»Ja, verdammt! Ein Charles, soll die beste Hilfe für neue Hotelbesitzerinnen sein. Dass ich das nicht gesehen habe! Charles. Man hört schon am Namen, dass er nett sein wird.« Ihr wurde mit einem Mal leichter ums Herz.

»Soll ich dich im Telefonhörer mit in mein Hotel nehmen?«

22

»Hallo, Oma!«

»Oh, wer fragt denn da nach seiner Oma?«

»Ich bin's, Oma!«

»Ist das etwa Alexander, Omas Liebling?«

»Ja, ich bin's. Wir sind umgezogen, Oma.«

»Das weiß ich doch. Gefällt's dir dort?«

»Manchmal.«

»Nur manchmal?«

»Mhm. Ich kenne hier niemanden. Aber Mama hat gesagt, sie will mir helfen, Freunde zu finden. Jemanden zum Fußballspielen.«

»Ich bin ganz sicher, dass du bald jede Menge Fußballfreunde haben wirst. Aber ich kann verstehen, dass du dich gerade ein bisschen alleine fühlst.«

»Kannst du nicht herkommen, Oma?«

Maggan schnürte es die Kehle zu. Sie sah Alexander vor sich. Was machte sie nur hier, trank Kaffee in Paris, wo doch der wichtigste Mensch der Welt in Östersund war und sich einsam fühlte?

Sie musste sich räuspern, bevor sie weitersprechen konnte. »Ich komme euch auf alle Fälle bald besuchen. Meinst du, Mama und Papa erlauben, dass ich bei dir im Zimmer schlafe?«

Alex lachte.

»Du bist ja verrückt, Oma. Du kannst doch nicht in meinem Bett schlafen, das ist viel zu klein für dich. Mama hat gesagt, du bekommst ein eigenes Zimmer. Aber wir können in meinem Zimmer spielen.«

»Ja, so machen wir es«, sagte Maggan und war froh, ihn auf andere Gedanken gebracht zu haben.

»Weißt du was, mein Schatz? Ich spreche jetzt gleich mit Mama, und wir überlegen, wann ich dich besuchen komme.«

»Warte mal.«

Sie hörte, wie Alex den Hörer hinlegte.

»Mama, Oma soll zu uns kommen. Komm, sag ihr das. Schnell!«

Er nahm den Hörer wieder in die Hand.

»Sie kommt schon. Tschüs!«

»Hast du genug von Paris?«, fragte ihre Tochter fröhlich.

»Nein, aber Sehnsucht nach meinem Enkel und er nach mir, deshalb würde ich euch gerne besuchen, wenn mein Kurs vorbei ist. Passt dir das? Oder ist es dir zu anstrengend, mich bei euch zu haben?«

»Nein, Mama, ganz im Gegenteil, ich würde mich sehr freuen. Sag einfach, wann du kommen willst.«

»Mein Kurs geht noch ungefähr drei Wochen. Danach springe ich sofort in ein Flugzeug nach Hause. Ach, ich freu mich schon so.«

Hochzufrieden mit der Aussicht, Alex bald wiederzusehen, entschied Maggan, weiter Paris zu erkunden. Die Gegend, in der ihre Wohnung lag, reichte ihr dafür vollkommen aus. In der Rue Vivianne, wo sie wohnte, gab es mehr als genug Läden und Cafés zu entdecken, so dass sie alles zu Fuß erledigen konnte. Oder vielmehr auf Krücken. Zur Schule nahm sie ein Taxi. Genau so machte es auch die andere Schwedin im Kurs, eine Frau in ihrem Alter. Bisher hatten sie nicht mehr als ein paar Worte miteinander gewechselt. Das Tempo des Kurses war hoch, so dass die Schüler bloß in den kurzen Pausen miteinander sprechen konnten. Als sie die ersten drei Tage hinter sich gebracht hatte, war Maggan trotzdem zufrieden. Alle befanden sich etwa auf demselben Niveau, verfügten recht und schlecht über Grundkenntnisse. Manchmal kam sie sich im Vergleich sogar fast fortgeschritten vor.

Ganz in Gedanken versunken, war sie inzwischen bei ihrem Ziel angekommen, dem kleinen Laden mit dem herrlichsten Käse, den Maggan je gekostet hatte. Die Waage im Badezimmer zeigte mittlerweile zehn Kilo weniger an, aber auf Käse hatte sie nicht verzichtet. Dagegen hatte sie noch kein einziges Croissant in sich hineingestopft. Den Käse aß sie ohne alles zu einem Glas Wein. In der Wohnung waren zwanzig

Flaschen gewesen, als sie ankam, und sie trank ganz selbstverständlich jeden Tag ein Glas. Zu ihrem Salat, den sie sich nach dem Unterricht machte, trank sie allerdings keinen Wein. Irgendwo hatte sie gelesen, dass ein Glas Rotwein pro Tag gesund war, alles darüber hinaus jedoch riskant.

»Bonjour, Madame. Was wünschen Sie heute?«, fragte der joviale freundliche Mann hinter der Theke. Er hatte verstanden, dass man mit Maggan nicht allzu schnell sprechen durfte, und nun, wo sie zur Stammkundin geworden war, wollte er sie natürlich gerne als solche behalten.

»Ein Stück von dem«, antwortete sie und zeigte darauf. »Und ein Stück von dem«, fügte sie hinzu, als sie einen Käse entdeckte, den sie noch nicht probiert hatte. Sie hatte keine Ahnung, wie die unterschiedlichen Sorten hießen, aber das machte nichts, solange sie einfach darauf zeigen konnte.

Als sie wieder bei ihrem Haus angelangt war, öffnete Alain ihr die Tür und fragte, ob sie wieder bei dem Käseladen gewesen sei, was sie nickend bejahte. Sie versuchte, immer ein paar Worte mit ihm zu wechseln, schließlich war er die Freundlichkeit in Person. Und er lachte sie für ihre tapferen Bemühungen nicht aus, und dafür war sie ihm dankbar.

»Danke, Alain. Jetzt werde ich weiter Französisch lernen. Und Käse essen.«

»Mit Brot?«, schlug er vor.

»Nein, ohne Brot. Nur Käse.« Sie schenkte ihm ein warmes Lächeln und ging zum Aufzug.

Sonja hatte an fast alles gedacht, was Maggans Aufenthalt in Paris betraf. In der Mappe auf dem Schreibtisch war auch ein großer Stadtplan gewesen. Darauf hatte Sonja kleine Zettelchen mit Tipps geklebt: Fleischereien, Cafés, Parks, Kirchen, Konzerthäuser, Kinos und Restaurants. Nachdem sie sich mit einem Glas Wein und einem Stück von dem neuen Käse an den kleinen Küchentisch gesetzt hatte, studierte sie den Plan erneut. Auf einem der Zettel stand: »Restaurant. Da musst du unbedingt hin.« Maggan wunderte sich, ihn nicht früher bemerkt zu haben. Das Wort »unbedingt« war mit Rotstift geschrieben.

23

Rebecka war wirklich dankbar für den Sprachkurs, auch wenn sie dort nicht gerade Fachbegriffe für Bauarbeiten lernte, aber zumindest musste sie sich dort auf etwas anderes konzentrieren und sich von den fieberhaften Planungen für ihr Haus ablenken, die ihr ständig durch den Kopf gingen.

Sie, die bisher alles in Weiß eingerichtet hatte, tat sich schwer mit Farben und verbrachte Nachmittag für Nachmittag in den Einrichtungsläden der Insel. Sie hatte sich ein kleines Auto gemietet, was sehr viel einfacher war, als jedes Mal ein Taxi zu nehmen. Überall durfte sie Proben für Fußböden, Kacheln und Stoffe mitnehmen. Sie kaute auf ihrem Stift herum, während sie den Stoff betrachtete, den sie gerade in der Hand hielt.

Im Internet hatte sie Einrichtungsblogs gefunden, das reinste Geschenk des Himmels. Trotzdem musste sie jetzt endlich den Architekten erreichen, den Sonja für sie angeheuert hatte. Sie ärgerte sich über ihn. Bereits vor zwei Tagen hatte sie ihm gemailt, um einen Termin mit ihm zu vereinbaren, und er hatte noch immer nicht geantwortet. Zugegebenermaßen, sie hatte ihm an einem Samstag geschrieben, aber inzwischen war Montag, so dass er sich doch wohl in der Nähe eines Computers befinden sollte.

Sie legte den Stoff und ihren Stift zur Seite, nahm die Brille ab und rieb sich ihre müden Augen. Sie sah auf die Uhr. Schon sieben? Kein Wunder, dass sie Hunger hatte. Sie ging Richtung Küche, um sich etwas zu essen zu machen, drehte aber noch in der Tür um. Sie brauchte jetzt Aioli. Das würde sie auf andere Gedanken bringen.

Sie warf sich eine marineblaue Strickjacke über die Schultern und zögerte nur kurz, bevor sie wie immer in ihre flachen Schuhe schlüpfte. Sie kämmte sich rasch die Haare, nahm den Schlüssel vom Haken im Flur und schnappte sich ihre Handtasche.

Der Hunger trieb sie zur Eile an. Normalerweise blieb sie stehen, um wie alle anderen um sie herum die Kathedrale zu bewundern, aber das musste heute bis zum Nachhauseweg warten.

Rebecka war für gewöhnlich ein friedfertiger Mensch. Wenn sie hungrig war, musste man sich allerdings vor ihr in Acht nehmen. Maggan hatte ihr einmal vorgeschlagen, immer ein Stück Zucker in der Handtasche mitzunehmen, doch sie hatte nur geschnaubt und ihrer Freundin bis nach dem Essen den Mund verboten. Daran musste Rebecka jetzt denken, als sie sich raschen Schrittes der Altstadt näherte. Würfelzucker kam ihr gerade wie eine großartige Idee vor.

Sie schloss die Augen und atmete tief ein, bevor sie langsam das letzte knoblauchgetränkte Stück Brot in den Mund steckte. Sie hatte gegessen, ohne ein einziges Mal hochzuschauen, und fünf Minuten nachdem das Essen gekommen war, war ihr Teller leer geputzt. Sie wischte sich den Mund mit der Serviette ab, lehnte sich zurück und sah sich um. Als der Kellner fragte, ob sie noch Kaffee wolle, bejahte sie und bestellte dazu einen Calvados. Sieben Jahre war es her, dass sie zuletzt Calvados getrunken hatte, eines der vielen Dinge, die sie vermieden hatte, seit Robert aus ihrem Leben verschwunden war. Doch nun nahm sie ihr Leben selbst in die Hand. Unter dem Tisch zeigte sie ihrem Exmann den Mittelfinger, während sie an dem starken Getränk nippte. Das Leben war herrlich.

Seit sie auf der Insel gelandet war, hatte sie keinen Gedanken an ihn verschwendet, und den Abend im Sturehof hatte sie beinahe verdrängt, als ihr plötzlich eine, nein, zwei Personen ins Auge fielen, die ihr bekannt vorkamen. Was zum Teufel machten die bloß hier? Rebecka wollte sich verstecken, und weil sie leider keinen großen Hut trug, den sie ins Gesicht hätte ziehen können, beugte sie sich vor und tat so, als wolle sie unterm Tisch ihren Schuh zubinden, während das lachende Paar auf sie zukam. Sie verharrte in dieser Position, bis die beiden vorbeigegangen waren, dann tauchte sie vorsichtig aus ihrem Versteck auf und wandte den Kopf nach ihnen um. Sie waren schon so weit von ihr entfernt, dass sie nur noch erkennen konnte, dass die Frau sich bei dem Mann eingehakt hatte.

Rebecka atmete aus. Vermutlich war das seine Frau gewesen, und plötzlich schienen ihr seine Komplimente nur noch peinlich. Das war's, Colin Firth, dachte sie und kippte ihren Calvados hinunter.

Vermutlich tat es ihrem Spanisch nicht besonders gut, wenn sich die Schüler in einer anderen Sprache miteinander unterhielten, aber den meisten schien das egal zu sein. Rebecka sah das genauso. Maria war eine schwedische Rentnerin, die Anfang des Sommers mit ihrem Mann auf die Insel gezogen war.

»Klar habe ich manchmal Heimweh, aber das Klima macht alles wieder wett, was hier nicht so funktioniert wie in Schweden«, sagte sie. »Und jetzt, wo das Haus endlich fertig ist, kann ich mich wirklich nicht mehr beschweren.«

»Habt ihr gebaut?«, fragte Rebecka.

»Nein, wir haben ein Haus renoviert und Rasensprenger und eine Klimaanlage installiert. Ich verstehe nicht, wie man ohne kühle Luft leben kann, wenn es draußen fünfunddreißig Grad sind. Mein Mann war anfangs dagegen, er meinte, genau deshalb wären wir doch hier. Wegen der Wärme.« Maria lachte fröhlich. »Ich hab ihm geantwortet, dass er ja von mir aus sein ganzes Rentnerdasein auf dem Golfplatz verbringen kann, wenn er will. Aber ich muss mich zwischendurch abkühlen, sonst kann ich die Hitze nicht ertragen.«

»Entschuldige meine Neugierde, aber ich werde bald mein Haus hier einrichten«, erzählte Rebecka.

»Oh, wie spannend, erzähl!«

»Was hast du nach dem Unterricht vor?«

»Nichts Besonderes.«

»Darf ich dich zu mir auf ein Glas Wein einladen? Ich würde so gerne jemandem meine Zeichnungen zeigen!«

Nachdem sie sich einige weitere Stunden in spanischen Höflichkeitsphrasen geübt hatten, gingen sie zu Rebecka nach Hause. Und während Maria die Wohnung bewunderte, holte Rebecka ihre Pläne hervor und breitete sie auf dem Esstisch aus.

»Diese Küche ist wirklich wunderbar. Hast du sie selbst eingerichtet?«

»Nein, die war schon in der Wohnung, als ich sie gemietet habe«, log Rebecka. Es reichte für den Augenblick, wenn Maria wusste, dass sie das Haus geerbt hatte.

Sie ging zu ihrer neuen Freundin in die Küche und holte zwei Weingläser.

»Rot oder weiß?«

Nachdem sie auf die spanische Sprache angestoßen hatten, zeigte Rebecka Maria, was sie bisher geplant hatte, und Maria hörte zu, bis sie fertig erzählt hatte, ohne sie zu unterbrechen.

»Adam Ericsson, hast du gesagt?«

»Ja, aber ich nenne ihn jetzt nur noch Satan Ericsson, weil er sich nicht bei mir meldet.« Rebecka grinste schief.

»Ich kenne ihn. Er ist gut. Er arbeitet gerade für eine Bekannte von uns. Sylvia. Ihr Mann sitzt seit vielen Jahren im Rollstuhl. Er ist noch jung. Hat sich das Genick gebrochen, glaube ich. Eine schreckliche Geschichte. Jedenfalls müssen sie ihr Haus behindertengerecht umbauen, und das macht Adam für sie.«

Plötzlich schämte Rebecka sich. Da brauchte jemand dringend Rollstuhlrampen, und sie ärgerte sich, dass Adam nicht von sich hören ließ.

»Na, dann ist er vermutlich damit beschäftigt. Ich muss mich wohl ein wenig gedulden, bis er Zeit hat, herzukommen.«

»Aber er ist hier. Sylvia und Tom wohnen auf Mallorca«, antwortete Maria lachend. »Du wirst sehen, er meldet sich bestimmt bald.«

24

Susanne wusste, dass sie die Besitzerin von Londons bestem Hotel war, daran gab es keinen Zweifel. Fraglich war dagegen, ob sie wirklich die Richtige für diese Aufgabe war. Deshalb machte sie sich auf den Weg, um Charles zu treffen, der ihr Berater und hoffentlich ein rettender Engel sein würde. Solange er ihr nur helfen würde, war sie bereit, alles für ihn zu tun, im schlimmsten Fall würde sie ihn sogar heiraten.

Das war allerdings nicht nötig, denn Charles war, wie sich zeigte, mit Jens verlobt, einem Norweger, den er zehn Jahre zuvor auf Mykonos kennengelernt hatte.

Charles hatte einen Vertrag mit der Anwaltskanzlei Andréasson, wonach er Susanne genau ein Jahr zur Verfügung stehen und ihr bei ihrem Hotelprojekt behilflich sein sollte, und er versicherte ihr, sie könne beruhigt sein. Er würde nicht von ihrer Seite weichen, solange sie es nicht ausdrücklich verlangte.

»Wenn ich nur zwischendurch ein paar Stunden mit Jens verbringen kann, bin ich zufrieden.« Er zwinkerte ihr zu und lachte fröhlich.

»Sie ahnen ja gar nicht, wie glücklich mich das macht«, antwortete Susanne, die vor Erleichterung anfing zu schwitzen und ihren Blazer ausziehen musste. Darunter trug sie eine Bluse, in der sie sich niemals vor einem neuen Bekannten gezeigt hätte, aber da dieser Mann schwul war, interessierte er sich sicher nicht für ihren Ausschnitt.

»Haben Sie das Hotel schon gesehen?«, fuhr sie fort.

»Ich bin nie drinnen gewesen. Aber ich weiß natürlich, wo es liegt.« Der hübsche Engländer schmatzte vor Entzücken. »Die Lage, ich sage nur: die Lage! Wenn es von innen so aussieht, wie ich hoffe, haben Sie die reinste Perle bekommen. Ich bin furchtbar neugierig, wie Sie sich alles vorstellen.«

»Wie ich mir alles vorstelle? Das ist ja das Problem. Ich habe keine Ahnung, wie ich vorgehen soll. Das Hotel ist phantastisch, Charles. Dreißig Zimmer, zehn davon kleine Suiten. Alle wirken sehr persönlich, und keines gleicht dem anderen. Der Architekt hat gute Arbeit geleistet, so viel kann ich sagen, immerhin habe ich ja schon einige Nächte in Hotels verbracht.«

»Entschuldigen Sie meine Neugierde, aber wie kommt es, dass Sie sich ein Hotel zulegen, wenn Sie gar nicht wissen, was Sie damit machen sollen?«

»Ich habe es geerbt. Mit Ihnen inklusive. Mehr darf ich Ihnen leider nicht erzählen.« Sie wartete auf seine Reaktion, aber seine Neugierde schien befriedigt zu sein.

»Dann verstehe ich, dass Sie sich ein wenig überfordert fühlen. Wenn Sie wollen, erzähle ich Ihnen gerne etwas über meine Tätigkeit in der Branche, vielleicht beruhigt Sie das ein wenig.«

Während Susanne ihr Essen genoss, erklärte ihr Charles, der Engel, wie er in dieser harten Branche Karriere gemacht hatte. Ab und zu stellte sie eine Frage, aber die meiste Zeit hörte sie schweigend zu. Nie im Leben würde sie all das in nur einem Jahr lernen können. Charles erriet ihre Gedanken und warf ein, das sei auch gar nicht nötig. Allerdings bräuchte sie einen gründlichen Einblick, weshalb er ihr ein Praktikum bei einem seiner Klienten vorschlüge, dem Hyatt Regency.

»Das gehört natürlich zu einer großen Kette, aber du kannst dort auf jeden Fall eine Menge Professionalität lernen.«

Sie nahm ihre Serviette und tupfte sich rasch den Mund ab.

»Wann kann ich anfangen?«

Als sie Michael Clarc sah, wusste sie sofort, dass er ihr gefährlich werden würde. »Verdammt«, fluchte sie innerlich. »Verdammt, verdammt, verdammt.«

»Herzlich willkommen im Hyatt.« Er streckte seine Hand aus, und sie ergriff sie widerstrebend. Trocken. Warm. Fest. Groß, sehr groß, notierte sie, bevor sie rasch losließ.

»Danke. Ich freue mich auf die Zeit hier.«

»Kaffee?« Er wartete nicht auf ihre Antwort, sondern schenkte zwei Tassen ein. »Milch?«

»So, Mrs Svenson, Sie haben sich also ein Hotel zugelegt?«, fuhr er dann fort.

»Nennen Sie mich Susanne, und ja, ein kleines Hotel, das ich mir allerdings nicht selber zugelegt habe. Ich habe es geerbt – aber leider keine Ahnung von der Branche. Sie dagegen scheinen einer der besten zu sein, und ich benötige jegliche Hilfe, die ich bekommen kann.«

Susanne hörte, wie kühl sie klang. »Glauben Sie, dass Sie mir helfen können?«, fügte sie etwas wärmer und mit einem Lächeln hinzu.

»Bestimmt. Wie viel Zeit haben wir?« Sie sah, dass seine Augen dunkelgrün waren und nicht braun, wie sie zuerst geglaubt hatte. Ob sie flirteten oder neutral blickten, war schwer zu sagen. Sie entschied sich für neutral.

»Ich würde gerne so viel Zeit wie möglich hier verbringen. Nächste Woche beginne ich einen Intensivkurs in Hotelmanagement, der bis Weihnachten dauert, aber nachmittags habe ich frei und würde sehr gerne herkommen, falls Sie nichts dagegen haben? Das hier ist zwar ein viel größeres Hotel als meines, aber ich brauche einfach einen Einblick in den gesamten Betrieb. Alles, von der Zimmerreinigung bis zum Buchungssystem.«

»Gut. So habe ich mir das auch vorgestellt. Was halten Sie davon, nächste Woche die Zimmermädchen zu begleiten? Das scheint mir ein guter Anfang zu sein.«

Er verstummte, und sein Blick glitt zu ihren Beinen. Sie ärgerte sich, keine Hose angezogen zu haben. Es gefiel ihr nicht, so begutachtet zu werden.

»Und vielleicht haben Sie bequemere Schuhe als diese da.« Er ließ seinen Blick einen Moment auf ihren Füßen weilen, bevor er ihr wieder in die Augen sah. »Ich bin überzeugt, dass unsere Hausdame Sie beraten kann, was das passende Schuhwerk angeht.«

Susanne war so baff, dass sie beinahe in Gelächter ausbrach. Sein völliges Desinteresse an ihren langen Beinen zeigte ihr, dass die Anziehung einseitig gewesen und das Knistern in der Luft bloß ein Zeichen für ihr nicht vorhandenes Sexleben war und sonst gar nichts.

»Das hier ist Mrs Svenson, die dich eine Woche lang bei der Arbeit begleiten wird. Du weißt, wo du mich findest, wenn du mich brauchst.«

Michael verbeugte sich leicht und verließ das Büro der Hausdame.

»Nenn mich Sandra. Herzlich willkommen! Ich habe schon gehört, dass ich eine Praktikantin bekomme.«

Ihr Lächeln wirkte echt, und Susanne entspannte sich zum ersten Mal, seitdem sie eine Stunde zuvor das Hotel betreten hatte.

»Wie wäre es mit einer schönen Tasse Tee, während ich dir meinen Arbeitsbereich erkläre?«

Drei Stunden später hatte Susanne mehr als zwanzig Personen die Hand geschüttelt. Sandras Abteilung war eine der größten des Hotels, und während sie ihren Untergebenen freundlich bei der Arbeit half, verschaffte sie Susanne ein Bild von ihren Aufgaben. Sie verantwortete neben der Reinigung auch das Servieren des Frühstücks und die Dekoration, die Einkäufe und Buchhaltung, teilte die Schichten ein und kümmerte sich um neues Personal. Außerdem war sie Teil der Geschäftsführung.

»Puh, wie schaffst du das bloß alles?«, fragte Susanne.

»Ich habe fünf Hausdamen, die am täglichen Betrieb direkt beteiligt sind. Meine Arbeit konzentriert sich inzwischen leider aufs Büro. Leider, denn ich bin gerne in Kontakt mit unseren Gästen, und, ob du es glaubst oder nicht, ich putze gerne Zimmer.« Sie lächelte. »Es schadet nicht, sich in einem Hotel nach oben zu arbeiten. Ich habe hier mit achtzehn Jahren als Putzfrau angefangen, etwa zur gleichen Zeit wie Michael.«

»Und als was hat er damals gearbeitet?«

»Als Tellerwäscher, glaube ich. Auf jeden Fall war er im Restaurant, bevor er an die Rezeption und dann zur Personalabteilung wechselte. Es gibt keinen Quadratzentimeter hier im Hotel, den er nicht kennt.«

»Ist es der übliche Weg, sich so hochzuarbeiten? Ich dachte, heutzutage besuchten alle irgendwelche Schulen.«

»Ja, das ist wohl immer häufiger der Fall, aber auch

intern werden noch viele Leute nach oben befördert, zumindest bei uns. Und das hat natürlich viele Vorteile, die Liebe zu genau diesem Hotel ist nur einer davon. Wir kennen uns hier so gut, dass wir auch privat befreundet sind.«

Sandras Lächeln ließ Susanne verstehen, dass zwischen der Hausdame und dem Hoteldirektor eine ganz besondere Beziehung bestand, und plötzlich fühlte sie sich überhaupt nicht mehr zu Michael hingezogen.

»Laut dem Chef sind meine Schuhe völlig ungeeignet für die Arbeit hier, aber ich besorge mir noch heute neue. Wann darf ich anfangen zu putzen?«

25

Susanne und Rebecka landeten eine Stunde nacheinander in Paris-Orly. Als die drei Freundinnen sich in der Ankunftshalle wiedersahen, kreischten sie wie Groupies auf einem Rockkonzert.

»Ich kann kaum glauben, dass ihr wirklich hier seid. Und noch weniger kann ich glauben, dass draußen eine Limousine wartet, die ich für uns gemietet habe.« Maggan war so begeistert von dieser Extravaganz, dass sich ihre Stimme überschlug.

Im Auto tranken sie das erste Glas Champagner, und die Freundinnen, die sich viele Wochen nicht gesehen hatten, lachten und weinten abwechselnd. Die zwanzig Kilometer bis zu Maggans Wohnung flogen nur so vorbei, und bevor sie mit normaler Stimme sprechen konnten, waren sie angekommen.

»Maggan, deine Wohnung ist einfach wunderbar«, sagte Susanne, nachdem sie ihre Tasche in den Flur geschleppt und sich umgesehen hatte.

»Ja, nicht? Ich habe keine Ahnung, wen Sonja beauftragt hat, sie so einzurichten, aber alles hier fühlt sich nach mir an.«

»Genauso ist es mit meinem Haus, es ist wie für mich gemacht. Sie muss das alles über Jahre geplant haben, denn sie hat doch früher kein Hotel, diese Wohnung oder eine Immobilie in Palma besessen?«

»Wer weiß? Wir wussten ja nicht einmal, dass ihr das Haus gehörte, in dem sie wohnte. Rebecka, wo bist du?«, rief Maggan aus der Küche, wo sie eine der fünf Flaschen Champagner aus dem Kühlschrank holte.

»Im Wohnzimmer. Ich schaue mir deinen Paris-Stadtplan an.« Als Susanne und Maggan hereinkamen, zeigte Rebecka auf eine der Markierungen.

»Hier will ich hin.« Ihr Zeigefinger lag auf dem Restaurant, dessen Besuch Sonja so dringend empfahl.

»Warum ist das so wichtig?«, fragte Susanne.

»Keine Ahnung«, antwortete Maggan. »Sonja liebte gutes Essen, also wollte sie wahrscheinlich, dass ich die französische Küche ausprobiere.«

Maggan war selbst eine ausgezeichnete Köchin, und Sonja hatte mehr als einmal Zuflucht in ihrer Küche in Farsta gesucht und sich die Leckereien schmecken lassen, die Maggan für sie zubereitete. Aber französische Spezialitäten waren nie darunter gewesen, das hätte Maggan nicht gewagt. Wer Hausmannskost mochte, war bei ihr dagegen gut aufgehoben.

»Und schaut mal hier. All die kleinen Boutiquen und Kaufhäuser, die sie ausgesucht hat – wie viele davon hast du schon besucht?« Rebecka betrachtete den Stadtplan. »Du hast sicher schon einige Kleider gekauft, nachdem du so abgenommen hast, oder?«

»Kein einziges.«

Zwar saß alles ziemlich locker, aber sie dachte gar nicht daran, ihre fünfhunderttausend Kronen zu verschwenden. Bisher kam sie mit ihrer Rente aus, zumal die Ausgaben für ihr Reihenhaus in Stockholm wegfielen, seit Andréasson die Rechnungen bezahlte.

Susanne betrachtete Maggans schlankeren Körper und zupfte an dem Gürtel, der die Hose hielt.

»Ehrlich gesagt, würden dir Kleider in deiner Größe besser stehen.«

»Genau mein Gedanke«, sagte Rebecka.

Maggan schnaubte.

»Diese hier reichen ganz wunderbar. Mir ist es sowieso noch nie gelungen, mein Gewicht zu halten, wenn ich abgenommen habe. Wir sind immerhin in Paris! Wisst ihr, was es in dieser Stadt für Köstlichkeiten gibt?« Sie verdrehte die Augen.

»Du wohnst jetzt aber schon eine ganze Weile hier und hast nicht ein Kilo zugenommen. Das sind doch nur Ausreden, damit du kein Geld ausgeben musst. Sorry, aber so geht das nicht. Dann geben wir eben meins aus. Alles, was meins ist, ist deins, und ich habe kein Problem damit, es unter die Leute zu bringen. Ich brauche auch ein paar neue Sachen und werde morgen mein Portemonnaie bestimmt nicht steckenlassen. Wie weit ist es bis zu den Champs-Élysées?« Susanne betrachtete den Stadtplan.

»Man kann fast zu Fuß gehen«, stellte sie fest. »Aber wir nehmen ein Taxi. Deinen Beinen wird es reichen, dich in all die Geschäfte zu tragen.«

Sie lächelte zufrieden. Das Kommando zu übernehmen gehörte zu ihren starken Seiten, und kaum jemand wagte, ihr zu widersprechen, wenn sie in dieser Stimmung war.

»Können wir das nicht morgen entscheiden? Jetzt will ich meinen Schampus trinken und alles über Malle und London hören.« Maggan ließ den Korken knallen und goss den Champagner ein.

»Prost! Ich bin so froh, euch hier zu haben.«

Rebecka fühlte sich in ihrem Schlafzimmer sofort wie zu Hause, ohne sagen zu können, was genau ihr so bekannt vorkam. Sie zog den dicken Überwurf vom Bett und legte ihn auf einen Hocker daneben. Der Abend mit ihren Freundinnen war wunderbar gewesen, und trotz des ganzen Champagners fühlte sie sich nur ein klein wenig beschwipst. Sie zog ihren Schlafanzug an, legte sich ins Bett, knuffte die Kissen zurecht und nahm das Notizbuch in die Hand, in dem sie all ihre Pläne festhielt.

Zuletzt hatte sie für den Tag ihrer Rückkehr einen Termin mit dem Architekten notiert. Er hatte per E-Mail vorgeschlagen, sich in ihrer Wohnung zu treffen. Ihr war das nur recht, dort hatte sie sämtliches Material, das sie ihm zeigen wollte. Da er auf Mallorca war, nahm sie an, dass er sich das Haus bereits angeschaut und sich womöglich sogar ein eigenes Bild davon gemacht hatte, was zu tun war. Andererseits war er vielleicht vollauf mit dem anderen Paar beschäftigt gewesen. Sie gähnte und legte ihr Notizbuch auf den Boden. Während ihre Freundinnen Klamotten kaufen gingen, würde sie die Einrichtungsläden abklappern. Sie legte ihre Arme um eins der Kissen und schlief ein.

Auf der anderen Seite der Wand lag Susanne mit den Händen auf der Bettdecke und starrte an die Decke. Ihr Gehirn wollte einfach nicht abschalten, obwohl ihr Körper sich todmüde anfühlte. Eine Woche lang im Hyatt herumzusausen war zwar auch nicht schlimmer, als in zehntausend Metern Höhe Fluggäste zu bedienen, trotzdem war sie körperlich und geistig erschöpfter als je zuvor. Sie sollte sich ein Beispiel an Rebecka nehmen und alles aufschreiben, woran sie sich erinnern musste. Vielleicht würde das ihrem Gehirn eine Pause verschaffen, um sich zu entspannen.

Von vielen ihrer neuen Erfahrungen hatte sie Charles berichtet, und er hatte ihre Fragen geduldig beantwortet. Was sie im Hyatt lernte, konnte sie ohne Charles' Hilfe nicht auf ihr eigenes kleines Hotel übertragen. Am liebsten hätte sie einfach ihren Kopf an seine Schulter gelegt und ihn gebeten, doch einfach alles zu übernehmen, aber das war nicht ihr Stil. Stattdessen hatte sie wütend mit dem Fuß gestampft und gefragt, ob sie die ganze Chose nicht einfach verkaufen sollte. Charles hatte nur gelacht und gesagt, das habe keine Eile. Nach und nach würde sich alles ordnen. Sie verstand nicht, wie er so gelassen bleiben konnte.

Sie strampelte die Decke beiseite und setzte sich auf die Bettkante. Wenn sie erst Stift und Papier gefunden hatte, würde sie sicherlich schlafen können.

26

»Probier das hier mal an.« Susanne hielt Maggan ein marineblaues Etwas mit Gürtel entgegen.

»Machst du Witze?«

»Natürlich nicht. Vertrau mir, es wird perfekt passen. Und jetzt ab in die Umkleidekabine mit dir.«

Maggan tat brav wie geheißen, vor allem, um ihrer Freundin vorzuführen, wie unrecht sie hatte. Sie hatte unter Protest schon zwei Hosen und drei Blusen gekauft, auch wenn sie zugeben musste, dass sie ihr wirklich gut standen. Aber ein Kleid war etwas völlig anderes. Sie hatte keine Kleider mehr getragen, seit sie sehr jung gewesen war.

Während sie es anprobierte, tauchte Susannes Hand mit einem Paar Stiefel hinter dem Vorhang auf.

»Bitte sehr. Bei deinen Beinen ist an Absätze kaum zu denken, aber die hier sind nun wirklich schick«, hörte sie sie sagen. Sie nahm die Stiefel, ohne etwas zu sagen. Sie waren hübsch, aber überhaupt nicht ihr Stil. Selbstverständlich würde sie Susanne gehorchen, nur so brachte man sie zum Schweigen.

Während Maggan die Sachen anprobierte, ging

Susanne zu Rebecka hinüber, die einen mitten in der Boutique aufgestellten Tisch bewunderte.

»Brauchst du auch Beratung?«

Rebecka lächelte.

»Ja, bitte. Der ist doch schön, oder?«

Susanne trat einen Schritt zurück und betrachtete den Tisch, der in ihren Augen aussah wie ein ganz normaler Tisch mit vier Beinen.

»Ich nehme mein Angebot zurück. Möbel sind einfach nicht mein Ding. Zeig mir ein ganzes Zimmer, dann kann ich sagen, was ich davon halte, aber ein einzelner Tisch ...«

Rebecka lachte. Als Susanne ihre Wohnung in Stockholm einrichtete, hatte sie Rebecka aus genau diesem Grund um Hilfe gebeten. Sie wusste zwar, auf welche Wirkung sie aus war, aber sie hatte kein Talent, die richtigen Dinge auszuwählen, um ebendiese Wirkung zu erreichen.

»Es ist für das Esszimmer«, erklärte sie. »Der schwarze Tisch hier würde sich da gut machen, wenn ich die richtigen Stühle dazu finde.«

»Hallo«, hörten sie Maggan rufen. »Wollt ihr jetzt gucken oder nicht?«

Die beiden drehten sich um.

»Ich hab's doch gewusst.« Susanne schlug die Hände zusammen.

»Meine Güte, siehst du toll aus«, sagte Rebecka aus tiefstem Herzen.

»Hört schon auf. Ehrlich?«

»Ganz ehrlich. Schau in den Spiegel, dann wirst du's selbst sehen.«

»Das hab ich ja gemacht, aber ich erkenne mich

überhaupt nicht wieder und kann gar nicht sagen, ob das gut aussieht oder nicht.«

»Du siehst großartig aus, Maggan. Das Kleid ist wie für dich gemacht.«

Susanne nickte.

»Ich hab's doch gesagt. Das nehmen wir. Und die Stiefel auch. Jetzt brauchst du noch einen Mantel. Warte.« Sie drehte eine Runde durch den Laden und fand mit geübtem Blick schnell, was sie suchte.

»Schau mal, ein Trenchcoat und ein Wollmantel. Bitte sehr.«

An der Kasse schenkte Susanne Maggans Einwänden kein Gehör und zog ihre Kreditkarte hervor, und wie um zu zeigen, wer hier das Sagen hatte, legte sie noch zwei Paar Lederhandschuhe dazu, die Maggans neues Outfit vollendeten.

»Hoffentlich ist das Essen dort gut, ich sterbe vor Hunger«, sagte Rebecka, als sie in das Taxi stiegen, das Alain ihnen gerufen hatte.

Sie hatten ihn gefragt, ob er das Restaurant kenne, das Sonja empfahl, aber er hatte den Kopf geschüttelt. Seine Frau koche so gut, erklärte er, dass er nur selten auswärts esse. »Ich glaube, es liegt daran, dass er einfach immer arbeitet«, sagte Maggan, die Alain stets an seinem Platz sah, wenn sie aus ihrer Wohnung kam.

»Dein Französisch wird langsam richtig gut«, sagte Susanne beeindruckt, während sie zu der Adresse fuhren, die Maggan dem Taxifahrer genannt hatte.

»Lieb von dir. Dabei kann ich es überhaupt nicht.« Maggans Gewohnheit, sich selbst schlechtzumachen, war tief in ihr verankert, und sie hörte selbst, wie dumm das klang. »Aber danke. Ich übe und übe und übe«, sagte sie lächelnd.

»Das ist gut, denn wir brauchen deine Sprachfertigkeiten, ich werde alles bestellen, was die Karte hergibt«, sagte Rebecka, deren Magen laut knurrte.

Die Fahrt dauerte nicht mehr als fünfzehn Minuten, und als sie bezahlt hatten, öffneten sie gleichzeitig die Autotüren und stiegen aus.

Das Restaurant hieß *Chez Sonja*.

Sie schauten sich an, begannen zu lachen und konnten nicht aufhören, bis sie beim Pult des Oberkellners angekommen waren und darüber ein Porträt ihrer Sonja zusammen mit Präsident Mitterrand erblickten.

»Was in aller Welt ... ist das hier?« Susanne sah sich nach jemandem um, den sie fragen konnte, und als der Oberkellner herankam, flog sie auf ihn zu und zeigte auf das Foto.

»Wer ist das?«, fragte sie auf Englisch.

»Das ist die Teilhaberin dieses Restaurants zusammen mit unserem ehemaligen Präsidenten«, antwortete der Mann ruhig in tadellosem Englisch.

»Die Teilhaberin?« Rebecka traute ihren Ohren nicht.

»Ja, zumindest bis vor kurzem. Leider ist Madame verstorben. Haben Sie einen Tisch reserviert?« Er holte seine Liste hervor.

»Nein, haben wir nicht. Entschuldigen Sie bitte die Fragerei, aber diese Frau dort war unsere beste Freundin, aber wir hatten keine Ahnung, dass sie ein Restaurant in Paris besaß«, sagte Rebecka.

»Oh, dann sind Sie mir selbstverständlich noch herzlicher willkommen. Leider ist unser zweiter Besitzer heute nicht hier; wenn Sie wünschen, kann ich ihn gerne anrufen. Er wohnt ganz in der Nähe.«

»Danke, aber das ist nicht nötig, oder?«, antwortete Rebecka und drehte sich zu ihren Freundinnen.

Maggan war kreidebleich geworden und hatte, seit sie das Restaurant betreten hatten, keinen Ton gesagt. Jetzt schüttelte sie den Kopf, während sie zu ihrem Tisch geführt wurden.

»Jetzt verstehe ich«, sagte sie, als sie sich gesetzt hatten.

»Was?«, fragte Susanne.

»Laut Sonja soll es hier in Paris ein Geheimnis geben, etwas, das ich von ihr übernehmen muss, jetzt, wo sie es nicht mehr weiterführen kann.«

»Ich verstehe immer noch nicht.«

»Das stand in dem Brief, den ich am Flughafen bekommen habe. Das hier ist anscheinend das Geheimnis. Die Hälfte eines Restaurants.« Maggan hätte am liebsten geweint. Was sollte sie bloß mit einem halben Restaurant? Sie konnte doch keinen gastronomischen Betrieb führen, erst recht nicht von Farsta aus.

»Hmm, gut möglich«, sagte Rebecka.

»Du bist bisher am wenigsten herausgefordert worden, jetzt bist du an der Reihe«, sagte Susanne.

»Am wenigsten herausgefordert? Ich soll ein Buch schreiben, hast du das vergessen? Das kommt mir plötzlich wie das reinste Kinderspiel vor.«

»Wer wohl der andere Eigentümer ist? Wenn Sonja in ein Restaurant investiert hat, dann vermutlich zusammen mit jemandem, den sie gut kannte.«

Susanne überraschte überhaupt nichts mehr. Seit Sonjas Tod hatte es Überraschungen geregnet, und wenn die Freundin ein Hotel in London besessen hatte, konnte sie genauso gut Restaurantbesitzerin in Paris gewesen sein. Das Hotel in London hatte ihr allerdings alleine gehört, hier waren noch andere mit im Spiel.

»Sollen wir nicht doch den Kellner bitten, ihn anzurufen?«

»Nein, wir wissen ja nicht einmal, ob Sonja wirklich das hier meinte. Am besten kontaktiert Maggan zuerst Andréasson, bevor sie sich als die neue Besitzerin vorstellt«, sagte Rebecka, geistesgegenwärtig wie immer.

»Danke, Rebecka. Du hast völlig recht, vielleicht ist es das gar nicht.« Maggan war erleichtert.

»Aber wenn nicht du die neue Besitzerin bist, heißt das, dass das Restaurant uns dreien gehört«, sagte Rebecka und langte in den Brotkorb, der ihnen gerade gebracht worden war.

Der Mann beobachtete die Frauen von seinem versteckten Tisch aus. Am längsten weilte sein Blick auf Maggan. Er gab dem Oberkellner ein Zeichen, seine Anwesenheit nicht zu verraten.

27

Als es an der Tür klingelte, war Rebecka perfekt auf den Besuch des Architekten vorbereitet. Sie hatte sogar eine neue Seite ihres Notizbuchs aufgeschlagen.

»Kommen Sie herein«, sagte sie in die Gegensprechanlage und drückte auf den Knopf.

Er schaute nicht weniger verdutzt als sie, und sie starrten sich gegenseitig schweigend an. Colin Firth öffnete als Erster den Mund.

»Rebecka?«

»Was machst du denn hier?«, fragte sie verwirrt.

»Wir sind verabredet«, sagte er und strahlte übers ganze Gesicht.

»Ich will ja nicht unhöflich sein, aber ich warte auf meinen Architekten, und soweit ich weiß, bin ich keinesfalls mit dir verabredet.«

Sie stand immer noch mit der Klinke in der Hand da und dachte darüber nach, Colin Firth die Tür vor der Nase zuzumachen, damit er wieder zu seiner Blondine verschwinden konnte.

»Entschuldige, vielleicht sollte ich mich vorstellen. Ich heiße Adam Ericsson, und wir haben diesen Termin vereinbart.«

Rebecka, die selten die Fassung verlor, musste tief einatmen, um nicht laut loszuschreien. Die vielen Jahre in der Wirtschaft hatten sie für Überraschungen aller Art abgehärtet, und um das Gesicht zu wahren, setzte sie ihr professionelles Lächeln auf und hieß ihn willkommen.

»Ja, so eine Überraschung«, sagte sie. »Möchtest du einen Kaffee?« Sie musste einen Moment alleine sein, um sich zu sammeln.

»Danke, sehr gerne.« Sein Blick ließ nicht einen Moment von ihr ab und hatte eine beinahe hypnotisierende Wirkung. Rebecka drückte ihre Fingernägel in die Handballen und versuchte, sich zu konzentrieren.

Ihr Herz klopfte so wild, dass sie sich an der Arbeitsplatte festhalten musste, um nicht das Gleichgewicht zu verlieren. Auf gar keinen Fall konnte sie mit diesem Mann zusammenarbeiten. Vor ein paar Monaten im Sturehof hatten sie derart intime Blicke ausgetauscht, dass es ihr unmöglich erschien, auch nur neben ihm zu sitzen. Andererseits schaute er vielleicht alle Frauen so an. Er hatte sie zwar süß genannt, aber was hieß das schon.

Sie holte Tassen aus dem Schrank und goss Milch in ein Kännchen, während sie auf den Kaffee wartete. Vielleicht hatte er ja einen weniger attraktiven Kollegen, den er ihr an seiner Stelle anbieten konnte? Eigentlich sollte ihm selber klar sein, dass er nicht mit einer Frau arbeiten konnte, mit der er so geflirtet hatte. Sie war so in Gedanken versunken, dass sie ihn erst bemerkte, als er neben ihr stand.

»Kann ich dir mit irgendwas helfen?«

Sie zuckte zusammen und bekam im letzten Augenblick das Milchkännchen zu fassen, das ihr aus der Hand geglitten war.

»Nein danke, das schaffe ich schon.« Sie stellte alles auf ein Tablett und trug es ins Wohnzimmer. Dort setzte sie sich in einen Sessel, Adam ließ sich auf dem Sofa ihr gegenüber nieder.

»Willst du darüber sprechen?«

»Worüber?«

»Diesen Zufall. Dass ich gleich dreimal versucht habe, dich zu bezirzen, und wir nun eine Zeitlang miteinander arbeiten sollen.«

»Dass du mich bezirzen wolltest, ist mir nicht bewusst.« Rebecka lächelte.

»Aber natürlich, was dachtest du denn?«

Sein Lächeln war verschwunden, und er sah ihr tief in die Augen. Schau weg, Rebecka, schau weg, sagte sie sich, und als ihr Körper wieder gehorchte, schaffte sie es, den Blick abzuwenden und stattdessen in ihre Kaffeetasse zu schauen.

»Das fühlt sich natürlich ein bisschen merkwürdig an, wenn wir zusammenarbeiten sollen, also beschließen wir doch am besten, dass dieser Teil unserer Beziehung vorbei ist.« Sie lächelte ihn aufmunternd an, damit er erkannte, was für ein guter Vorschlag das war.

»Willst du damit sagen, wenn ich von dir bezaubert bin, muss ich das aus der Ferne sein?« Er lächelte zurück.

»Ganz genau«, sagte Rebecka.

»Wie gefällt dir die Wohnung?« Anscheinend hatte er beschlossen, das Gesprächsthema zu wechseln.

»Sehr gut. Und wie gefällt dir, was du bisher davon gesehen hast?«

»Ich kenne die ganze Wohnung. Ich habe sie ja für dich eingerichtet. Am besten gefällt mir das Schlafzimmer ganz hinten rechts.« Er lachte, als er sie erröten sah. »Entschuldige, ich konnte es mir nicht verkneifen.«

»Hör auf damit und erzähl lieber, wie du an diesen Auftrag gekommen bist.«

Rebecka lauschte fasziniert, als Adam erzählte, wie die Anwaltskanzlei Andréasson ihn kontaktiert hatte. Zu ihrer großen Verwunderung hatte er nicht nur ihre Wohnung eingerichtet, sondern auch Susannes und Maggans. Drei Jahre lang hatte er damit zugebracht, die Wohnungen so herzurichten, wie er glaubte, dass es den zukünftigen Bewohnerinnen, über die Herr Andréasson ihn dürftig informiert hatte, gefallen könnte.

»Und was hat er über die Person gesagt, die hier wohnen würde?« Rebecka brannte vor Neugierde und konnte sich kaum in ihrem Sessel halten.

»Eine unglaublich attraktive Frau über fünfzig, die Herausforderungen braucht und ... charmante männliche Gesellschaft.« Letzteres fügte er mit einem Augenzwinkern hinzu.

»Das reicht jetzt.«

»Okay. Also: Du bist Geschäftsführerin eines größeren Betriebs und brauchst eine Wohnung, in der du dich entspannen und absolut wohl fühlen kannst. Ein paar zusätzliche Zimmer für Gäste und ein Arbeitszimmer. Ein Badezimmer mit großer Badewanne. Keine weißen Möbel oder Wände. Ja, und dann hieß es noch, du müsstest aus einem Dornröschenschlaf aufgeweckt werden, aber mehr als das hat er mir nicht erklärt.«

»Typisch Sonja«, murmelte Rebecka.

»Sonja?«

»Von ihr habe ich das alles geerbt. Die Wohnung und das Haus.«

»Und was ist mit den Wohnungen in London und Paris? Sind die anderen Frauen deine Schwestern?«

»Fast. Ich darf dir nicht mehr erzählen, als dass wir alle drei diese Wohnungen geerbt haben.«

»Von Sonja?«

»Ja, von Sonja. Eine Frau, die uns allen sehr nahestand.«

»Darf ich dir ein Geheimnis verraten?«

»Nein, eigentlich nicht. Aber ich nehme an, du lässt dich nicht daran hindern.«

»Die Frau, für die ich diese Wohnung hier eingerichtet habe, hat mir unglaublich gut gefallen.«

28

Susanne wünschte von ganzem Herzen, sie hätte im Mathematikunterricht besser aufgepasst, aber bereits zu Schulzeiten hatte sie sich lieber fortgeträumt. Niemals hatte sie sich mit anderen Berechnungen als denen von Wechselkursen herumschlagen wollen. Zwar hatte sie davon geträumt, eines Tages ein Hotel zu betreiben, aber da hatte ihr eher vorgeschwebt, an der Rezeption freundlich und mit Wärme dafür zu sorgen, dass ihre Gäste sich wohl fühlten. Die Schule hatte sie mit bestenfalls mittelmäßigen Noten verlassen, was zwar nichts über ihre Intelligenz aussagte, aber eine ganze Menge darüber, wie gerne sie den Kopf in Bücher steckte und lernte.

Dreißig Jahre später drückte sie nun wieder die Schulbank, zwar ehrgeiziger als zuvor, aber, zumindest schien es ihr so, weniger intelligent. Budget. Berichte. Gewinn. Kapital. Leistungskennzahlen. Im Kopf versuchte sie zu übersetzen, was der Lehrer sagte, aber die schwedischen Begriffe halfen ihr auch nicht weiter, da sie ihr genauso wenig sagten. Sie war es nicht gewohnt, sich dumm zu fühlen, und konnte sich nicht einmal daran erinnern, sich jemals zuvor so gefühlt zu haben. Sie musste sobald wie möglich das Gelernte in die Praxis umsetzen, sonst würde sie sich das nie merken.

»Charles, glaubst du, ich könnte ein paar Tage im Hyatt mit einem Finanzmenschen verbringen, damit ich sehe, wie es in der Wirklichkeit zugeht?«

»Klar, das ist sicher kein Problem. Du hast einen guten Eindruck auf Michael gemacht, als du bei den Zimmermädchen warst.«

»Ich glaube dir kein Wort. Er hat mich gerade einmal zehn Minuten gesehen, danach hat er sich nicht mehr blicken lassen. Du versuchst nur, mich aufzumuntern.« Lachend stopfte sie sich eine Cocktailtomate in den Mund.

»Dann musst du wohl jemand anderen beeindruckt haben, er sagte jedenfalls, du seist sehr gut angekommen.«

Charles, der sonst immer Wein trank, hatte heute ein Bier bestellt, und nachdem er das halbe Glas geleert hatte, fragte er, wie Michael ihr gefallen habe.

»Genießbar.«

Mittlerweile hatten Charles und Susanne genug Zeit miteinander verbracht, um persönlicher zu werden, und Charles brach in lautes Lachen aus, als er ihre Beschreibung des großen Hoteldirektors hörte.

»Er ist wohlgemerkt überhaupt nicht mein Typ, einen Tick zu groß und einen Tick zu maskulin. Aber ich kann mir vorstellen, dass die Frauen ihm zu Füßen liegen. Da ist jede Menge Testosteron im Spiel.«

»Machst du Witze? Der Mann trieft nur so von

Hormonen. Aber ich will mich gar nicht in die lange Schlange seiner Verehrerinnen einreihen, dafür fehlt es mir an Zeit und an Interesse. Mir gefällt mein neues Leben im Zölibat.« Erst als sie es aussprach, wurde Susanne klar, dass sie es auch so meinte. Je weniger Sex sie hatte, desto weniger brauchte sie ihn. Ihr Sexleben hatte sie in Stockholm zurückgelassen. In London war sie frei, ganz ohne Männer, und es war ihr völlig egal, dass sie genauso viel Aufmerksamkeit erregte wie zu Hause in Schweden. Sie war hier, um ein Hotel zu eröffnen, und erst danach würde sie schauen, wie es um ihre Lust bestellt war, ob sie vielleicht ihr restliches Leben ohne Orgasmen leben konnte.

»Wenn du meinst.«

Charles war nicht verborgen geblieben, welchen Eindruck Susanne auf das andere Geschlecht machte. Seine Auftraggeberin war eine unglaublich attraktive Frau, die Männern sicherlich einiges abverlangte.

Ihn wunderte, dass sie nicht verheiratet war, aber als er sie danach fragte, hatte sie nur erwidert, sie habe nie danach gestrebt. Sie wünschte sich auch nicht allzu sehnlichst ein Kind, ohnehin hätten die Männer, mit denen sie im Laufe der Jahre zusammen gewesen war, schlechte Väter abgegeben.

»Also, was meinst du? Willst du ihn anrufen, oder soll ich das selber machen?«

»Ruf ihn ruhig selbst an. Wie gesagt, er war voll des Lobes für dich.«

»Wohl eher seine Hausdame«, berichtigte Susanne Charles.

Sie arbeitete gerne hart, und nachdem sie das Frühstück serviert hatten, hatte sie sich bereitwillig darangemacht, alles von den Zimmern bis zu den Toiletten im Foyer zu putzen. Als Stewardess hatte sie unzählige Male aufgewischt, wenn Fluggäste sich übergaben, so dass Arbeiten, vor denen sich andere ekelten, für sie eine Kleinigkeit waren. Die Hausdame hatte gelacht und ihr angeboten, sie sofort einzustellen. Susanne, die ihre Chefin mochte, hatte gefragt, ob sie darauf zurückkommen dürfe, falls ihr Hotelprojekt scheiterte.

Und das würde es ganz gewiss, wenn sie nicht endlich die Buchhaltung in den Griff kriegte. Natürlich könnte sie jemanden dafür einstellen, aber die ganze Verantwortung dafür konnte sie nicht abgeben, falls sie das Hotel behalten wollte. Manchmal dachte sie darüber nach, aufzugeben. Das entsprach zwar überhaupt nicht ihrer Natur, aber der Gedanke daran erleichterte sie. Wenn sie wollte, konnte sie den ganzen Kram einfach verkaufen und zurück nach Söder ziehen. Sie war fest davon überzeugt, dass Maggan ihrem Beispiel folgen würde, jetzt, wo sie gerade von Andréasson erfahren hatte, dass *Chez Sonja* ihr gehörte.

Am Telefon hatte sie geweint.

»Ich habe doch keine Ahnung, wie man ein Restaurant führt. Wie konnte Sonja so grausam sein, es gerade mir zu vererben? Und noch dazu in Paris? Ich habe doch meine Tochter und meinen Enkel in Schweden.«

Susanne musste zwar nicht an ihre Familie denken,

ihr Bruder kam ausgezeichnet zurecht, ohne dass sie ihn ständig an der Hand hielt, aber sie konnte Maggans Frust verstehen. Es war gar nicht so einfach, mit über fünfzig noch einmal neu anzufangen.

Maggan und Susanne kamen zu dem Schluss, dass Sonja verrückt geworden sein musste, und versprachen sich gegenseitig, zu akzeptieren, falls eine von ihnen aussteigen wollte. Dass die Dritte im Bunde einen großen Lebensmittelkonzern geleitet hatte, verdrängten sie, doch als Susanne jetzt wieder daran dachte, wählte sie sofort die mallorquinische Nummer.

»Es gibt eine Krise, Maggan hat das Restaurant bekommen und braucht Hilfe.« Susanne erwähnte bewusst nur die Probleme der Freundin, da sie selbst ja immerhin Unterstützung hatte und Rebeckas ruhige Art genau das war, was Maggan jetzt brauchte.

»Oje, ich rufe sie gleich an. Aber erst will ich wissen, wie es dir in London ergeht.«

29

Nachdem sie sich einen weiteren Tag mit der unbegreiflichen Kunst des Hotelmanagements herumgeschlagen hatte, rief Susanne im Hyatt an und fragte nach Michael.

»Natürlich kann ich Ihnen helfen! Was machen Sie gerade, können Sie sofort vorbeikommen? Ich fliege morgen nach New York und werde ein paar Tage fort sein.«

Eine Stunde später betrat Susanne das Hotel. Auf dem Weg zu den Aufzügen zog sie ihr Cape aus. Darunter trug sie einen schwarzen Hosenanzug, ihre knielangen Bleistiftröcke hatte sie erst einmal weggeräumt. Zu viele Männer in ihrem Kurs hatten sich in einem Ausmaß für ihre Beine interessiert, das ihr unangenehm geworden war. Normalerweise störten die Blicke sie nicht, sie war daran gewöhnt. Weder freute noch ärgerte sie sich darüber, vielmehr waren sie nur ein weiterer Beweis dafür, wie einfach Männer gestrickt waren. Viel zu einfach.

Ihre hohen Absätze klapperten auf dem Marmorfußboden. Das Wetter in London war angenehm, der herbstliche Regen war auch nicht schlimmer als in Stockholm. Bisher reichten ihre Schuhe ganz wunderbar, und sie würde nie auf die Idee kommen, in Gummistiefeln durch die Gegend zu latschen wie so viele andere Frauen heutzutage. Für sie waren Pumps genauso bequem wie Pantoffeln.

»Komm herein, möchtest du eine Tasse Tee?« Der große dunkelhaarige Mann lächelte ihr entgegen und wies sie zur Sitzgruppe, nachdem sie dankend angenommen hatte.

»Bitte, setz dich doch.«

Er ging zu seinem Schreibtisch, griff zum Telefonhörer und bestellte Tee und Scones.

»Du isst doch hoffentlich Scones?«

Susanne lachte.

»Ja, warum sollte ich das nicht tun?«

»Tja, bei euch Frauen weiß man ja nie. Mitunter scheint ihr eine recht merkwürdige Einstellung zu den Freuden des Lebens zu haben.«

»Da kannst du ganz beruhigt sein, das gilt nicht für mich«, sagte Susanne.

Michael sah sie mit einem schwer zu deutenden Blick an, sagte aber nichts.

»Na, dann erzähl mal, wie läuft es bei dir?«, fragte er und wechselte das Thema.

»Danke, ganz gut. Wenn ich erst einmal loslegen kann, ist alles in Ordnung. Aber zurzeit drücke ich die Schulbank und strenge meinen Kopf mehr an als meinen Körper, was ziemlich frustrierend ist.«

»Danke, Julie«, sagte Michael, als seine Assistentin den Tee brachte. Susanne grüßte die Frau freundlich.

»Wir sind uns begegnet, als ich hier neulich mein Praktikum absolviert habe, nicht wahr?«, fragte sie, und Julie nickte.

»Susanne, stimmt's?« Sie reichte ihr lächelnd die Hand. »Schön, dich wiederzusehen. Ich bin Julie.«

Sie verließ das Büro, und Michael sah Susanne an.

»Genau das mag ich an dir.«

»Was meinst du?«

»Dass du so freundlich zu allen bist. Das hat auch meiner Chefhausdame gefallen.«

Er biss von einem Scone ab und hob die Teetasse an den Mund.

»Danke, ich mag Menschen einfach.« Susanne machte sich eigentlich nichts aus Tee, hatte sich aber vorgenommen, ihm noch eine Chance zu geben. Mit Milch und Zucker schmeckte er fast erträglich, und sie rührte eifrig in der Tasse. Sie war verlegen. Komplimente für ihr Aussehen waren eine Sache, aber dass jemandem gefiel, wie sie sich anderen gegenüber verhielt, war etwas ganz anderes.

»Das merkt man.«

»Wie schön.«

»Wir sprachen gerade über deinen überforderten Kopf.« Er lehnte sich mit einem leicht spöttischen Lächeln im Sessel zurück. »Wie kann ich dir helfen, mit diesen Schwierigkeiten fertig zu werden?«

Wenn du wüsstest, dachte Susanne, der klar war, was sie sofort auf andere Gedanken bringen würde. Sie betrachtete seine Hände und den Zeigefinger, der über die Teetasse strich.

»Mir fehlt der Zusammenhang. In dem Kurs werde ich mit Theorie gefüttert, die ich, ehrlich gesagt, überhaupt nicht begreife.«

»Einnahmen und Ausgaben?«

»Ja, so ungefähr, aber dafür braucht man anscheinend Hunderte von Wörtern.« Susanne stöhnte.

»Aber eigentlich ist es nicht mehr als das. Einnahmen und Ausgaben. Behält man die im Auge, hat man schon gewonnen. Dass sie dann noch unterwegs auf jeder Menge Konten landen, ist wichtig, aber nicht am wichtigsten. Was in der letzten Zeile steht, zeigt, ob es dem Unternehmen gutgeht oder schlecht.«

Er stellte seine Tasse ab, stand auf und ging zu seinem Schreibtisch, wo er sich an den Computer setzte.

»Komm, ich zeige dir, wie es aussehen soll.«

Sie stellte sich hinter ihn, um den Bildschirm zu sehen, erkannte aber schnell, dass sie ohne Brille kein einziges Wort lesen konnte. Also entschuldigte sie sich, um sie zu holen.

»Ach, das Alter«, sagte er lächelnd.

»Du solltest dich freuen, solange du noch darum herumkommst«, gab sie ebenfalls mit einem Lächeln zurück und stellte sich wieder hinter ihn. Als sie sich über seine Schulter lehnte, vernahm sie einen schwachen Duft von Rasierwasser und beschloss, nicht mehr durch die Nase zu atmen. Sie musste sich auf das Richtige konzentrieren.

»Ich drucke dir das besser aus. Leider darfst du das nicht mitnehmen, aber wir können die verschiedenen Posten zusammen durchgehen. Hoffentlich bin ich pädagogisch genug, damit du wenigstens ein bisschen verstehst, bevor ich dich in unsere Buchhaltung schicke.« Er klickte auf Drucken und hatte das Dokument schon eine Minute später in der Hand.

Sie setzten sich nebeneinander aufs Sofa, und mit Michaels Hilfe verstand Susanne allmählich die Terminologie, die ihr bisher ein einziges Rätsel gewesen war. Erst Stunden später lehnte Susanne sich schließlich zurück und streckte sich.

»Du bist ein Genie«, sagte sie. »In wenigen Stunden hast du mir begreiflich gemacht, was den Lehrern in meinem Kurs in drei Wochen nicht gelungen ist.« Ihre Augen strahlten vor Glück, und wäre ihr Michaels Reaktion aufgefallen, hätte sie sich wohl nicht auf ihn geworfen und ihm einen Kuss auf die Wange gedrückt.

»Oh, entschuldige.« Es war eine spontane Geste gewesen, und erst als sie seine stoppelige Wange an den Lippen spürte, begriff Susanne, was sie getan hatte.

»Küsst du immer fremde Männer?«

»Ja, aber nur, wenn sie klug genug sind.« Sie lächelte verlegen.

»Ich wäre dir dankbar, wenn du meinen kaufmännischen Geschäftsführer nicht küssen würdest. Er ist sehr klug, aber ich weiß nicht, ob sein Herz das aushalten würde.«

Er stand auf und zog sein Jackett aus.

»Schau nur, was du angerichtet hast, ich bin ganz durchgeschwitzt.«

30

Herr Andréassons Versicherungen, dass Maggan nur als passive Teilhaberin agieren müsste, beruhigten sie kaum. Wie sollte sie bloß den Besuch bei ihrer Tochter in Östersund überleben, ohne von all dem, was in Paris passiert war, erzählen zu dürfen?

Dem anderen Teilhaber, einem Monsieur Perrot, war sie immer noch nicht begegnet. Aber sie hoffte, dass er heute Abend im Restaurant sein würde. Laut Andréasson wusste er, dass der Besitz an eine von Sonjas Erbinnen übergegangen war, hatte aber die Vollmacht, das Restaurant zunächst alleine weiter zu betreiben.

Der Anwalt hatte lediglich erzählt, dass er ein »guter Mann« sei, was wohl bedeutete, dass er seine Geschäfte korrekt führte. Wo Sonja und Perrot sich kennengelernt hatten, wusste Andréasson nicht. Das

Restaurant hatten sie bereits 1985 gekauft, und obwohl Sonja die Hälfte gehört hatte, hatte sie sich nie in die Geschäftsführung eingemischt. Herr Andréasson wusste allerdings, dass Sonja Perrot und das Restaurant stets besuchte, sobald sie in Paris war, und das war sehr viel häufiger gewesen, als die Freundinnen ahnten. Maggan hätte gerne gewusst, ob Sonja mit diesem Perrot ein Verhältnis gehabt hatte, aber der Anwalt hatte nur gelacht und gesagt, solche Details gingen ihn nichts an.

Maggan hatte ihre neue schwedische Freundin ins *Chez Sonja* eingeladen. Ein bisschen Unterstützung konnte sie bei dem Treffen mit ihrem neuen Geschäftspartner gut brauchen. Anna hatte sie nur erzählt, dass sie völlig überraschend ein halbes Restaurant geerbt hatte.

»Oh, wie spannend! Das *Chez Sonja* kenne ich, mein Mann und ich haben ein paarmal dort gegessen. Monsieur Perrot, sagtest du?« Sie suchte in ihrem Gedächtnis nach diesem Namen. »Dazu fällt mir leider nichts ein.« Doch dann erstrahlte ihr Gesicht plötzlich. »Was sagtest du, wie war sein Vorname?«

»Ich weiß es nicht, ich habe völlig vergessen, danach zu fragen«, gab Maggan zu.

»Als wir da waren, wurde immer nach einem Juan gerufen, vielleicht ist er das?«

»Juan?«

»Ja, das fiel uns auf, der Name ist ja nicht gerade französisch.«

»Ich habe keine Ahnung von Namen und ihrer Herkunft, aber besonders französisch klingt das nicht.« Sie lächelte. »Habe ich erzählt, dass ich morgen zu meiner Tochter und ihrer Familie fliege?«

»Ja, schon dreimal.« Ihre Freundin lächelte ebenfalls.

»Alex hat gestern Abend angerufen und gefragt, ob ich noch wüsste, dass er sich über Geschenke freut.«

Anna lachte.

»Und, was bringst du ihm mit?«

»Ein Auto. Formel 1. So groß, dass ich eine extra Reisetasche dafür brauche. Und dann habe ich noch ein sehr hübsches französisches Schwangerschaftskleid für meine Tochter gekauft. Als meine Freundinnen neulich hier waren, waren wir shoppen, und da habe ich nicht nur für mich, sondern auch für meine Kinder zugeschlagen.«

Sie hatten sich für acht Uhr vor *Chez Sonja* verabredet, aber um halb sechs klingelte das Telefon. Anna hatte sich den Magen verdorben und konnte nicht mitkommen. Maggan machte das nicht viel aus. Sie war sicher, dass Monsieur Perrot auch noch eine oder zwei Wochen ohne sie auskommen würde.

»Entschuldigen Sie«, sagte sie zu dem Mann, der sich bereits hingesetzt hatte. »Ich habe den Platz neben Ihnen.«

Er stand höflich auf und stellte sich in den Gang, damit Maggan sich zu ihrem Platz quetschen konnte. Sie setzte sich und zog den Sicherheitsgurt fest. In etwa drei Stunden würde sie in Stockholm sein, und nur eine Stunde später ging ihr Flug nach Östersund.

Sie hatte darüber nachgedacht, in ihrer Wohnung in Farsta zu übernachten, fürchtete aber, dass sie dann nicht nach Paris würde zurückkehren können. Sie hielt ihren Mantel auf dem Schoß, und ihr Sitznachbar, der noch stand, erbot sich, ihn nach oben ins Fach zu legen.

»Gerne, wie freundlich von Ihnen«, sagte sie.

»Es ist so eng hier, dass man sich am besten gegenseitig hilft«, antwortete er.

»Ich wünschte, alle dächten so«, sagte sie, während der Mann sich hinsetzte.

Er versuchte vergeblich, seine langen Beine auszustrecken, und stöhnte, als er einsah, dass er die ganze Reise nach Stockholm mit an den Vordersitz gepressten Knien verbringen würde.

»Ich frage immer nach einem Platz am Notausgang, aber dieses Mal waren alle schon belegt.«

Der freundliche Mann stellte sich ihr als Björn vor, und ausnahmsweise konnte Maggan sich während des Fluges entspannen. Er erzählte ihr, dass er oft nach Paris reiste, da seine Firma dort ihren Hauptsitz hatte.

»Und Sie, Maggan, was haben Sie in der französischen Hauptstadt gemacht? Urlaub?«

»Ich habe vier Wochen einen Sprachkurs besucht, so dass ich jetzt jede Höflichkeitsphrase beherrsche. Und Käse und Brot einkaufen kann.«

»Das Wichtigste also«, stellte Björn lächelnd fest.

»Ja. Meine Begeisterung für Käse ist grenzenlos. Ich könnte mich nur davon ernähren.«

Er lachte. Sein herzhaftes, lautes Lachen war ansteckend.

»Wohnen Sie in Stockholm, wenn Sie nicht gerade in Paris Käse essen?«

»Ja, in Farsta. Aber gerade bin ich auf dem Weg nach Östersund zu meiner Tochter. Und zu meinem fünfjährigen Enkel, den ich mehrere Wochen nicht gesehen habe. Ich sterbe schon vor Sehnsucht.«

»Haben Sie wirklich ein Enkelkind, so jung, wie Sie sind?« Er klang ernsthaft erstaunt.

»Ich bin sogar alt genug, um bald noch zwei weitere Enkel zu bekommen.«

»Das ist ja was. Meine eigenen Kinder können sich gerne noch ein bisschen Zeit lassen mit dem Nachwuchs. Sie sind Mitte zwanzig und voll und ganz mit sich selbst beschäftigt.«

»So ist das wohl in dem Alter«, sagte Maggan und dachte daran, dass sie mit Mitte zwanzig schon lange Mutter gewesen war.

Sie unterhielten sich den ganzen Flug über, und als sie sich vor der Landung anschnallten, fragte Björn, ob er sie wiedersehen dürfe. Maggan war so verblüfft, dass sie ihn nur wortlos anstarrte und er noch einmal nachfragen musste.

»Vielleicht nächste Woche in Stockholm?«, schlug er vor.

»Ich fliege zurück nach Paris, nachdem ich meine Tochter und ihre Familie besucht habe.«

»Ach so, ich dachte, der Kurs wäre vorbei?«

»Ja, aber mein Leben in Paris geht noch weiter.«

Björn schaute sie an.

»Mysteriöse Maggan. Oder wie wäre es mit einem Wiedersehen in Paris? Wir könnten uns zum Beispiel einen Käse teilen.«

31

Rebecka lenkte ihren kleinen Ford sicher aus La Palma hinaus. Sie waren für zwei Uhr verabredet, aber sie machte sich eigentlich keine Sorgen, zu spät zu kommen. Sie war den Weg zum Haus schon so oft gefahren, dass sie ihn mit verbundenen Augen finden würde.

Eine Minute vor zwei bog sie in die Kieseinfahrt ein und stellte fest, dass sie die Erste war. Sie öffnete die Autotür und ging um das Haus herum auf die Seite, die aufs Meer blickte. Egal, wie oft sie schon hier gestanden hatte, die Aussicht verschlug ihr jedes Mal aufs Neue den Atem. Ein Gefühl tiefen Seelenfriedens breitete sich in ihr aus, und nicht einmal der Gedanke, mehrere Stunden mit Adam Colin Ericsson Firth verbringen zu müssen, beunruhigte sie. Er konnte es nämlich trotz ihres Übereinkommens nicht seinlassen, mit ihr zu flirten.

Sie wunderte sich nach wie vor darüber, zumal er ja anscheinend liiert war, aber sie hatten das Thema nicht mehr angesprochen, und sie wehrte jeden Versuch ab, persönlicher zu werden. Das hieß allerdings nicht, dass er keinen Eindruck auf sie machte. Sie ließ es sich nur nicht anmerken.

Der Gedanke, ihn gegen einen Kollegen auszutauschen, hatte sich in Luft aufgelöst, sobald sie über das Haus gesprochen hatten. Er verstand sofort, was ihr vorschwebte. Er war Feuer und Flamme, und sie konnte sich wirklich keine bessere Zusammenarbeit vorstellen. Außerdem wusste er, wo sie alles finden konnten, was sie benötigten, er hatte sofort eine Baufirma ausfindig gemacht, und wann immer sie etwas besprechen wollte, ging er sofort ans Telefon. Er stand ihr voll und ganz zur Verfügung.

»Einen Penny für deine Gedanken.« Er hatte sich von hinten angeschlichen.

Sie zuckte zusammen.

»Entschuldige, ich wollte dich nicht erschrecken.«

Er lächelte sein Filmstar-Lächeln und klopfte ihr auf den Rücken.

»So, rein mit dir. Wir haben zu arbeiten.«

Da Samstag war und die Bauarbeiter freihatten, konnten Adam und Rebecka sich in normaler Lautstärke unterhalten. Rebecka hörte also sehr gut, als Adam anmerkte, dass sie zusammen nach Barcelona fliegen müssten.

»Warum denn das?«

»Um Möbel anzuschauen. Sie betasten und fühlen, damit du weißt, was du haben willst. Wir müssen sie bald bestellen, Möbel haben eine ziemlich lange Lieferzeit.« Er schaute kein bisschen verschmitzt, und sie verstand, dass der Profi zurück war.

»Okay. Wann fahren wir?«

»Wann immer du willst, aber ich würde gerne zuerst Termine mit meinen Lieferanten ausmachen, damit sie auch Zeit für uns haben, wenn wir kommen.«

»Gut, und sobald du das gemacht hast, buche ich die Reise.«

»Yes, boss.«

Er ging über den neuverlegten Eichenboden bis

zur Glaswand im Wohnzimmer und öffnete die Schiebetür.

»Komm her«, forderte er sie auf. »So wie ich es sehe, gibt es zwei perfekte Plätze für den Pool. Entweder direkt hier vor dem Haus oder ganz hinten auf dem Grundstück.« Er zeigte auf Rebeckas Lieblingsplatz. »Wenn du ihn dahin legst, wird er aussehen wie ein Teil des Meers. Andererseits musst du dann über das ganze Grundstück gehen, um zum Pool zu kommen.«

»Kann man nicht einen hölzernen Gehweg bis dorthin bauen?«

»Klar. Oder man kann Platten verlegen.«

»Ich will aber einen Rasen haben.«

»Ich weiß. Mit Bewässerungsanlage. Und Scheinwerfern. Und schattige Gewächse und einen großen Esstisch.«

»Bin ich zu anspruchsvoll?«

»Nein, wunderbar. Aber das darf ich ja nicht sagen, deshalb behalte ich es lieber für mich.« Er lächelte. »Selber schuld, wer Suggestivfragen stellt.«

»Das war keine Suggestivfrage, du willst sie bloß so interpretieren.« Sie drehte auf dem Absatz um und ging zurück ins Haus.

»Was hältst du von der Idee, für ein paar Tage nach Barcelona zu fahren?« Rebecka fühlte sich in Adams Nähe unsicher und hatte beschlossen, Susanne als Beschützerin mitzunehmen.

»Ich liebe Barcelona. Wann?«

»Nächste Woche Donnerstag. Für vier Tage. Du bist meine Anstandsdame, wenn ich mit meinem Architekten auf Möbelsuche gehe.«

Susanne kannte die ganze seltsame Geschichte und war höchst neugierig auf den Mann, der es schaffte, Rebecka aus dem Gleichgewicht zu bringen. Wenn sie richtig verstanden hatte, wirkte dieser Mann wie ein ganzer Vorrat an Chemikalien. Und war noch dazu vergeben. Die denkbar schlechteste Kombination.

»Perfekt. Natürlich komme ich. Während ihr Möbel sucht, werde ich Hotels studieren. Ich frage Michael, ob er uns einen Hoteltipp geben kann.«

»Michael? Der Typ aus dem Hyatt?«

»Ja. Als wir uns das letzte Mal getroffen haben, habe ich ihn auf die Wange geküsst, und möglicherweise will er mich nach diesem Übergriff nicht mehr sehen, aber ich glaube doch, dass er ans Telefon gehen wird.« Sie kicherte.

Ja, es war ein Übergriff gewesen, aber sie bereute ihn kein bisschen. Näher würde sie ihm wahrscheinlich nicht mehr kommen, und in Zukunft würde sie sich etwas erwachsener verhalten.

»Barcelona? Das Miramar natürlich. Hyatt hat kein Hotel dort, aber das alte Schloss ist großartig.«

»Bist du dort gewesen?«

»Sehr oft sogar. Willst du allein dorthin?«

»Nein, mit meiner Freundin und ihrem Architekten. Warum fragst du?«

Er lachte.

»Ich weiß nicht. Entschuldige. Ich war wohl einfach neugierig. Soll ich für euch reservieren? Ich kenne den Hoteldirektor ganz gut.«

»Das wäre natürlich sehr nett, aber deshalb habe ich nicht angerufen.«

»Willst du, dass ich mitkomme?«

Sie wartete auf ein Lachen, das aber ausblieb.

»Nein, eigentlich wollte ich nur deine Profitipps. Nicht ich wollte, dass du das Miramar kontaktierst, sondern du hast es angeboten.«

Er lachte leise.

»Isst du mit mir zu Abend, wenn ich komme?«

Was für eine saudumme Bemerkung. Michael trat gegen den Schreibtisch, und als das nicht half, sein Herzklopfen zu beruhigen, schlug er mit der Faust auf den Tisch. Schmerz durchfuhr seine Hand. Das geschieht mir recht, dachte er, ich bin wirklich so ein Idiot. Hinterher nahm Susanne seine Albernheiten noch ernst und würde sich nie wieder melden.

Er hob den Hörer ab und rief im Miramar an.

32

Falls Adam sich wunderte, dass sie in Barcelona Susanne treffen würden, so ließ er sich dies zumindest nicht anmerken, und Rebecka stellte dankbar fest, dass er sich so professionell verhielt, wie er nur konnte.

»Miramar, alle Achtung!«

»Dank Susanne, die jemanden kennt, der jemanden kennt«, sagte Rebecka.

»Ich habe noch nie dort gewohnt, aber schon den

ein oder anderen Blick hineingeworfen, denn die Einrichtung ist, gelinde gesagt, interessant. Zu avantgardistisch für meinen Geschmack und kein bisschen gemütlich, aber sehr geschmackvoll.«

Er lächelte, und seine Augen glitzerten. Offensichtlich wollte er dem noch etwas hinzufügen, verkniff es sich aber.

»Ich fahre zum ersten Mal nach Barcelona. Ich wollte schon oft hin, aber es hat nie geklappt«, sagte Rebecka.

»Weil du so unglaublich beschäftigt warst in deinem alten Leben?«

»Ja, ich habe eigentlich nie freitags für einen Wochenendtrip freigenommen.«

Mittlerweile dachte sie oft darüber nach, weshalb sie das bei allen anderen völlig in Ordnung gefunden, es sich selbst aber nie erlaubt hatte.

Robert hatte sich manchmal beklagt, dass sie so selten etwas gemeinsam unternahmen, dass sie ihre Arbeit ihrer Beziehung vorzog, aber das stimmte nicht. Sie hatte ihn stets ganz oben auf ihrer Liste gehabt, und seine Wünsche hatten ihr Leben bestimmt. Es hatte ihm gefallen, eine erfolgreiche Frau zu haben. Erst als sie Geschäftsführerin wurde, schien ihm das etwas auszumachen. Er begann, sich zu beklagen. Wenn er sich nicht an ihrer Arbeit störte, dann an ihrer Kleidung oder ihren Freundinnen. Rebecka hatte versucht, sich seinen Wünschen anzupassen, aber in ihre Arbeit ließ sie sich nicht hineinreden.

Ihre Freundschaft mit Susanne, Maggan und Sonja hatte sie dagegen vernachlässigt, eine Zeitlang hatten sie sich fast gar nicht mehr gesehen. Trotzdem waren die drei voll und ganz für sie da gewesen, als Robert sie verließ, und hatten respektiert, dass Rebecka nicht darüber reden wollte. Sie luden sie zu sich nach Hause ein, brachten sie auf andere Gedanken und versorgten sie mit Essen und Schlaftabletten, damit sie wenigstens hin und wieder etwas aß oder schlief.

»Susanne wird dir gefallen«, sagte sie.

»Davon bin ich überzeugt«, antwortete Adam. »Sie ist eine deiner besten Freundinnen, und du gefällst mir ja.«

Rebecka schaute ihn an, um zu sehen, ob er sich über sie lustig machte, aber er schaute ganz ernst.

»Was wusstest du über sie, bevor du ihr Haus in London eingerichtet hast?«, fragte sie neugierig.

»Nicht mehr als über dich. Aber mir war schnell klar, dass ihr drei sehr unterschiedlich seid. Mir kam es so vor, als wäre Susanne eine starke Frau, die sich nimmt, was sie will, und keine Angst hat.«

»Und nirgendwo stand, dass sie unerhört schön ist?«

Er lachte und schaute sie an.

»Das ist doch wohl eine ziemlich überflüssige Information für jemanden, der eine Wohnung einrichten soll, findest du nicht?«

Susanne erwartete sie mit ausgebreiteten Armen in der Lobby.

»Hurra, da seid ihr ja. Mein Magen hätte keine weitere Tasse Kaffee mehr vertragen.«

Rebecka beeilte sich, ihre Freundin zu umarmen.

»Wie schön, dass du da bist!«

»Das finde ich auch«, sagte Adam und streckte seine Hand aus. »Adam.«

»Hallo, Adam. Wie schön, dich kennenzulernen, ich habe schon so viel von dir gehört.« Susanne ignorierte den gezielten Tritt, den Rebecka ihrem Bein versetzte.

»Komm«, sagte sie und hakte sich bei Adam ein. »Du musst mir unbedingt erzählen, wie Rebecka ist, wenn sie dich über ganz Mallorca hetzt.«

»Verräterin«, murmelte Rebecka wütend, als sie die beiden durch die Tür verschwinden sah.

War Susanne in dieser Stimmung, so würde sie, anstatt zu helfen, alles nur noch schlimmer machen, und Rebecka fürchtete, dass ihre Freundin Adam nach seinem Privatleben ausfragen könnte. Sie hatte Susanne mehr als einmal dabei beobachtet, wie sie Grenzen überschritt, die Rebecka ganz selbstverständlich respektierte, deshalb eilte sie den beiden nach, um zu retten, was noch zu retten war.

Sie holte sie bei der Rezeption ein, wo Susanne das Kommando übernommen hatte.

»Nein, wir sind nicht eingeladen. Ich bezahle für uns drei. Bitte, hier ist meine Karte.«

»Es tut mir leid, Signora, aber die Zimmer sind schon bezahlt, und daran lässt sich nichts ändern.«

Die Rezeptionistin holte drei Schlüsselkarten hervor.

»Links sehen Sie die Aufzüge. Ihre Zimmer sind ganz oben.«

Im Zimmer entdeckte Susanne sofort den Umschlag mit ihrem Namen, und schon bevor sie ihn öffnete, wusste sie, von wem er war.

Das war das mindeste, was ich tun konnte, um mich für meine Unverschämtheit zu entschuldigen. Ich hoffe, der Aufenthalt wird zu deiner Zufriedenheit sein. Michael.

War er unverschämt gewesen? Er hatte ihr zwar etwas unterstellt, worauf sie überhaupt nicht aus gewesen war, aber unverschämt? Nun ja, er war eben Engländer. Susanne konnte sich nur schwer vorstellen, dass ein schwedischer Mann die Sache so gesehen hätte.

Aber gut, er würde also nicht hier auftauchen. Sie hatte sich zwar nicht gerade Sorgen deswegen gemacht, kannte ihn aber nicht gut genug, um zu wissen, wer er eigentlich war. Hinter der polierten und unglaublich attraktiven Schale konnte sich der reinste Teufel verstecken. Die Rechnung für die Zimmer würde sie begleichen, sobald sie zurück in London war.

Ihr Zimmer war eigentlich eine Suite, und sie ging neugierig vom Wohn- ins Schlafzimmer. Vom Bett aus sah man aufs Meer. Die Aussicht über den Hafen und das Mittelmeer war einzigartig. Entzückt entdeckte sie eine Badewanne auf der Terrasse vor dem Schlafzimmer und entschied, vor dem Abendessen ein schönes Bad zu nehmen.

Zwei Zimmer weiter war Rebecka dabei, sich einzurichten. Sie hängte ihre Kleider auf und stellte ihre Schuhe ordentlich nebeneinander. Ihre Unterwäsche ließ sie im Koffer liegen, und die Toilettentasche stellte sie in das geräumige Badezimmer. Erst als sie das erledigt hatte, öffnete auch sie die Tür zum Meer, blieb aber im Zimmer. Sie wollte ein wenig schlafen. Ihrer Meinung nach war die Siesta eine der besten Erfindungen überhaupt, und sie hatte sie sich in ihrer neuen Heimat vom ersten Tag an angewöhnt.

Nur weil sie sich zufällig in einem anderen Teil des Landes befand, hatte sie nicht vor, ihre Gewohnheiten zu ändern, und fünf Minuten später schlief sie tief und fest.

33

Susanne lag mit geschlossenen Augen da und träumte von Michael. Falls er wie angedroht auftauchen sollte, war sie sicher, dass er seine Kleider schneller ausgezogen hätte, als sie »Hola« sagen konnte.

Phantasien waren Susannes Spezialität. Normalerweise tauchten darin Fremde auf, und sie vermied sorgfältig die Männer, die sie in der Wirklichkeit interessierten. Weshalb Michael nun in ihrer Phantasiewelt erschien, wusste sie nicht, und auch wenn er sich in ihrem Traum perfekt machte, so wollte sie lieber nicht daran denken, wenn sie sich das nächste Mal sahen. Dafür war er ihr viel zu wichtig.

Nach einer eiskalten Dusche schenkte sie sich einen Drink ein und suchte das Kleid für den Abend heraus. Hoffentlich würde es nicht zu warm sein. In London war Herbst, und sie hatte ihre Sommerkleider schon verstaut, aber dieses hatte zumindest keine langen Ärmel. Mit schwarzen Schuhen dazu sah sie aus, als ginge sie in Trauer, aber ein paar Halsketten würden das Ganze aufpeppen.

Sie trank ihr Glas in einem Zug aus und lächelte vor sich hin. Adam war ganz offensichtlich vernarrt in Rebecka. Sein Körper hatte widerstrebt, als Susanne ihn mit sich gezogen hatte, nur aus Höflichkeit war er ihr gefolgt. Anders als Rebecka glaubte, hatte Susanne ihn nicht über sein Privatleben ausfragen wollen. Dagegen interessierte es sie ungemein, was er von ihrer Freundin wollte. Susanne hatte Mitleid mit der Frau, mit der er verheiratet war und die nicht wusste, dass ihr Mann sich in seine Auftraggeberin verliebt hatte. Susanne fragte sich, wie weit er wohl für Rebecka gehen würde. Rebecka hatte ihr von dem Flirtverbot erzählt, an das er sich nicht immer hielt. Wie sie selbst sich dabei fühlte, war schwer zu sagen. Rebecka sprach selten über ihre Gefühle, aber dass dieser Mann ihr auf die eine oder andere Weise ans Herz ging, war nicht zu übersehen. Rebecka war wohl die Einzige, die eine Ähnlichkeit mit Colin Firth erkannte.

Trotz der Umstände war es schön, Rebecka so umschwärmt zu sehen. Es war ihr überhaupt nicht bewusst, wie attraktiv sie war, und Susanne hoffte, dass ein unschuldiger Flirt ihr guttun würde.

Sonja hatte geglaubt, dass Rebecka Abwechslung im Bett brauchte, aber da war Susanne sich nicht so sicher. Damit Rebecka jemals wieder einem Mann vertrauen konnte, musste es langsam gehen, war Susanne überzeugt, und nicht leidenschaftlich, wie Sonja vorgeschlagen hatte.

Nach ihrem Nickerchen fühlte Rebecka sich erfrischt und aufgedreht wie selten, voller Neugierde, was der Abend wohl bringen würde. Zu ihrer gebräunten Haut würde das blaue Kleid mit dem freien Rücken und dem züchtigen Vorderteil perfekt passen. Ausnahmsweise würde sie dazu hochhackige Schuhe tragen. Sie würden im Hotel essen, wo sie den ganzen Abend sitzen und mit den Beinen baumeln konnte.

Als sie fertig war, drehte sie sich ein paarmal vor dem Spiegel. Nicht schlecht für eine Fünfzigjährige, dachte sie zufrieden, als es an der Tür klopfte.

»Himmel, siehst du toll aus«, rief Susanne aus. »Das ist das Kleid, das du bei Yves in Paris gekauft hast, stimmt's? Verdammt, du wirst dem Ärmsten das Herz brechen.«

»Reiß dich zusammen, und komm rein.« Rebecka lächelte. »Hast du auch geschlafen?«

»Kein bisschen. Ich habe stattdessen von meinem englischen Hoteldirektor geträumt. Ein unglaublicher Liebhaber, kann ich nur sagen.«

»Aber Susanne«, kicherte Rebecka.

»Ich werde keine weiteren Details preisgeben, als dass wir uns auf genau diesem Teppich geliebt haben.« Susanne zeigte auf eine exakte Kopie in Rebeckas Suite.

»Danke, das reicht.« Sie wusste, dass Susanne sie wegen ihrer Prüderie aufzog, aber es machte ihr nichts aus. Ihr gefiel diese Offenheit, auch wenn sie sie mitunter peinlich berührte.

»Etwas ganz anderes. Kannst du bitte während des Abendessens auf Andeutungen verzichten?«

»Verstehe ich dich recht, dass ich nicht darüber sprechen soll, was für eine gute Idee es wäre, wenn du und Adam ...« Sie lachte, als sie Rebeckas Blick sah. »War nur ein Scherz. Ich verspreche dir, der reinste Engel zu sein.« Sie hob die Hand, als wolle sie auf eine unsichtbare Bibel schwören.

»Susanne, ich meine es ernst.«

»Ich weiß, meine Liebe. Ich werde dich nicht blamieren. Vertrau mir.«

Während Susanne es sich auf dem Sofa bequem machte und sich ein Glas Champagner servieren ließ, erzählte sie von dem Umschlag in ihrem Zimmer.

»Aber was hat er denn damit gemeint?«

»Ach, er hat am Telefon herumgewitzelt und gefragt, ob er mich zum Abendessen einladen dürfe, wenn er mitkäme, und ob ich angerufen hätte, um ihn hierher einzuladen.«

»Versucht er, dich zu verführen?«

»Nein, garantiert nicht. Er ist so korrekt wie sonst was und dabei unglaublich attraktiv. Fast schon so, dass ich mich zurückhalten muss. Aber immer korrekt. Kein einziges Augenzwinkern, und dabei haben wir uns inzwischen schon ziemlich oft getroffen. Außerdem glaube ich, dass er und die Hausdame etwas miteinander haben. Vielleicht nur Sex, aber trotzdem. Er ist nicht an mir interessiert, dafür habe ich einen guten Riecher.«

Susanne sah beinahe enttäuscht aus. Sie kam meist sehr gut ohne ihre Bewunderer aus, da sie nichts für sie verspürte, aber jetzt schien das Gegenteil der Fall zu sein.

»Wäre er heute tatsächlich hier aufgetaucht, weiß

ich wirklich nicht, ob ich hätte nein sagen können«, gab sie zu. »Er trieft nur so vor Energie.«

»Komm jetzt, wir müssen gehen«, unterbrach Rebecka ihre Freundin und umarmte sie spontan. »Danke, dass du gekommen bist. Das bedeutet mir sehr viel, weißt du?«

Susanne erwiderte ihre Umarmung.

»Danke, dass ich kommen durfte. Ich werde schon meine Klappe halten. Und falls der Engländer noch kommt, bist du mich ein paar Stunden los, denn dann ...«

Rebecka legte schnell ihre Hand auf Susannes lachenden Mund.

»Schluss jetzt.«

34

Maggan war kein bisschen eifersüchtig auf ihre Freundinnen in Barcelona, denn sie hatte eine herrliche Zeit mit ihrer Familie in Östersund. Annelis Bauch war schon ziemlich rund, obwohl es bis zur Geburt eine ganze Weile hin war.

»Ich finde es großartig, dass du in Paris bleibst, Mama. Wenn alles gutgeht, können wir dich im Frühling alle zusammen besuchen.«

Anneli wusste, dass Maggan, Susanne und Rebecka einiges von Sonja geerbt hatten, aber dass es sich dabei um mehr handelte als bloße Immobilien, erfuhr sie erst jetzt. Maggan hatte Herrn Andréasson gefragt, ob sie von dem Restaurant erzählen dürfe, und er hatte geantwortet, sie dürfe tun, was sie wolle.

»Ich habe immer schon das Gefühl gehabt, dass Tante Sonja jede Menge Geheimnisse mit sich herumtrug, und vermutlich habe ich mich von ihr so angezogen gefühlt, weil etwas Mysteriöses sie umgab.«

»Aber du hast dich zu all meinen Freundinnen hingezogen gefühlt.«

»Ja, wie schade, dass sie keine Kinder haben. Warum wollte Rebecka eigentlich keine Kinder? Sie war immerhin jahrelang mit Robert verheiratet.«

»Ehrlich gesagt weiß ich es nicht, aber ich glaube, Robert wollte keine, und Rebecka hat sich nach ihm gerichtet.«

»Du glaubst also, dass sie sich Kinder gewünscht hätte? Wie traurig, dass er sie dann verlassen und Kinder mit der Erstbesten gekriegt hat.«

»Ja, das ist traurig. Rebecka hat nie viel darüber gesprochen, aber bevor sie heiratete, stand für sie fest, dass sie eines Tages Mutter werden würde. Später hat sie nur noch komisch geguckt, wenn man danach fragte.«

Maggan betrachtete ihre Tochter.

»Dafür hast du uns allen gehört.« Sie streichelte ihr die Wange. »Und ich bin froh, dass du all deine Tanten hattest.«

Nachdem sie eine Woche ununterbrochen mit Alexander gespielt hatte, war es beinahe angenehm, sich ins Flugzeug zurück nach Paris zu setzen. Ihre Beine waren müde, in den nächsten Tagen würde sie es lieber ruhig angehen lassen.

Während sie vom Terminal für Inlandsflüge zu dem für Auslandsflüge humpelte, war sie für einen Augenblick versucht, stattdessen in den Flughafenbus nach Farsta zu steigen, aber sie hatte beschlossen, bis Weihnachten in Paris zu bleiben. Wenn sie ehrlich war, musste sie zugeben, dass dieses Restaurant sie auch ein wenig reizte. Susanne hatte ein Praktikum im Hotel absolviert, warum sollte sie nicht das Gleiche in einem Restaurant machen können?

Und dann war da natürlich noch Sonjas Wunsch, dass sie ein Buch schreiben sollte. Ganz weit im Hinterkopf hatte sie schon eine Idee, aber so unsicher, wie sie war, traute sie sich kaum, sie hervorzuholen.

Gibt es auch nur *irgendetwas*, wovon du selbst glaubst, dass du es gut kannst?, hatte Susanne sie einmal gefragt, ohne dass Maggan darauf hatte antworten können. Sie war sicherlich eine ganz gute Mutter, und ihre Kollegen und die Kinder im Kindergarten hatten sie gemocht, aber ob sie ihre Arbeit gut machte, wusste sie nicht. Sie tat nur das, was man von ihr erwartete. Sich ganz allein an neue Projekte zu wagen machte ihr Angst. Hoffentlich war Monsieur Perrot nett, und wenn sie sich mit dem Personal verstand, konnte sie vielleicht ihre Buchidee ans Licht lassen.

»Gibt's denn so was? Ist das nicht meine entzückende, geheimnisvolle Reisebekanntschaft?«

Maggan drehte sich um und erblickte Björn. Seine herzhafte Lache hallte durch das ganze Terminal.

»Na, so was, dass wir wieder im gleichen Flugzeug

landen! Aber dass wir auch noch nebeneinandersitzen, wäre wohl zu viel verlangt.«

Maggan freute sich. Sie hatte in der vergangenen Woche ein paarmal an Björn gedacht, was durchaus angenehm gewesen war.

»Ich weiß nicht, ich habe Platz 23 E, und du?«, fragte sie mit einem warmen Lächeln.

»Schade, dieses Mal sollte es wohl nicht sein. Andererseits haben wir noch eine halbe Stunde bis zum Boarding. Darf ich dich auf eine Tasse Kaffee einladen?«, fragte er und wies auf ein Café gegenüber von ihrem Gate.

Von ihrem Tisch aus würden sie sehen, wenn der Einstieg begann, und brauchten sich nicht zu beeilen. Während sie sich über alles Mögliche unterhielten, betrachtete Maggan ihn verstohlen. Große Männer hatten ihr immer schon gefallen, und Björn machte seinem Namen, der Bär, alle Ehre. Sein lebhaftes Wesen wurde noch verstärkt durch seine ständig gestikulierenden, sommersprossigen Hände. Wenn er ihr zuhörte, schaute er sie mit seinen blauen Augen intensiv an, bis er sie in der nächsten Sekunde zusammenkniff und lachte. Björn schien zu gefallen, was sie zu sagen hatte, ein ebenso fremdes wie verlockendes Gefühl für Maggan.

Maggan kam eigentlich mit allen Menschen sehr gut aus, besser noch als ihre Freundinnen. Wenn sich eine von ihnen mit ihr darin hatte messen können, dann Sonja. Sowohl Susanne als auch Rebecka waren kontaktfreudig, aber beide hatten oft ein großes Bedürfnis, allein zu sein, was Maggan selbst nur schwer ertragen konnte. Als Anneli ausgezogen war, hatte sich das Haus leer angefühlt, und als sie selbst Frührentnerin wurde, war die Leere erdrückend geworden. Gerettet hatte sie die Zeit mit Alex und Sonja, die oft in ihrem Gästezimmer übernachtete.

Sie mochte Björn, und als er noch einmal fragte, ob sie sich nicht in Paris treffen wollten, stimmte sie zu. Er würde eine gute Begleitung für das *Chez Sonja* abgeben.

»Wie wäre es mit morgen?«, fragte sie.

»Sehr gerne, das passt perfekt. Soll ich einen Treffpunkt vorschlagen?«

»Nein, überlass das ruhig mir. Aber deine Telefonnummer könnte ich gebrauchen.«

Zum Glück hatte sie die Nummer schon in Stockholm notiert, denn auf dem Flughafen in Paris verloren sie sich aus den Augen, und Maggan eilte zum Taxistand, um schnell nach Hause zu kommen.

Sie musste ihren Kühlschrank füllen, und am nächsten Tag würde sie sich ein neues Kleid zulegen.

Plötzlich machte Paris richtig Spaß.

35

Hinterher konnte Rebecka sich nicht mehr erinnern, warum sie Adam auf einen Absacker eingeladen hatte. Vielleicht weil er während des Abendessens so höflich und zuvorkommend gewesen war.

Er hatte beiden Damen gleich viel Aufmerksamkeit geschenkt, und spätestens als Susanne klargeworden war, dass er ihr Hotel in London eingerichtet hatte, waren sie um ein Gesprächsthema nicht mehr verlegen. Zum ersten Mal konnte Rebecka sich in seiner Gesellschaft entspannen. Ihr gefiel, wie er über seinen Beruf sprach, und obwohl er anscheinend sehr viel arbeitete, schien es ihm unglaublich viel Spaß zu machen.

Susanne fand Adam charmant, aber völlig unsexy, flüsterte sie Rebecka zu, als er kurz den Tisch verließ. Rebecka wusste selbst nicht richtig, was sie über ihn dachte, doch immer wenn sie sich ein paar Tage lang nicht gesehen hatten, hatte sie ihn vermisst. Seine flirtende Art schreckte sie ab, aber sah sie ihn bei der Arbeit, wirkte er unglaublich anziehend. Sexy? Darüber hatte sie noch nicht nachgedacht.

Sie waren beide ziemlich angesäuselt, als sie Rebeckas Suite betraten, und Adam wollte nichts Alkoholisches.

»Saft vielleicht?«

»Ja, sehr gerne.« Er öffnete die Tür und trat auf die Terrasse. Als sie ihm mit den Saftgläsern folgte, stand er da und schaute über den Hafen. Schweigend stellte sie sich neben ihn. Es schien ihr völlig natürlich, dass er seinen Arm um sie legte. Eine freundschaftliche Geste, die sie sich geborgen fühlen ließ. Sie lehnte den Kopf an seine Schulter, und so standen sie lange da, ohne etwas zu sagen.

Sie setzten gleichzeitig zu sprechen an, und lachend überließ Rebecka ihm das Wort.

»Ich mag dich«, sagte er schlicht. Sie hob den Kopf

von seiner Schulter und sah ihn an. Da war nichts Neckisches in seinem Blick. Sie spürte die Zärtlichkeit in seinen Worten und war davon so berührt, dass sie einen Schritt wegtreten musste.

»Sag das nicht«, bat sie.

»Warum nicht, wenn es doch stimmt?«

»Schhhh.« Sie ließ ihn stehen und ging über die Terrasse.

»Rebecka.«

»Ja.«

»Wer hat dich so verletzt, dass du es nicht erträgst, zu hören, dass ich dich mag?«

»Ich will nicht darüber reden.«

»Versuch es.«

»Nein.« Rebecka war bewusst, welche Wunden die Scheidung ihr zugefügt hatte, aber das brauchte Adam nicht zu wissen. Er war ein vielbeschäftigter Mann, und auf so jemanden wollte sie sich gar nicht erst einlassen.

»Warum?«

»Weil du und ich nicht beste Freunde sind. Wir arbeiten zusammen.«

»Ich empfinde mehr für dich als das.«

»Das solltest du aber nicht.«

»Weil du meine Gefühle nicht erwiderst?«

»Genau.«

Adam schwieg einen Moment.

»Das glaube ich dir nicht.« Er nahm sein Jackett, das er über einen der Liegestühle geworfen hatte.

»Gute Nacht, meine Schöne. Wir müssen morgen früh um zehn Uhr los.«

Rebecka sprach äußerst selten über ihre Gefühle, aber jetzt musste es einfach sein. Als sie an Susannes Tür klopfte, schickte sie im Stillen ein Gebet zum Himmel, dass sie öffnen würde.

Susanne sagte nichts, als sie aufmachte. Dass Rebecka ihr Herz erleichtern wollte, geschah nun wirklich nicht jeden Tag, und ihr war klar, dass sie bei einem falschen Wort auf dem Absatz kehrtmachen würde.

»Er mag mich«, sagte Rebecka, und Susanne brauchte nicht zu fragen, wen sie meinte.

»Wie kann das sein? Ich habe ihm gar nichts über mich erzählt, wir sprechen nur über das Hier und Jetzt. Wie kann man jemanden mögen, von dem man nicht weiß, wer er ist?«

Ganz offenbar dachte Rebecka nur laut und erwartete keine Antwort oder einen Rat.

»Ich habe ihm gesagt, dass das nicht auf Gegenseitigkeit beruht. Er hat seine Frau nie erwähnt, und vielleicht hat er siebzehn Kinder mit ihr, wer weiß? Ich kann mich ja wohl nicht in jemanden verlieben, der herumflirtet, obwohl er schon vergeben ist. Ich brauche einen Drink, hast du Whiskey?«

Während Susanne ein paar Fläschchen aus der Minibar holte, tigerte Rebecka im Zimmer herum.

»Du hast so viel Erfahrung mit Männern, bitte hilf mir zu verstehen«, sagte Rebecka.

Susanne ließ sich aufs Sofa fallen und bedeutete Rebecka, sich hinzusetzen. Während sie den Inhalt der Fläschchen in zwei Gläser goss, tat Rebecka wie geheißen, konnte aber kaum stillsitzen. Sie kippte den Whiskey in einem Zug hinunter und sprang wieder auf.

»Männer, Susanne. Männer. Sag mir, wie sie ticken!«

»Du meinst Adam?«

»Ja, und Robert ist wohl noch so ein Prachtexemplar, auf das ich mich nicht verstehe und den ich sezieren müsste.«

»Ich bin ja nun mal Expertin für Idioten, was für dich von Vorteil ist, weil ich sie mittlerweile von weitem erkenne. Adam ist keiner von ihnen, und dass er in dich verliebt ist, kapiert jeder sofort, der euch zusammen sieht.«

»Aber was ist dann mit seiner Frau?«

»Hat er irgendwann mal etwas über sie gesagt?«

»Nein, wir sprechen ja nicht über persönliche Dinge.«

»Du hast ihn zweimal mit derselben Frau gesehen, das heißt doch noch nicht, dass er mit ihr verheiratet ist.«

»Es heißt aber auch nicht, dass er es nicht ist.«

»Dann frag ihn.«

»Nie im Leben!«

»Dann mach ich's.«

»Wehe!«

»Aber willst du es nicht wissen?«

Susanne kam der Gedanke, dass Rebecka sich vielleicht nur einbildete, Adam sei verheiratet, um sich nicht mit ihren eigentlichen Ängsten auseinandersetzen zu müssen. Als sie Rebecka darauf ansprach, konnte sie an ihrem Gesicht ablesen, dass sie so weit noch nicht gedacht hatte.

»Vielleicht hast du recht. Aber wovor habe ich dann Angst?«

»Ich weiß nicht, darauf musst du wohl selber kommen. Noch einen Whiskey?«

»Nein, das muss jetzt reichen. Verdammt, Susanne, meinst du wirklich, ich habe Angst?«

»Ja, genau das glaube ich«, antwortete ihre Freundin lächelnd.

»Darüber muss ich erst mal eine Nacht schlafen.«

»Ja, das musst du wohl.« Susanne lachte, als sie sah, wie verwirrt ihre Freundin war. Dieser ungewohnte Anblick ließ Susanne stark vermuten, dass Adam Rebecka sehr viel weniger kaltließ, als diese sich eingestand.

Rebecka fürchtete sich vor dem Wiedersehen mit Adam am nächsten Morgen, aber er war genau wie immer, als ob ihr Gespräch am Vortag nie stattgefunden hätte. Während Susanne sich alleine in der Stadt amüsierte, fuhren Rebecka und Adam von Laden zu Laden und bestellten Möbel und Küchenutensilien. Als sie den Tag mit einer einfachen Mahlzeit im Hotel beschlossen, waren beide froh, zurück zu ihrem gewohnt freundschaftlichen Umgang gefunden zu haben.

36

Den ganzen November hatte Susanne in London so viel zu tun, dass ihr keine Zeit für Reisen blieb; stattdessen telefonierte sie mit ihren Freundinnen. Häufig sprachen sie auf drei Leitungen miteinander, damit sie sich alle zusammen unterhalten konnten. Diese Momente waren Susanne besonders wichtig. Dann zog sie ihre alten Jogginghosen an, ein zu großes T-Shirt und ein Paar rosafarbene, weiche Pantoffeln und machte es sich auf dem Sofa mit einem eiskalten Bier bequem, das sie direkt aus der Flasche trank. Sie sprachen häufig mehrere Stunden miteinander, immer sonntags, wenn keine von ihnen mit ihrem Projekt beschäftigt war.

Sie öffnete den Kleiderschrank voller Vorfreude auf einen angenehmen Abend. Charles hatte nicht verraten, wo es hingehen sollte, nur dass sie keine Jeans tragen durfte. Einen Rock oder ein Kleid also. Schließlich entschied sie sich für ein langes Kleid aus Wildleder und hochhackige schwarze Lederstiefel mit Wildlederapplikationen. Das Ralph-Lauren-Kleid saß wie eine zweite Haut. Susanne besaß es schon lange, hatte es aber selten getragen, so dass es wie neu aussah. Ob das Kleid noch der Mode entsprach, war ihr vollkommen egal. Zufrieden mit ihrem Aussehen, hängte sie sich noch den Mantel mit Pelzkragen um und trat genau in dem Moment auf die Straße, als das Taxi mit Charles und Jens anhielt.

»Darling, du bist genauso schön wie immer.«

Susanne bedankte sich für das Kompliment und küsste die beiden Männer auf die Wange. »Erzählt, wohin fahren wir?«

»Zu einem alten Kollegen von mir, der seinen Fünfzigsten feiert. Auf der Party werden jede Menge Hotelmenschen sein, also eine hervorragende Chance für dich, ein paar Branchenkontakte zu knüpfen.«

Das große Ziegelgebäude wurde von im Rasen versteckten Scheinwerfern erleuchtet. Das Haus war atemberaubend, die Einfahrt wurde von Fackeln gesäumt, über die ein stetiger Strom von Gästen hineinströmte.

Solche gesellschaftlichen Ereignisse machten Susanne kein bisschen nervös. Selbst wenn sie sich nicht immer ganz wohl fühlte, verstand sie es, sich mit völlig Unbekannten zu unterhalten. Der Trick war, sich ganz auf die Frauen zu konzentrieren und die Männer zu ignorieren. Früher hatte sie manchmal Ringe getragen, damit man sie für verheiratet oder verlobt hielt, aber mittlerweile wusste sie unerwünschte Verehrer loszuwerden, ohne mit Eheringen zu wedeln oder unhöflich zu werden.

Im Eingang nahm das Personal die Mäntel entgegen, und Susanne konnte in Ruhe die anderen Gäste betrachten, während sie darauf warteten, dass sie an die Reihe kamen. Zu ihrer Freude schien die Gesellschaft bunt gemischt zu sein. Mit ein bisschen Glück befand sich sogar der ein oder andere Schwede darunter.

»Komm«, sagte Charles. »Ich stelle dich dem Gastgeber vor.«

Das Geburtstagskind war ein jovialer kleiner Mann mit mehr Haar auf der Brust als auf dem Kopf. Froh drückte er seinen kahlen Schädel zwischen ihre Brüste, als er sie willkommen hieß.

»Susanne, endlich. Himmel, wie groß du bist! Ich habe schon so viel von dir gehört«, sagte er lächelnd, als er sie aus seiner Umarmung entließ.

Susanne lachte.

»Oje, hat Charles etwa getratscht?«

Sie spürte eine Hand auf der Schulter und drehte sich um.

»Nun ja, vielleicht bin eher ich der Schuldige hier«, sagte Michael und reichte seine andere Hand dem kleinen Mann, um ihm zum Geburtstag zu gratulieren.

»Sie haben mir beide von dir erzählt, und jetzt verstehe ich wirklich, warum«, sagte das Geburtstagskind. »Susanne, das hier ist meine Frau Charlotte.«

Im Bewusstsein, dass nur ein Zentimeter sie von Michael trennten, konzentrierte sie sich völlig auf Charlotte und folgte ihr, als diese sie in den Salon bat.

»Wie schön, dich kennenzulernen. Michael hat erzählt, dass du bald dieses wunderbare kleine Hotel in Notting Hill eröffnen wirst.«

Die Gastgeberin sprach fröhlich weiter, und Susanne nickte artig, während ihre Gedanken rasten. Seit der Einladung ins Miramar hatten Michael und sie sich nicht mehr gesehen. Sie hatte ihn angerufen, sich bedankt und angeboten, für den Aufenthalt zu bezahlen, wovon er nichts hatte hören wollen. Und als sie ihr Praktikum in der Buchhaltung absolvierte, hatte er sich nicht blicken lassen.

Nach einem Glas Champagner wirbelte die Gastgeberin weiter, und Susanne blieb alleine zurück. Sie hielt nach Charles und Jens Ausschau, sie konnte ein wenig Unterstützung gebrauchen.

»Wie geht es dir?« Er war fast einen Kopf größer als sie und stand so nahe, dass sie den Kopf zurücklegen musste, um ihm in die Augen zu sehen.

»Danke, gut. Die letzten zwei Wochen habe ich mich mit Buchungssystemen beschäftigt, ich büffele also fleißig weiter«, sagte Susanne und verdrehte die Augen.

»Nicht so dein Ding?«

»Absolut nicht. Und du?«

»Ob ich gerne büffele? Nein, überhaupt nicht. Ich war nicht mal auf dem College.«

»Wirklich nicht?« Diese Information erstaunte sie.

»Nein, ich habe es genau wie du gemacht. Hab mich nach oben gearbeitet, falls man meine jetzige Position so nennen kann.« Er lächelte. »Das wird schon alles«, fuhr er fort. »Ich kann dir auch erklären, warum, wenn du mir die große Freude machst, während des Essens neben mir zu sitzen.«

Ich könnte *dich* zum Dinner verspeisen, dachte Susanne, während sie sich auf den Weg zu ihren Plätzen machten.

Susanne konnte sich nicht erinnern, jemals etwas Großartigeres erlebt zu haben. Nicht nur, dass ihr Platznachbar die Höflichkeit selbst war, alle im Raum schienen bester Laune zu sein, und eine phantastische Rede löste die andere ab.

»Du kannst ja sogar komisch sein«, sagte Susanne zu Michael, als er sich unter Applaus hinsetzte und der Gastgeber zu ihm kam, um ihm einen Kuss auf die Stirn zu drücken.

»Sogar?«

»Sogar.«

»Und dabei hast du noch gar nicht mit mir getanzt. Versprichst du mir, dich an meine Rede zu erinnern, wenn du entdeckst, dass ich nicht das geringste Rhythmusgefühl habe?«

»Ich kann's versuchen.«

»Gut. Ich mag dich nämlich und wünsche mir, dass du mich auch magst.« Er lachte, und sie wusste nicht, ob er nur Spaß machte oder meinte, was er sagte. Sie entschied, ihn ernst zu nehmen.

»Ich mag dich auch. Und falls du mir nicht absichtlich auf die Zehen trittst, wird das so bleiben.«

Sie sah Charles von einem anderen Tisch winken und entschuldigte sich, um zu hören, was ihr Mentor wollte.

»Was läuft denn da ab?«

»Was meinst du?«

»Na, komm schon. Ihr verschlingt einander geradezu! Was läuft da?«

Susanne lachte und beugte sich vor.

»Ich hoffe, das Dessert ist gut«, flüsterte sie und ging zurück zu ihrem Tisch.

Michael stand höflich auf, als sie zurückkam, und legte ihr beim Hinsetzen die Hand auf den Rücken.

»Was wollte Charles?«

»Er glaubt, dass zwischen uns etwas läuft.«

Er lachte laut.

»Lügst du nie?«, fragte er amüsiert.

»Nein. Wer direkt fragt, kriegt eine ehrliche Antwort. Lügst du?«, fragte sie.

»Nein. Aber vielleicht sage ich nicht immer, was ich denke«, antwortete er.

»Muss man das denn?«

»Das gehört wohl zum Ehrlichsein dazu.«

»Ich habe nicht gesagt, dass ich immer ehrlich bin, ich habe nur gesagt, dass ich nicht lüge, wenn mich jemand etwas direkt fragt.«

»Wenn ich dich also nach deinen Gefühlen fragen würde, würdest du mir ehrlich antworten?«

»Ja.«

»Das werde ich mir merken.«

Sie wurden unterbrochen, als die Musik zu spielen begann und plötzlich alle in einen anderen Raum gingen, wo Erfrischungen serviert wurden. Michael zeigte Susanne die Damentoilette, und sie beeilte sich, als fürchtete sie, auch nur eine Minute in seiner Gesellschaft zu verpassen.

Sie war beschwipst. Verdammt, sie war beschwipst. Das machte die Sache nicht einfacher. Solange es sich nur um rein körperliche Anziehung handelte, fühlte sich Susanne auf sicherem Terrain, aber alles, was darüber hinausging, war kompliziert. In Anders war sie nie verliebt gewesen, nicht einmal ganz am Anfang. Er hatte einfach zu viele Seiten gehabt, die sie nicht mochte, aber mit ihm hatte die Lust den Ton angegeben.

So verliebt wie jetzt war sie zuletzt Ende der achtziger Jahre gewesen, und die Geschichte hatte katastrophal geendet, als sie ihrem damaligen Freund überglücklich erzählte, dass sie schwanger war. Vierundzwanzig Stunden später hatte sie keinen Freund mehr, und drei Tage danach war sie nicht mehr schwanger.

Sie hielt ihre Handgelenke unter kaltes Wasser. Zum Glück bin ich jetzt schon ein großes Mädchen, dachte sie, bevor sie die Toilette verließ.

Als sie zurückkam, war er wie vom Erdboden verschluckt, und nachdem sie mit der Hälfte der Anwesenden ein paar Worte gewechselt hatte, ging sie zur Bar, um sich noch ein Glas Champagner zu holen. Da sah sie ihn. Er stand weiter hinten im Raum und flüsterte der Chefhausdame vom Hyatt etwas ins Ohr. Susanne erstarrte zur Salzsäule, als sie sah, wie die beiden sich umarmten.

Schnell lief sie in die andere Richtung hinaus auf den Flur, wo sie sich ihren Mantel schnappte. Zwei Minuten später saß sie im Taxi und fuhr nach Hause. Wie ein großes Mädchen fühlte sie sich auf einmal gar nicht mehr.

37

Rebecka und Adam hatten sich die Arbeit aufgeteilt, so dass sie sich um die Innengestaltung kümmerte und er für die Außenanlagen zuständig war. Sie hatte genau vor Augen, wie alles sein sollte, aber für die Umsetzung brauchte sie Adam.

Am glücklichsten war sie, wenn sie im Haus stand und sah, wie ihre Ideen und Pläne Form annahmen. Mit manchen Sachen mussten sie wegen der langen Lieferzeiten bis zum Frühling warten, anderes kam sofort, weshalb das Haus von innen und außen einem Flickenteppich glich. Manche Wände waren schon tapeziert, andere noch kahl. Die Küchenschränke waren aufgehängt, aber die Geräte ließen noch auf sich warten. Im Badezimmer fehlten die Badewannen, aber die Toiletten waren schon an Ort und Stelle. Rebecka machte es nichts aus, zu warten. Am wichtigsten war, dass alles so wurde, wie sie es haben wollte.

Sie stand am Fenster und beobachtete, wie Adam mit einem der Arbeiter diskutierte. Seine Zähne blitzten weiß in seinem sonnenverbrannten Gesicht, als er sie anlachte und winkte.

Sie freute sich über sein Lachen. Die letzten Tage war er ungewöhnlich still gewesen und hatte eine bekümmerte Miene gezeigt. Sie öffnete die Tür und trat auf die frisch verlegte Steinterrasse.

»Kaffee?«, rief sie.

»Sofort!«

Sie setzte sich in einen der provisorischen Liegestühle. Das Wetter war hier immer noch wunderbar, auch wenn es in Stockholm bereits geschneit hatte. Sie hatte überhaupt kein Heimweh, im Gegenteil hatte sie gar keine rechte Lust, über Weihnachten nach Schweden zu fahren, aber sie hatte ihrem Bruder versprochen zu kommen. Auch Maggan und Susanne würden nach Hause fahren, und auf das Treffen mit den beiden freute sie sich. Nach Adams Plänen für die Weihnachtsfeiertage hatte sie nicht zu fragen gewagt. Sie hatte ihm nur mitgeteilt, dass sie vom einundzwanzigsten bis einunddreißigsten Dezember fort sein würde. Silvester wollte sie auf Mallorca verbringen und hatte vor, um zwölf Uhr vom Liegestuhl aus über das dunkle Mittelmeer zu schauen.

Adam wischte sich den Schweiß von der Stirn, als er zu ihr auf die Terrasse kam.

»Na, ist das nicht wunderbar?«

»Kaum zu glauben, dass wir Dezember haben, oder?«

»Ja, wir haben wirklich Glück gehabt. Aber du solltest nicht damit rechnen, dass es die nächsten Monate so bleibt.«

»Aber genau das mache ich. Ich plane, dass wir Anfang Juni unsere Einweihungsparty schmeißen können.«

»Wir?« Er lächelte.

»Ja, meine Freundinnen und ich«, beeilte sie sich zu sagen.

»Es wäre schön, auch die Dritte im Bunde kennenzulernen. Maggan, so heißt sie doch?«

»Ja. Ich glaube, sie würde dir genauso gut gefallen wie Susanne.« Plötzlich vermisste sie die Freundin schmerzlich. Seit Paris hatte sie Maggan nicht mehr gesehen, und auch wenn sie jeden Sonntag miteinander sprachen, war das doch nicht dasselbe.

Sie blieb sitzen, während Adam den Kaffee holte und sich dann auf dem Stuhl neben ihr niederließ.

»Wann seht ihr euch denn das nächste Mal?«

»Hoffentlich an Weihnachten, aber ihre Tochter wohnt in Östersund, ich nehme an, sie wird die meiste Zeit dort sein.«

»Ich fahre auch nach Hause«, sagte er, und Rebecka hielt den Atem an.

»Dafür bleibt bei meinem Job nicht viel Zeit. Wenn ich mit deinem Haus fertig bin, wartet in London ein neues Hotelprojekt auf mich, mit dem ich einige Monate beschäftigt sein werde.«

Rebecka war merkwürdig enttäuscht, als ihr klarwurde, dass Adam natürlich nicht auf der Insel bleiben würde. Sie sahen sich jeden Tag, aßen zusammen, und trotzdem hatte sie sich nicht getraut, persönlicher zu werden. Er hatte sie zu sich nach Hause eingeladen, aber sie hatte höflich abgelehnt und entgegnet, dass doch alle Unterlagen, die sie brauchten, bei ihr zu Hause seien. Ein paarmal hatte er sie am Wochenende mit zu Freunden eingeladen, aber sie hatte immer abgesagt.

Susanne hatte recht. Sie hatte Angst. Angst davor, wieder zu lieben, Angst, verraten zu werden. Sie glaubte nicht, dass ihr Herz das noch einmal verkraften würde. Alleine zu sein war einfacher. Vielleicht nicht so schön, wie das Leben mit jemandem zu teilen, aber sicherer. Außerdem würde sie nicht einsam sein, wenn ihre Pläne mit dem Haus klappten.

Sie schaute den Mann im Stuhl neben ihr an. Er sah Colin Firth wirklich ähnlich, kaum zu glauben, dass Susanne das nicht gesehen hatte.

Susanne, die von ihrer Freundin verlangt hatte, doch einfach herauszufinden, ob Adam nun verheiratet war oder nicht, war selbst Hals über Kopf davongerannt, als sie glaubte, Michael mit einer anderen flirten zu sehen. Mitten in der Nacht hatte sie verzweifelt bei Rebecka angerufen. Susanne, die doch immer die Kontrolle behielt, war untröstlich.

»Ich habe mich verliebt, Rebecka. Ich. Verliebt. Kannst du dir etwas Dümmeres vorstellen?«, hatte sie gefragt, und Rebecka fand überhaupt nicht, dass das dumm klang, im Gegenteil.

Sie hatte Susanne gefragt, was sie nun vorhabe, woraufhin diese antwortete, dass sie gar nichts tun wolle. Falls er sich bei ihr meldete, würde sie ihn fragen, ob er vergeben sei. Und wenn er auch nur irgendetwas mit einer anderen hatte, würde sie versuchen, ihn zu vergessen. Und zwar so schnell wie möglich.

»Ein Glück, dass ich nie mit ihm geschlafen habe.« Als ihr bewusst wurde, was sie gerade gesagt hatte, fing sie wieder an zu weinen, dieses Mal, weil sie *keinen* Sex mit ihm gehabt hatte. »Jetzt bleiben mir nur noch meine Phantasien«, hatte sie dramatisch geschluchzt.

Rebecka beschloss, sie anzurufen, sobald sie für heute mit dem Haus fertig war. Das Fest war schon einige Tage her, und sie war sicher, dass es Susanne mittlerweile besserging.

»Willst du noch?« Adam stand ihr in der Sonne.

»Nein danke, ich habe genug. Ich muss schauen, dass die Wasserhähne angebracht werden.« Sie stand auf, aber Adam bewegte sich nicht. Er blieb stehen, und wo sie einmal stand, konnte sie sich schlecht wieder hinsetzen. Sie trat einen Schritt zur Seite, um an ihm vorbeizugehen, aber er stellte sich ihr in den Weg.

»Rebecka, ich weiß nicht, ob ich noch bis Juli mit dir arbeiten kann. Ich dachte, ich würde es schaffen, aber langsam fängt es an, hier richtig weh zu tun.« Er legte seine Hand aufs Herz. »Dich jeden Tag zu treffen ist phantastisch, aber ich kann nicht mehr länger wie ein unglücklich verliebter Idiot durch die Gegend laufen. Irgendetwas muss ich zurückbekommen. Irgendetwas.« Seine Stimme brach, und bevor er fortfuhr, räusperte er sich. »Ich habe mit einem meiner Mitarbeiter gesprochen, und er hat Zeit, für ein halbes Jahr herzukommen, bis das Projekt abgeschlossen ist. Das ist gar kein Problem, solange er seine Frau mitnehmen darf.«

»Aber ich will nicht deinen Mitarbeiter, sondern dich.« Rebecka sah ihn fest an.

»Ich weiß, aber du willst mich nicht so, wie ich es will. Du hast mich nicht darum gebeten, mich Hals über Kopf in dich zu verlieben, aber jetzt ist es, wie es ist, und im Moment bin ich ein schwer geplagter Architekt«, sagt er mit einem traurigen Lächeln. »Für meinen Mitarbeiter wirst du nicht mehr als eine Kollegin sein, das verspreche ich dir.«

»Wann wirst du aufhören?«

»Nach Weihnachten.«

»Wie lange hast du das schon geplant, ohne mir davon zu erzählen?« Rebecka fühlte sich genau wie damals, als Robert sie verlassen hatte, genau das gleiche, fürchterliche Gefühl. Sie war verraten worden. Wieder.

»Dann hau doch ab, verschwinde, Adam Ericsson!«

Sie ging ins Haus, um ihren Autoschlüssel zu holen, und ignorierte, dass er nach ihr rief. Sie musste hier weg, ehe ihr Herz vor dem Mann, der sie verraten hatte, in tausend Stücke zersprang.

38

Susanne holte Maggan und Rebecka in Heathrow ab, auch wenn die beiden genauso gut den Schnellzug zur Paddington Station hätten nehmen können.

»Jetzt sage ich etwas, was ihr selten von mir zu hören bekommt: Ich muss unbedingt etwas loswerden«, sagte Rebecka, während sie dem Taxifahrer half, die Taschen im Kofferraum zu verstauen.

»Da sind wir schon zu zweit«, sagte Susanne.

»Zu dritt«, warf Maggan ein, und ihre Freundinnen schauten sie erstaunt an. »Was denn? Denkt ihr etwa, ihr seid die Einzigen, die was zu erzählen haben?«

Die Einladung war spontan gewesen, und Maggan und Rebecka hatten sich ins erstbeste Flugzeug gesetzt. Susanne war überglücklich, sie zu sehen. Rebecka sah mitten im Dezember braun gebrannt und kerngesund aus, nur ihre Augen verrieten, dass bei ihr nicht alles zum Besten stand. Während der Taxifahrt zu Susanne nach Hause erzählte sie von Adam, der nicht mehr wollte, und wie verzweifelt sie das machte.

»Also muss ich mich jetzt auf einen neuen Architekten einlassen, und das will ich nicht. Das Projekt war Adams und meins.« Sie schaute durchs Fenster auf ein graues, nebelverhangenes London, die richtige Kulisse für ihre Stimmung.

»Jetzt komme ich nicht mehr mit, was ist denn passiert, seit wir das letzte Mal gesprochen haben?«, fragte Maggan, die noch nicht auf dem neuesten Stand war über alles, was in Barcelona und danach geschehen war. Als Rebecka erzählte, dass Adam ihr seine Gefühle gestanden hatte, legte sie den Kopf schief.

»Und da hast du Muffensausen gekriegt?«

»Ja.«

»Er verlässt dich also, weil du seine Gefühle nicht erwiderst?«

»Nein.«

Maggan sah sie erstaunt an. »Nein? Aber das hat er doch gesagt?«

»Wie kommst du darauf, das so zu interpretieren? Er verlässt mich, weil er es nicht aushält mit mir. Ich habe ihm nichts gegeben. Das hat er gesagt.«

Maggan stöhnte. Wie konnte man bloß alles so verdrehen wie Rebecka?

»Du hast gehört, was du hören wolltest. Und wenn du ihn korrekt zitiert hast, wovon ich ausgehe, hast du ihn falsch verstanden.«

»Ich war aber da und du nicht.«

Susanne saß schweigend da, auch wenn sie Maggans Meinung war. Aber sie war zurzeit selbst nicht gerade mutig, so dass sie eine höchst zweifelhafte Beraterin abgegeben hätte. Also wechselte sie das Thema.

»Ich dachte, wir machen es uns zu Hause gemütlich, mit Takeaway-Essen und Bier, oder was meint ihr?«

Als sie in Susannes wunderbarem Reihenhäuschen angekommen waren, begann Rebecka zu weinen. Sie ging von Zimmer zu Zimmer und schluchzte auf, sobald sie etwas sah, das typisch für Adam war.

Susanne und Maggan ließen sie in Ruhe. Ein Blick genügte, und sie verschwanden ohne ein Wort in die Küche, wo Susanne zwei eiskalte Biere auf den Tisch stellte.

Sie öffnete die Flaschen an der Arbeitsplatte und reichte eine davon Maggan.

»Prost.«

Das Glas klirrte.

»Trinken wir auf etwas Bestimmtes?«

»Darauf, dass Liebe über- und Freundschaft unterbewertet wird.« Susanne lächelte ihre kluge Freundin an. »Sonja hat unsere Leben wohl nicht völlig umgekrempelt, damit wir weinen?«, fragte sie.

»Nein, das kann ich mir kaum vorstellen«, antwortete Maggan lächelnd.

»Warum hat sie es dann getan? Wir waren doch nicht besonders unglücklich, als sie noch gelebt hat?«

Unglücklich vielleicht nicht, aber waren sie glücklich gewesen? Und war Glück tatsächlich das Gegenteil von Unglück? Maggan fühlte gerade keins von beiden. Sie fühlte sich lebendig. Herausgefordert. Als hätte sich ihr Gehirn viele, viele Jahre lang im Tiefschlaf befunden. Zum ersten Mal seit einer Ewigkeit machte sie nicht tagein, tagaus immer nur das Gleiche. Liebe hatte sie nie verletzt, Männer hatten nie eine zentrale Rolle in ihrem Leben gespielt. Ihr Dilemma war, stets nur für ihre Tochter gelebt und sich darüber selbst vergessen zu haben. Das hatte Sonja wohl gesehen und verstanden. Alles andere musste sie selbst entscheiden.

»Aber hätten wir wirklich ablehnen können?«, fragte Susanne schließlich.

»Wir hatten drei Monate Bedenkzeit. Ich gebe gerne zu, dass mir das alles anfangs furchtbare Angst eingejagt hat, und Angst habe ich eigentlich immer noch. Aber, Susanne, ich lebe. Verstehst du? Ich humpele durch Paris, esse jeden Tag Käse und lebe.« Als sie das sagte, reckte sie ihre Arme in die Höhe, als hätte sie eine olympische Goldmedaille gewonnen.

Susanne musste lachen.

»Warte«, sagte sie, »ich schaue nach, wohin Rebecka verschwunden ist.«

Sie fand sie in einem der Schlafzimmer. Sie lag zusammengerollt und schluchzte im Schlaf. Im Arm hielt sie ein Kissen, fest an sich gedrückt. Susanne legte eine Decke über sie und ließ sie schlafen.

»Jetzt will ich alles über Paris hören«, sagte sie, als sie zurück bei Maggan war.

Maggan wusste nicht, wo sie anfangen sollte. Vielleicht mit der Systemkamera, die sie sich für fast die Hälfte ihrer monatlichen Rente gekauft hatte. Oder mit Björn, in dem sie einen guten Freund gefunden hatte, mit dem sie zuletzt an diesem Morgen geschlafen hatte.

»Stopp, warte mal. Björn? Oh. My. God. Hast du etwa ein Sexleben?«

»Ja, anscheinend habe ich das.« Maggan sah höchst zufrieden aus.

»Erzähl mir mehr. Das sind ja sensationelle Neuigkeiten! Du siehst so glücklich aus, als hättest du eine Goldmedaille gewonnen!«

Maggan ließ sich nicht lange bitten. Sie war seit Jahren nicht mehr sexuell aktiv gewesen, und ohne die Details preiszugeben, auf die Susanne so sehr drängte, verriet sie immerhin, dass ihr Körper noch funktionierte und Björn ein zärtlicher und rücksichtsvoller Liebhaber war.

»Bist du in ihn verliebt?«

»Nein, aber ich mag ihn, und von mir aus kann es gerne eine Weile so weitergehen. Er ist jede zweite Woche in Paris, und solange er sich nicht in mein Leben einmischt, treffe ich ihn sehr gerne.«

»Ein Fickfreund! Und das auf deine alten Tage. Das ist ja was! Jetzt habe ich wieder richtig gute Laune! Wir brauchen mehr Bier.«

Susanne meinte, was sie sagte. Sie freute sich, dass Maggan das Leben in vollen Zügen genoss. Sie war immer der Fixpunkt in ihrem Quartett gewesen. Ihre ruhige und warme Art war wie Balsam für Rebecka, Susanne und Sonja gewesen. Bei ihr übernachteten sie, wenn sie Trost brauchten. Anfangs hatte Susanne gedacht, dass sie das taten, weil Maggan wegen Anneli nur selten rauskonnte. Später verstand sie, dass Maggans Zuhause deshalb ihr Treffpunkt war, weil sie hier bedingungslose Zuneigung, selbstgekochtes Essen und Unterstützung erwartete. Nach Maggans Unfall hatten die Freundinnen abwechselnd wochenweise bei ihr gewohnt, bis sie wieder alleine zurechtkam. Das war für keine von ihnen ein Opfer gewesen. Im Gegenteil, sie waren alle nur widerwillig ausgezogen, wenn ihre Woche mit Maggan vorbei war.

»Fickfreund? Klingt das nicht ein bisschen billig? Mir gefällt Liebhaber besser. Das klingt so französisch«, sagte Maggan lächelnd.

»Prost, Maggan. Du bist mein Vorbild! Guten Sex mit einem sympathischen Mann, ohne sich in ihn zu verschießen. Himmel, was bin ich neidisch.«

39

Er hatte hundert SMS geschrieben und alle wieder gelöscht. Beinahe hätte er das Telefon an die Wand geworfen. Das wäre zwar ziemlich unreif gewesen, aber genau danach war ihm gerade. Blumen vielleicht? Mit einer Karte, auf der stand, dass er einen ihrer Schuhe hatte? O Gott, wie albern. Er war schließlich kein Prinz.

»Wenn du weiter so hin- und herläufst, nutzt sich der Teppich ab.« An das Treffen mit der Chefhausdame hatte er überhaupt nicht mehr gedacht und sah erstaunt auf seine Armbanduhr.

»Verdammt. Ich habe völlig die Zeit vergessen und bin ganz unvorbereitet.«

»Ruf sie an, um Himmels willen. Du bist zurzeit unerträglich, und ich verstehe überhaupt nicht, was mit dir los ist. Seit wann hast du Probleme mit Frauen?« Sie lachte herzhaft.

»Ich habe kein Problem mit Frauen, nur aus dieser einen werde ich einfach nicht schlau.«

»Ruf sie an, sonst mache ich es. Du musst dich um das Hotel kümmern. Du Depp«, sagte sie und öffnete die Tür.

»Was hast du gesagt?«

»Das hast du genau gehört.« Sie warf die Tür hinter sich zu.

Er hasste es, wenn seine Schwester recht hatte. Depp. Eine völlig korrekte Analyse.

Michael setzte sich wieder an den Schreibtisch, konnte sich aber nicht konzentrieren. Er atmete tief ein und nahm den Hörer ab.

»Susanne.«

»Michael.«

Sie wedelte mit der Hand, um ihre Freundinnen zum Schweigen zu bringen. *Das ist er*, bedeutete sie ihnen und zeigte auf das Telefon.

»Hallo, Michael. Danke für neulich.«

»Danke dir. Wie geht's?« Was für eine doofe Frage. Er klang wie ein kleiner Junge. *Reiß dich verdammt noch mal zusammen*, sagte er sich.

»Danke, gut, und dir?«

»Auch gut. Ich habe dich vermisst, als du einfach so von der Party verschwunden bist.« *Gut, Michael, so muss das klingen.* »Ist etwas passiert, dass du gefahren bist, ohne dich zu verabschieden?«

Verflixt, wie direkt er war! Susanne war völlig unvorbereitet und überlegte, ob sie plötzliche Übelkeit vortäuschen sollte.

»Ja.«

»Okay?«

»Das kann ich aber nicht erzählen.«

Sie hatte seine Frage schon vorweggenommen. So musste sie nicht lügen, aber auch nicht preisgeben, dass sie seinetwegen Hals über Kopf das Fest verlassen hatte.

»Wie dem auch sei, jedenfalls fand ich es sehr schade, dass wir unser Gespräch nicht fortsetzen konnten. Wie wäre es, wenn wir das bei einem gemeinsamen Abendessen nachholten, vielleicht am Samstag?« Er kniff die Augen zusammen und wartete auf ihre Antwort.

»Das geht leider nicht, meine schwedischen Freundinnen sind zu Besuch und fahren erst am Sonntag ab.« Susanne hielt sich einen Finger vor den Mund, damit die Freundinnen keinen Laut von sich gaben, während sie dicht aneinandergedrängt neben ihr standen und zu hören versuchten, was Michael sagte.

»Dann am Sonntag?« So leicht würde er sich nicht geschlagen geben. Ohne eine Verabredung ausgemacht zu haben, würde er den Hörer nicht auflegen.

Sie tat, als ob sie nachdächte, und sagte nichts.

»Hallo, bist du noch dran?«

»Sonntag passt gut.«

»Um acht. Ich hole dich ab.«

Sie legte auf, bevor sie ihre Meinung ändern konnte.

Den Samstag widmeten die drei Freundinnen London, und Maggan, die noch nicht hier gewesen war,

war Feuer und Flamme, als sie endlich durch die Tür von Susannes Hotel traten.

»Genau so habe ich mir ein Hotel in dieser Stadt vorgestellt. Susanne, das ist einfach wunderbar. Was für eine Atmosphäre!«

Rebecka, die nach wie vor Adam in jedem Detail erkannte, stimmte ihr zu. Es war perfekt. Der schlimmste Schmerz der Enttäuschung war vorbei. Vielleicht war es nur gut, dass er aus ihrem Haus und ihrem Leben verschwand.

Als sie jede einzelne Tür des Hotels geöffnet und hineingesehen hatten, wählten Maggan und Rebecka jeweils ihre Lieblingssuite.

Susanne klatschte in die Hände.

»Ja, natürlich müssen die Suiten schwedische Namen bekommen. Eure sind schon mal klar. Und Sonja muss auch eine kriegen.«

Sie klatschte noch einmal in die Hände.

»Nein, ich habe eine bessere Idee. Ich taufe das Hotel nach ihr. Dass ich da nicht früher dran gedacht habe. *Sonjas London.* So soll es heißen.«

Vor Freude musste sie nicht nur in die Hände klatschen, sondern begann außerdem, auf und ab zu hüpfen.

»*Sonjas London.* Was meint ihr?«

»Das ist perfekt«, sagte Maggan lächelnd.

»Großartig«, stimmte Rebecka ihr zu. »Na, und wann öffnet *Sonjas London*?«

»Im Mai, hoffe ich. Im Januar fangen wir an, nach Personal zu suchen.«

»Auch Schweden?«

»Ja. Laut Charles sind die besonders gut im Servicebereich. Ich werde mich umhören, wenn ich nach Stockholm komme.«

»Wer wird sich um die Finanzen kümmern?«, fragte Rebecka.

»Ich weiß noch nicht. Bist du an dem Job interessiert?«

»Vielleicht.«

»Meinst du das ernst?«

»Ich weiß nicht.«

»Das ist eine phantastische Idee. Niemandem vertraue ich wie dir!«

Maggan räusperte sich.

»Und dir natürlich«, lachte Susanne und legte die Arme um ihre Freundin. »Für dich habe ich auch einen Job, wenn du willst.«

»In der Küche?«

»Ja natürlich.« Susannes Augen glänzten. »Stellt euch vor, wir würden das Hotel zusammen schmeißen. Warum haben wir daran nicht früher gedacht?«

»Vielleicht weil ich gerade ein Haus auf Mallorca baue und Maggan ein Restaurant in Paris besitzt?«

»Na und? Wer sagt, dass wir deshalb nicht zusammenarbeiten können?«

Rebecka überlegte, ob sie verraten sollte, welche Pläne sie mit dem Haus hatte, ließ es dann aber doch sein, weil ihr noch einige Informationen fehlten, um wichtige Entscheidungen treffen zu können. Falls sich ihr Plan als machbar erwies, würde sie mit Sicherheit Hilfe brauchen, und Susannes Vorschlag, dass sie zusammenarbeiten sollten, war genau das Richtige.

Rebeckas Gedanken rasten.

Warum hatte sie daran nicht früher gedacht?

40

Susanne wusste normalerweise immer genau, was sie anziehen wollte, aber heute verwarf sie ein Kleidungsstück nach dem anderen. Was nicht zu sexy war, erschien ihr zu streng. Sie wollte sich für Michael nicht herausputzen, sondern sich so anziehen, dass sie sich wohl fühlte, aber nichts in ihrem Schrank schien ihr dafür passend. Schließlich wählte sie einen engen schwarzen Pullover mit rundem Ausschnitt und einen schwarzen, knielangen Rock. Der Pullover betonte zwar ihre Brüste, aber damit musste sie wohl leben.

Während sie ihre Strümpfe an den Haltern befestigte, überlegte sie, wohin der Abend wohl führen würde. Eigentlich gab es nur zwei Alternativen. Ab in die Themse oder ab ins Bett. Wovor sie sich mehr fürchtete, war schwer zu sagen.

Um Punkt acht tupfte sie sich ihr Lieblingsparfüm *Alien* hinter die Ohrläppchen, betrachtete sich ein letztes Mal im Spiegel und ging hinunter zu dem wartenden Taxi.

»Ich habe dir nie meine Adresse gegeben«, war das Erste, was sie sagte.

»Ich habe sie herausgefunden.«

»Anscheinend.« Sie lächelte. »Hallo.«

»Hallo«, sagte er, beugte sich vor und küsste sie auf die Wange.

»Wohin fahren wir?«

»Zu mir nach Hause.«

Sie schaute ihn erstaunt an.

»Falls das in Ordnung ist?«

»Ja natürlich.«

Das war es auch. Sie freute sich darauf, seine Wohnung zu sehen. Dass er sie zu sich einlud, sagte etwas darüber aus, wie es um seine etwaige Beziehung zu einer anderen bestellt war. Hoffte sie zumindest.

»Ich dachte, du wärst ein Stadtmensch?«, fragte sie, als das Taxi aus London hinausfuhr.

»Das bin ich auch, unter anderem. Ich habe eine Wohnung im Hotel, da bin ich, wenn ich arbeite. Aber wohler fühle ich mich in meinem anderen Zuhause in Hampstead, wohin wir jetzt fahren.« Er sah sie an. »Ich glaube, da passt du hin.«

»Und warum das?«

»Ich weiß nicht, vielleicht ist es auch nur Wunschdenken.« Seine Offenheit überraschte sie, aber für Überraschungen war dieser Mensch ja immer gut.

Sie lächelte. »Ich werde mir alle Mühe geben.«

Von außen sah das Haus aus wie alle anderen. Aber als sie durch die Haustür getreten war, blieb sie verwundert stehen. Sie wusste nicht, was sie eigentlich erwartet hatte. Vielleicht eine eindeutig maskuline Einrichtung? Stattdessen traf ihr Blick auf gedämpfte Farben, dunkle Hölzer und weiche Teppiche.

Sie zog die Schuhe aus. »So machen wir das in Schweden, und ich will nicht hier reintrampeln und deinen schönen Fußboden kaputtmachen«, sagte sie lächelnd, als er ein fragendes Gesicht machte.

Er antwortete nicht. Er stand still und sah sie mit unergründlicher Miene an.

»Komm, du musst mir alles zeigen, sonst schaue

ich selber«, drohte sie und war schon unterwegs zur Treppe nach oben.

Nach ein paar Stufen hielt sie inne.

»Ach, du hast deine Mitarbeiter an der Wand hängen?«, sagte sie, als sie ein Foto von Sandra entdeckte, der Frau, die er auf dem Fest so zärtlich umarmt hatte. Er kam die Treppe herauf und blieb eine Stufe unter ihr stehen.

»Sandra? Ja, ist das nicht ein schönes Bild? Und das sind ihre Kinder zusammen mit ihrem Papa«, sagte er und zeigte auf das Foto daneben.

»Findest du es nicht seltsam, ihren Exmann an deiner Wand hängen zu haben?«

»Exmann? Soweit ich weiß, sind sie glücklich verheiratet, das waren sie zumindest heute Morgen noch, als ich bei ihnen zum Frühstück war.« Er lachte über ihren verwirrten Gesichtsausdruck. »Warte mal, hast du etwa gedacht …? Ja, das hast du anscheinend. Du dachtest doch wohl nicht, ich hätte etwas mit meiner eigenen Schwester?«

Sie stemmte ihre Arme auf die Hüften und sah ihm fest in die Augen. »Bei welcher Gelegenheit hast du mir sie als deine Schwester vorgestellt? Ich habe zwar gemerkt, dass ihr einander nahesteht, aber dass ihr Geschwister seid, davon hat auch sie nichts gesagt. Also ja, ich habe gedacht, ihr hättet etwas ganz anderes miteinander.«

Sie bewegte sich nicht vom Fleck und starrte ihn an, als er sich eine Winzigkeit nach vorne bewegte und sie direkt auf den Mund küsste.

»Noch einen?«, fragte er leise.

»Ja, bitte.«

Er legte seine Hände an ihr Gesicht, bevor er sich ihr sachte näherte.

Susanne wagte kaum, sich zu bewegen. Sie küssten sich langsam und vorsichtig, und erst als er sie an sich zog, schlang sie die Arme um seinen Hals.

Wie auf Kommando lösten sie sich voneinander. Michael kam als Erster wieder zu Atem.

»Es gibt keine andere. Ich will dich. Küss mich nicht noch einmal so, wenn du nicht dasselbe empfindest.«

Sie sah ihn an.

»Bevor ich nichts zu essen kriege, ist an weitere Küsse gar nicht zu denken«, sagte sie.

»Und wenn wir gegessen haben?«

»Dann bin ich vielleicht fertig mit Nachdenken«, sagte sie lächelnd und schwebte auf Strümpfen an ihm vorbei die Treppe hinunter.

Er wärmte die Suppe, während sie eine Flasche Wein öffnete. Dabei unterhielten sie sich über völlig unwichtige Dinge und konnten die Blicke nicht voneinander abwenden. Es war beinahe quälend. Als sie sich einen Tropfen Sauce von den Lippen gewischt hatte und ihm den Finger hinstreckte, damit er probierte, murrte er und behauptete, zu ihrem eigenen Besten solle sie so etwas lieber lassen.

»Ich denke aber, dass ich zu meinem eigenen Besten damit weitermachen sollte«, sagte Susanne.

»Ach ja, denkst du das?«

»Ich bin ganz sicher.« Sie leckte den Finger selber ab und nahm ihn an der Hand.

»Jetzt bin ich satt. Komm.«

Sie glaubte, in ihrer Phantasie schon alles erlebt zu haben, aber auf die Wirklichkeit war sie völlig unvorbereitet.

Nie hatte sie sich nackter, empfindlicher und tiefer berührt gefühlt. Diese Zärtlichkeit, seine Blicke und Worte …

Auch mit ihren Tränen danach hatte sie nicht gerechnet, genauso wenig wie damit, dass er sie wegküssen würde, eine nach der anderen.

41

Als sie zurückkam, rief Rebecka Adam an und teilte ihm mit, dass sie sich nicht im Haus aufhalten würde, solange er noch dort zu tun hatte, aber dass er bitte noch abschließen sollte, was er bis Weihnachten geplant hatte. Da er auch an den Arbeiten im Haus beteiligt war, bat sie ihn, sich auch darum zu kümmern. Er wollte sich mit ihr treffen, aber sie lehnte ab. Allerdings, so sagte sie, freue sie sich darauf, seinen Kollegen kennenzulernen, sobald er angekommen war. Sie war nicht unhöflich, nur professionell, und genauso würde sie sich verhalten, falls sie sich jemals wiedersähen.

Zwar war sie gar nicht so trotzig, wie es schien, aber um ihrer selbst willen musste sie alle Gefühle ignorieren. So hatte sie sich auch Robert gegenüber verhalten, als er sie verließ, und er hatte sich dann ja auch erst sieben Jahre später wieder bei ihr gemeldet.

In sieben Jahren wäre sie zweiundsechzig. Dann wäre sie sicher wieder in der Lage, dem gleichaltrigen Architekten gegenüberzutreten. Jetzt war es schlichtweg unmöglich. Obwohl sie ihn auf jede erdenkliche Weise auf Abstand zu halten versucht hatte, hatte er sich in ihr Leben gedrängt. Wie ihm das gelungen war, wusste sie nicht. Sie hatte geglaubt, völlig unnahbar zu sein.

Bis Weihnachten waren es noch zwei Wochen, und sie hielt es nicht mehr aus auf Mallorca. Sie fürchtete ständig, Adam über den Weg zu laufen. Nach Stockholm wollte sie aber auch nicht. Also rief sie Maggan an.

»Natürlich kannst du zu mir kommen, ich freue mich!«

»Bin ich dir und deiner neuen Liebe auch nicht im Weg?«

»Laut Susanne ist er die etwas reifere Version eines Fickfreundes, keine Liebe, also kannst du beruhigt sein. Du bist hier mehr als willkommen.«

In Maggans Küche duftete es nach Hackbraten, und während Rebecka auspackte, fotografierte Maggan das aufgetischte Essen. Nicht dass sie die Bilder benutzen wollte. Wenn ihre Idee zu einem Buch Wirklichkeit würde, musste ein professioneller Fotograf her.

»Ein Buch?«

»Ja, ob etwas daraus wird, weiß ich nicht, aber eine Idee habe ich jedenfalls.«

»Oh, wie toll, erzähl!«

»Entschuldige, ich will lieber noch nichts verraten.« Maggan lächelte geheimnisvoll. »Aber ich hoffe, du stellst dich als Modell zur Verfügung, solange du hier bist. Ich verspreche, dass niemand die Bilder zu sehen kriegt, wenn du es nicht willst.«

»Aber natürlich, vor der Kamera fühle ich mich doch immer wie ein Fisch im Wasser.« Rebecka schnitt eine Grimasse.

Zum letzten Mal war sie fotografiert worden, als die Chefetage von JH Foods auf der Website präsentiert werden sollte, und zum Glück waren die Bilder streng und unpersönlich ausgefallen. Rebecka machte sich keine Illusionen darüber, wie sie auf Fotos wirkte, und die Bilder auf der Website hatten ihr Selbstbild nur noch bestärkt.

Aber sie war nicht so egozentrisch, dass sie vor Kameras weglief, und natürlich würde sie für Maggan Modell spielen, wenn es unbedingt sein musste. So ein phantastischer Hackbraten war eine Belohnung wert.

»Sehnst du dich nach Stockholm?«, fragte Maggan, um von ihrem Buchprojekt abzulenken.

»Nein, ich sehne mich nur fort von Mallorca.«

Das zu hören, machte Maggan traurig. Den ganzen Herbst war Rebecka vor Ideen und Plänen für das Haus übergesprudelt, was sich jetzt leider ganz offenbar geändert hatte.

»Die Sache ist also entschieden? Er hört auf?«

»Ja.«

»Warum gibst du ihm keine Chance, Rebecka?«

»Erstens glaube ich, dass er schon vergeben ist,

und zweitens habe ich furchtbare Angst davor, noch einmal verletzt zu werden.«

»Aber jetzt bist du doch auch verletzt?«

»Das geht vorbei.« Sie zuckte die Achseln.

»Vielleicht solltest du dir einen Therapeuten suchen?«

Rebecka starrte sie an. »Bist du verrückt? Ich? Einen Therapeuten? Wozu das denn?«

Maggan lachte. Rebeckas Gesichtsausdruck war einfach köstlich.

»Weil es sehr angenehm ist, mit jemandem zu sprechen, der weiß, warum man sich so verhält, wie man es tut, auch wenn man eigentlich das Gegenteil tun sollte.«

»Und was weißt du darüber?«

»Tja, drei Jahre Therapie haben mir sehr geholfen.«

Jetzt erinnerte sich Rebecka. »Das muss schon über zwanzig Jahre her sein.«

»Dreiundzwanzig, um genau zu sein«, sagte Maggan. »Nach Mamas Tod. Ich war ziemlich abhängig von ihr, falls du dich erinnerst.«

Natürlich erinnerte sich Rebecka. Anneli war etwa zehn Jahre alt gewesen, und die Freundinnen hatten sich abwechselnd um sie gekümmert, weil Maggan vor Trauer außer sich gewesen war.

»Ich mochte deine Mama. Eigentlich viel mehr als meine eigene. Sie war auf ihre Art allen eine Mutter.«

Maggan lächelte. Erst in der Therapie hatte sie entdeckt, wie sehr sie ihrer Mutter ähnelte. Auch sie wollte alle, die ihr wichtig waren, ständig um sich haben.

Auch andere Ähnlichkeiten waren ihr aufgefallen, doch nicht alle davon waren so schmeichelhaft.

»Ich bin jetzt genauso alt wie meine Mutter, als sie starb. Und ich will mein Kontrollbedürfnis wirklich nicht mit ins Grab nehmen«, sagte sie.

»Mir ist nie aufgefallen, dass du ein Kontrollbedürfnis hast.«

»Aber natürlich. Ein überaus großes sogar. Und wenn diese Seite zum Vorschein kommt, bin ich unerträglich. Frag meine Tochter, sie leidet am meisten darunter.«

»So etwas Dummes habe ich ja noch nie gehört! Niemand leidet wohl weniger als Anneli.« Rebecka blickte Maggan fest in die Augen, damit sie aufhörte, Blödsinn zu erzählen.

Maggan lächelte, ihr war bewusst, dass Anneli darunter gelitten hatte, wie Maggan alles bestimmen wollte. Erst als Erwachsene hatte sie dagegen revoltiert, indem sie begann, Maggans Opferrolle in Frage zu stellen.

»Anneli hat auch eine Therapie gemacht.«

»Das kann ja nicht wahr sein!«

»Doch, sie musste lernen, sich von mir abzugrenzen.«

»Jetzt verstehe ich überhaupt nichts mehr. Du hast immer alles für sie getan.«

»Aber genau das ist ja ein Teil des Problems. Ich habe ihr nie beigebracht, auf eigenen Beinen zu stehen, und als sie ihren Mann kennenlernte, konnte sie sich kaum selbst die Schuhe zubinden.« Maggan schüttelte den Kopf. »Das arme Mädchen.«

Sie stand auf, um den Tisch abzudecken, und als sie

gerade dabei war, die Teller abzuspülen, bis kein bisschen Sauce mehr daran klebte, hielt sie plötzlich inne und stellte sie schmutzig in die Spülmaschine.

»Die wenigen Männer, die ich in mein Leben gelassen habe, entsprachen leider nie meinen Erwartungen und mussten deshalb wieder gehen«, sagte sie. »Während du dich mit Brotkrumen zufriedengegeben hast, war mir nichts gut genug.«

Hatte sie sich mit Brotkrumen zufriedengegeben? Rebecka dachte darüber nach, als sie durch das kalte Paris spazierte. Maggan hatte zu Hause bleiben wollen, so dass Rebecka mit ihren Gedanken alleine war. Eine Weile für sich zu sein war genau das, was sie brauchte.

Hatte sie von Robert wirklich nur Krümel bekommen? Natürlich hatten seine Wünsche stets den Ton angegeben, aber sie war damit zufrieden gewesen. Sie selbst hatte keine eigenen Bedürfnisse gehabt. Solange er glücklich war, war sie auch glücklich. War das etwa falsch? Sie hatte zwar ihre Idee aufgegeben, einen Abendkurs zum Thema Innenarchitektur zu besuchen, weil Robert das albern fand, aber damit hatte er ja auch recht gehabt. Die Abende waren für sie beide reserviert. Dann aßen sie lange zusammen, und Robert erzählte von seinem Tag. Rebecka hatte nicht viel von ihrer Arbeit zu berichten, wohingegen Robert viele lange und komische Anekdoten zum Besten gab. Nur als sie Geschäftsführerin geworden war, hatte sie davon erzählt. In den sieben Jahren seit ihrer Scheidung hatte sie oft ihre Entscheidung verflucht, diese Verantwortung zu übernehmen. Die Arbeit hatte ihre Ehe kaputtgemacht, und das hatte sie sich niemals richtig vergeben können.

Insgeheim hatte sie Robert und Adam miteinander verglichen, und es hatte sie verunsichert, wie wenig Adam ihrem Exmann ähnelte.

Ständig hatte Adam gefragt, wozu sie Lust hatte, was ihr gefiel, wie es ihr ging und ob sie zufrieden war. Neben seinen vielen Komplimenten hatten all diese Fragen sie am meisten verwirrt. In ihrer Ehe war sie es gewesen, die Fragen gestellt hatte, und Robert hatte geantwortet, und das war gut so gewesen. Adam stellte die Dinge auf den Kopf, und das beunruhigte sie. Nicht wenn sie arbeiteten, dann war er professionell und glasklar. Nur wenn er versuchte, persönlich zu werden, fiel alles auseinander. Sie hatte sich nackt gefühlt, was ihr unbeschreiblich unangenehm war.

Sie schüttelte sich, um die Gedanken an Adam loszuwerden, und stellte erstaunt fest, dass sie sich der Avenue Montaigne näherte. Sie musste mehrere Stunden gelaufen sein. Als hätte eine unsichtbare Hand sie hierhergelenkt, damit sie Geld ausgeben konnte. Laut Susanne wirkten neue Kleider oder eine Handtasche Wunder. Außerdem würden Maggan und sie zum ersten Mal Monsieur Perrot treffen, und da war ein neues Kleid wohl nicht verkehrt.

Maggan hatte im Restaurant angerufen und vorgeschlagen, dass er dort sein sollte, wenn sie am Abend ins *Chez Sonja* kämen.

42

Sie wachte von seinem Pfeifen auf und davon, dass es im Bett kalt geworden war. Susanne war es nicht gewohnt, Arm in Arm mit jemandem zu schlafen, aber mit ihm war das kein bisschen unangenehm gewesen. Sie hatte sogar das Gefühl gehabt, ihm gar nicht nah genug kommen zu können. Irgendwann mitten in der Nacht waren sie gleichzeitig wach geworden und hatten lange still gelegen und sich in die Augen geschaut. Das hatte sich so intim angefühlt, dass es in der Brust schmerzte.

Verlass mich nicht, hatte er geflüstert und ihre Wange mit seiner warmen Hand gestreichelt. Susanne erschauerte beim Gedanken daran. Wollte er sie loswerden, so würde er sie hinauswerfen müssen.

Er hatte geduscht. Sein Haar war noch feucht, als er mit einem breiten Lächeln und einem Tablett in den Händen hereinkam.

»Ich weiß nicht, ob du lieber Kaffee oder Tee trinkst, deshalb habe ich beides gemacht«, sagte er, als er vorsichtig das Tablett absetzte.

Er zog seinen Bademantel aus, was es Susanne unmöglich machte, sich auf das Frühstück zu konzentrieren.

»Leg dich unter die Decke«, sagte sie barsch.

»Solltest du deine nicht besser loswerden?«

»Meine was?«

»Deine Decke!«

»Ich habe Hunger«, sagte sie und lachte, als er ihre Decke ergriff und sie wegzog. Einen Moment lang hielt sie sie fest, musste aber schließlich nachgeben. Er warf sie auf den Boden und legte sich neben ihren nackten Körper.

»Kaffee oder Tee?«

Susanne merkte gar nicht, dass sie pfiff, als sie den Kursraum betrat. Sie war mit ihrem neuen Leben rundum zufrieden. Dass Michael gerade nach New York geflogen war, machte nichts, sie hatte ohnehin genug mit ihrem Buchungssystem-Kurs zu tun, und sie würden sich sehen, wenn er am Wochenende vor Weihnachten zurückkam. Außerdem kamen ihre alten Kolleginnen Helene und Marianne nach London, und sie hatte ihnen angeboten, bei ihr zu übernachten, so dass es ihr an Gesellschaft nicht mangeln würde.

Susanne lebte ganz im Hier und Jetzt und grübelte selten über die Zukunft nach. Das war in ihren früheren Beziehungen nicht immer so gewesen. Wie so viele andere hatte sie sich Sorgen gemacht, vor allem, als sie in das Alter kam, als andere heirateten und Kinder bekamen. Erst als sie die fünfzig überschritten hatte, konnte sie sich entspannen, da ihr endlich klargeworden war, dass sie gar keine Kinder wollte.

Und wenn sie etwas gelernt hatte, dann, dass alles immer anders kommt, als man denkt. Das Leben funkt stets dazwischen. Sie war in den Armen der falschen Männer gelandet, was sie aber jedes Mal bemerkt hatte, bevor sie ihnen völlig verfallen war. Sie würde einfach abwarten. Ob Michael all das war, was sie glaubte, würde sich zeigen.

Im Augenblick gefiel es ihr einfach, verliebt zu sein. Sie hatte niemals einem Mann gesagt, dass sie ihn liebte, allerhöchstens, dass sie seinen Körper oder seine Kochkünste liebte, was nun wirklich nicht dasselbe war. Aber sie hatte sich oft gefragt, was echte Liebe eigentlich ausmachte.

Einige ihrer Kolleginnen verliebten sich andauernd, und sie verstand nicht, wie sie immer wieder mit einem neuen Mann zusammenziehen konnten. Andererseits war es auch ein wenig merkwürdig, dass ihre besten Freundinnen alle unabhängig geblieben waren. Sonja hatte nur gestöhnt, wenn die Sprache darauf kam, mit jemand anderem als ihren Farbeimern zusammenzuwohnen, und Maggan hatte ihre Tochter als Alibi. Rebecka hatte zwar zwanzig Jahre mit Robert zusammengelebt, aber nach der Scheidung hatte kein einziges Paar Schuhe über Größe neununddreißig ihre Wohnung betreten.

Sonja hatte recht gehabt. Sie *waren* sich ähnlich. Unabhängig. Hatten Angst davor, bedürftig zu sein. Einsam, wenn auch zusammen. Sie alle fühlten sich als Singles am sichersten.

Als Susanne ihren ehemaligen Kolleginnen die Tür aufmachte, bekam sie einen Schock: Vor ihr stand Anders. Er warf sich ihr um den Hals und rief aus, wie sehr er sie vermisst habe. Starr vor Schreck, schaute sie über seine Schulter Helene und Marianne an. Die zuckten hilflos mit den Achseln, und Susanne verstand, dass sie Anders nicht hatten abschütteln können.

»Jetzt bist du aber überrascht, was?«, flüsterte er ihr ins Ohr, bevor sie sich aus seiner Umarmung befreien konnte.

»Das kann man wohl sagen«, zischte sie wütend. »Du warst nicht eingeladen.«

»Nein, mein Schatz, das weiß ich. Aber ich konnte es nicht seinlassen. Du weißt doch, wie spontan ich bin.« Das war Susanne neu. Listig, falsch und manipulativ dagegen – ja, das war er. Sie wandte sich den beiden Gästen zu, die sie tatsächlich eingeladen hatte.

»Ihr zwei dagegen, herzlich willkommen in der Casa Susanne. Kommt rein, solange ich Anders rauswerfe.«

Sie machte hinter ihnen die Tür zu, und während sie ihre Mäntel aufhängten, starrte sie Anders an.

»No, no, no«, sagte sie und machte eine abwehrende Geste, als er seinen Mantel aufknöpfen wollte. »Du kannst nicht bleiben.«

»Aber Susanne, warum bist du bloß so wütend?«

Sie schaute Helene und Marianne an und bat sie, sich im Haus umzuschauen, während sie Anders erklärte, warum für ihn hier garantiert kein Platz war.

»Ehrlich gesagt, weiß ich überhaupt nicht, wo ich anfangen soll«, sagte sie wütend. »Vielleicht mit all dem Geläster? Oder den Lügen?«

»Ich weiß, dass ich dich traurig gemacht habe, aber jetzt bin ich doch hier. An unsere letzte Nacht in deiner Wohnung muss ich immer noch denken.« Er lächelte sie spöttisch an.

»Noch einen Schritt weiter, und ich hau dir eine runter«, sagte sie bestimmt.

»Okay, ich bleibe, wo ich bin.«

Plötzlich flackerte das Licht im Flur.

»Was ist das denn jetzt? Helene, flackert das Licht

drinnen auch?«, rief sie der Freundin in der Küche zu.

»Nein«, sagte Helene und kam in den Flur. »Es ist stockdunkel«, sagte sie, während das Licht auch im Flur ausging.

»Die Sicherung.«

Susanne schaute Anders an. »Was soll das heißen, die Sicherung?«

»Die Sicherung ist rausgeflogen.«

»Woher weißt du das?«

»Dahinten brennt das Licht noch«, sagte er und nickte in Richtung Wohnzimmer. »Wo ist der Sicherungskasten?«

Susanne verdrehte die Augen. »Sicherungskasten? Woher soll ich das denn wissen? Ich muss wohl einen Elektriker rufen.«

»Das ist natürlich eine Möglichkeit. Oder ich tausche sie aus, dann ist der Strom in fünf Minuten wieder da.«

Das war eindeutig die schnellere Alternative, und als sie Helene und Marianne ein Bier anbot, bekam Anders auch eins. Aber übernachten würde er nicht bei ihr, das war sie ihm für die zehn Minuten Arbeit wirklich nicht schuldig.

Als es an der Tür schellte, war Susanne gerade auf der Toilette und rief, einer der anderen solle doch bitte schauen, wer das war.

Anders stand schon im Flur, weil er gerade gehen wollte, und öffnete.

»Ja bitte?«, sagte er zu dem hochgewachsenen, dunkelhaarigen Mann in der Tür.

»Ist Susanne nicht zu Hause?«

Anders ließ seinen Blick an dem Mann hinuntergleiten und brauchte nur eine Makrosekunde, um sich zu entscheiden.

»Meine Verlobte nimmt gerade ein Bad. Was kann ich ihr ausrichten?«

43

»Es steht dir, dass du ein bisschen zugenommen hast«, sagte Maggan bewundernd, als Rebecka die Einkäufe des Tages vorführte.

»Findest du? Danke. Ich finde, nach den Wechseljahren bin ich so alt geworden. Heute habe ich Falten an meinem Hintern entdeckt. So was sieht man nur in der Umkleidekabine.«

»Auch eine Art, sich für Komplimente zu bedanken«, sagte Maggan und lächelte.

»Oje. Ich versuche es noch mal. Tausend Dank, das freut mich zu hören.«

Ihr neues Kleid gefiel ihr, und sie wackelte mit den Hüften, so dass der weite Rock um ihre Beine schwang.

»Vielleicht sollten wir tanzen gehen, nachdem wir Perrot getroffen haben«, sagte sie, nicht sicher, ob sie das überhaupt wollte.

»Warte mal«, sagte Maggan und ging zu ihrem Plan mit Sonjas Tipps. »Schau mal. Ein Jazzclub. Was hältst du davon?«

»Jazz? Spinnst du? Hast du nichts Flotteres anzubieten?«

»Lass mal sehen.« Maggan untersuchte den Plan und warf plötzlich die Arme in die Luft. »Samba!«, rief sie aus. »Was sagst du? Dein Kleid würde perfekt in einen Sambaclub passen. Und denk bloß, was dein faltiger Hintern arbeiten müsste!« Sie lachte entzückt.

»Und was ist mit deinem? Kannst du den denn auch durch die Gegend schwingen?«

»Ich weiß nicht, ich hab's noch nie probiert. Wenn es wehtut, werde ich mich einfach hinsetzen und mich über deine Moves schlapplachen.«

Rebecka nahm ein Sofakissen und warf es in Richtung Maggan.

»Na warte, dir werd ich's zeigen!«

Das *Chez Sonja* war voll mit Menschen, und es herrschte eine angenehme Atmosphäre. Junge, trendige Pariser mischten sich mit Geschäftsleuten und Frauen mittleren Alters, die aussahen, als kämen sie direkt aus den großen Modehäusern.

Der Oberkellner begrüßte sie freundlich und nahm ihnen die Mäntel ab, damit sie nicht vor der Garderobe anzustehen brauchten.

»Wie schön, Sie wiederzusehen«, sagte er und brachte sie zu ihrem Tisch. »Darf ich Sie auf einen Aperitif einladen?«

Sie bestellten beide Champagner, und Maggan fragte nach Monsieur Perrot, aber als der Oberkellner antwortete, er bedaure, dass der Besitzer wieder einmal nicht anwesend sei, wurde Maggan wütend.

»Und wann ist er dann hier? Ich habe jetzt mehrere Male nach ihm gefragt und glaube langsam, dass er mir ausweicht.«

»Aber nein, Madame, das dürfen Sie nicht denken. Monsieur musste heute Nachmittag kurzentschlossen nach London reisen. Er hat mich gebeten, seinen Gästen Grüße auszurichten und dass er in einigen Tagen zurück sein wird.«

Maggan seufzte und wandte sich an Rebecka.

»Findest du es nicht auch seltsam, dass er nie da ist, wenn ich komme? Dreimal war ich mit Björn hier, und kein einziges Mal hat Monsieur uns die Ehre erwiesen, aufzukreuzen. Langsam habe ich genug von dem alten Bock«, sagte sie störrisch.

»Alter Bock? Was glaubst du denn, wie alt er ist? Oder weißt du es?«, fragte Rebecka neugierig.

»Ich habe keine Ahnung, aber ich stelle mir vor, dass er klein, dick und um die siebzig ist.«

Als der Oberkellner zurückkam, fragte Maggan, ob sie nach dem Essen die Küche sehen dürften.

»Aber selbstverständlich. Ich werde dem Küchenpersonal sagen, dass die neue Besitzerin hier ist. Sie werden glücklich sein, Sie kennenzulernen.«

»Woher wissen Sie das?«, fragte Maggan erstaunt.

»Was?«, fragte der Kellner und guckte dümmlich.

»Dass ich die neue Besitzerin bin.«

»Ach, das hat Monsieur Perrot gesagt. Er hat mich gebeten, Sie besonders zuvorkommend zu behandeln, da Sie ihm viel bedeuten.« Er lächelte. »Er hat vor Ihrem Besuch sogar die Küche geputzt.«

»Aber woher wussten Sie denn, dass ich es bin?«

»Ich habe geraten«, sagte er und verließ den Tisch.

Maggan kam das merkwürdig vor. Perrot hatte sie nie getroffen, und sie hatte sich bei ihren Besuchen nie mit ihrem Namen vorgestellt. Sicherlich fragten Hunderte von Gästen nach dem Besitzer, wenn ihnen das Essen geschmeckt hatte.

»Findest du nicht?«, fragte sie Rebecka, die sich gerade die Gabel vollgeschaufelt hatte.

»Schon, aber wahrscheinlich kommen nicht so viele Schweden her. Iss jetzt, dieser Dorsch ist einfach phantastisch«, sagte sie und schob sich noch etwas davon in den Mund.

»Und woher wissen sie, dass ich Schwedin bin?«, fragte Maggan triumphierend.

»Dein Akzent. Der ist, ehrlich gesagt, unverkennbar.«

»Das ist ja grauenhaft! Stimmt das?«

»Ja. Ungefähr so, wie wenn ich Spanisch spreche. Sorry, meine Liebe, aber wir geben uns zu erkennen, sobald wir den Mund aufmachen.«

In der Küche holte Maggan ihre Kamera heraus, und alle machten ihr höflich Platz, als sie die gefüllten Teller auf dem Weg zu den Gästen knipste.

»Ich bin froh, dass sie sich hier nicht mit diesen Kreationen abgeben, die in den Neunzigern so beliebt waren«, sagte sie zu Rebecka, als sie zwanzig Minuten später in einem Taxi auf dem Weg zum Sambaclub saßen.

»Du meinst, als alles in kleinen Türmen angerichtet wurde?«

»Genau. Das war doch eine Mode aus Frankreich, oder nicht?«

»Keine Ahnung, aber du hast recht. Mir gefällt, wie sie das hier machen. Willst du mir nicht erzählen, was du mit den Fotos vorhast? Bitte!«, bettelte sie, aber Maggan schüttelte den Kopf.

»Du wirst es schon noch früh genug erfahren.«

44

Drei Tage lang hatte Susanne vergeblich versucht, Michael zu erreichen. Sie verstand nicht, was los war. Als sie schließlich in die Managementetage des Hyatt stürmte, versuchte die Assistentin, sie aufzuhalten, aber wenn Susanne einmal in Fahrt war, hatte man gegen sie keine Chance.

»Ich weiß nicht, was du für ein Problem hast, aber ein bisschen Höflichkeit würde vielleicht nicht schaden. Seid ihr Engländer nicht bekannt dafür?« Ihr Gesicht war hochrot, und aus ihren Augen schossen Blitze.

Er saß scheinbar beherrscht an seinem Schreibtisch, und erst als er aufstand und auf sie zukam, erkannte sie, dass er alles andere als ruhig war.

»Verschwinde. Verschwinde von hier. Jetzt«, brüllte er und zeigte auf die Tür. »Ich will dich nie mehr in meinem Büro sehen, verstanden?«

Susanne hatte keine Angst, tat aber trotzdem wie geheißen. Er hatte ihr sein wahres Gesicht gezeigt. Im Aufzug verschwand ihre Wut, und stattdessen wuchs der Kloß in ihrem Hals. Nicht sie hatte sich wie ein Schwein verhalten. Ihr Fehler war ein ganz anderer. *Dass du ihm so einfach auf den Leim gegangen bist, Susanne. Ein paar süße Worte und schöne Augen, und schon bist du dumme Gans ihm verfallen.* Sobald sie in Stockholm war, würde sie Anders anrufen. Bei ihm wusste sie wenigstens, wie er tickte.

Sie brauchte eine halbe Stunde zum Packen und noch eine Stunde, bis sie in Heathrow ankam. Drei Stunden nach der ekelhaften Begegnung in Michaels Büro war sie auf dem Weg nach Schweden.

Erst als sie zu Hause auf Södermalm angekommen war, konnte sie zum ersten Mal nach ihrer Begegnung mit Michael wieder lächeln: Der Kühlschrank war randvoll mit Weihnachtsessen.

Sie nahm eine Flasche Julmost heraus, schnitt sich eine Scheibe Weihnachtsschinken ab und setzte sich an den Küchentisch. »Verdammt fröhliche Weihnachten und danke, Herr Andréasson!«, sagte sie und hob die Flasche.

Am anderen Ende der Stadt hatte Rebecka gerade die gleiche Entdeckung wie Susanne gemacht, und während sie das Zellophanpapier von einer Schachtel Pralinen pulte, zappte sie sich durch alle Fernsehkanäle auf der Suche nach Weihnachtsmusik.

Im dritten Programm lief *Tatsächlich Liebe* und Rebecka musste einfach weitergucken, obwohl sie den Film schon so oft gesehen hatte. Wie hypnotisiert schaute sie zu, wie Colin Firth sich in die portugiesische Hausangestellte verliebte, und erst als schon der

Abspann lief, bemerkte sie, dass sie die ganze Schachtel Pralinen aufgegessen hatte.

In Östersund hatte ihre Tochter, mittlerweile dick wie ein Walfisch, das Weihnachtsessen vorbereitet, aber sobald Maggan angekommen war, wurde sie aufs Sofa geschickt.

»Du kannst doch sicher schon deiner Oma in der Küche helfen?«, fragte Maggan Alex.

»Aber klar doch, Oma, ich bin bald sechs. Hast du das etwa vergessen?«, fragte er besorgt, als ob Heiligabend ihm nicht ausreichte.

»Wie könnte ich das bloß vergessen? Als du geboren wurdest, gab es die ganze Nacht lang Feuerwerk.«

»Weil ich geboren wurde?«

»Ja, und auch ein bisschen, weil Silvester war«, sagte Maggan glücklich. »Ach, wie ich mich freue, dich zu sehen, Alex. Wenn du nur wüsstest, wie sehr ich dich vermisst habe.«

»Ich habe dich auch vermisst.« Er lächelte breit, und in der Küche ging trotz des eiskalten Winters die Sonne auf.

»Oma?«

»Ja, mein Schatz?«

»Albin sagt, es gibt keinen Weihnachtsmann.«

»Da wird er sich aber morgen wundern«, sagte Maggan, während sie die Safranschnecken aus dem Tiefkühlfach holte und sie auf die Arbeitsplatte legte. »Wir lassen sie hier auftauen. Zeigst du mir, wo deine kleinen Schwestern schlafen sollen?«

Maggan würde bis Neujahr in Östersund bleiben.

Sie wollte Alex' Geburtstag nicht verpassen. Direkt danach würde sie zusammen mit Susanne Rebecka auf Mallorca besuchen, so dass sie es auch bei diesem Besuch in Schweden nicht nach Farsta schaffte. Sie hatte mit der Anwaltskanzlei gesprochen, die ihr versicherte, dass dort alles in Ordnung war.

Heiligabend kam und ging. Die drei Freundinnen waren bei ihren Familien, und es schien, als stünde die Zeit still, obwohl sie mehrere Monate fort gewesen waren.

Am ersten Weihnachtstag lud Susanne Rebecka zu sich nach Söder ein.

»Das war das verrückteste halbe Jahr in meinem ganzen Leben«, sagte Susanne zu Rebecka, die sich mit den Füßen auf dem Tisch in den Sessel gefläzt hatte.

»In deinem Leben? Und in meinem etwa nicht?«, grinste sie. »Vor einem halben Jahr habe ich immer noch meiner Ehe nachgetrauert.«

»Und jetzt?«

»Nun ja, immerhin trauere ich nicht mehr Robert hinterher. Er war ziemlich eingebildet, wenn ich es mir recht überlege.«

»Na endlich. Ein Angeber, wenn du mich fragst.«

Susanne hatte all die Jahre gute Miene zum bösen Spiel gemacht, weil Rebecka mit ihrer Wahl zufrieden gewesen war, aber wann immer sich Sonja über Robert beschwert hatte, hatte sie ihr zugestimmt. Er war hochnäsig, selbstverliebt und schmeichlerisch, aber das hatte Rebecka nie gesehen. Zumindest damals nicht.

»Lass uns darauf trinken, dass Robert ein Scheißkerl ist.« Susanne hob ihr Bierglas. »Du hast Schaum im Mundwinkel«, fuhr sie fort und nahm sich eine Handvoll Nüsse.

Rebecka zuckte zusammen. »Erinnere mich bitte nicht daran.«

»Woran?«

»An Adam.«

»Oje, verzeih. Aber ich finde das auch sehr süß, falls dir das irgendwie hilft.«

»Ach.«

»Weißt du was, Rebecka, wir sind doch die tollsten Frauen überhaupt – es ist einfach nicht gerecht, dass wir kein Glück in der Liebe haben.«

»Vielleicht. Aber dafür muss man erst einmal daran glauben, und das tue ich schon mal nicht.«

»Nein, vielleicht hast du recht. Ich bin gerade erst verlassen worden, aber trotzdem finde ich, dass ich es verdiene, länger als eine Woche verliebt zu sein.«

»Tut es weh?«

»Ganz furchtbar. Vor allem, weil ich gar nicht weiß, was ich falsch gemacht habe. Er war stinksauer, also muss es wohl eher an mir liegen als an ihm. Ich meine, falls er sich in New York verliebt hat, hat er ja wohl keinen Grund, wütend auf mich zu sein.«

»Und wenn du ihn einfach fragst?«

»Der genaue Wortlaut war, glaube ich, dass er mich nie wiedersehen will. Also nein, ich kann ihn nicht fragen.«

»Verdammte Typen. Prost«, sagte Rebecka und dachte an Adam.

»Aber wirklich«, antwortete Susanne und dachte an Michael.

»Weißt du was, ich habe keine Lust mehr, über Männer zu reden«, sagte Rebecka und stellte ihr Glas ab. »Ich will stattdessen über mein Haus reden.«

45

Als nur noch eine Viertelstunde vom Jahr 2009 übrig war, ging Rebecka langsam zu dem Ort, den sie liebte, seit sie ihr Haus zum allerersten Mal gesehen hatte. Vor ihr lag der große Pool, der sich bald mit Wasser füllen würde.

Sie knöpfte ihren langen Mantel zu und schlang die Arme um sich. Vom Meer wehte ein frischer Wind, zu dieser Tageszeit war es selbst hier nicht wärmer als ein paar Grad plus. Im Flugzeug hatte sie eine kleine Flasche Sekt gekauft und aus ihrer Wohnung einen Plastikbecher mitgenommen. Sie öffnete die Flasche, schenkte sich ein halbes Glas voll ein und setzte sich auf den Hügel. Sie hatte die Außenbeleuchtung angeknipst, und als sie sich so umsah, war sie sich sicher, den schönsten Garten der Welt zu sehen.

Fünf Minuten vor Mitternacht, als die ersten Raketen den Himmel erhellten, gab sie den Kampf auf, und während sie das Schauspiel betrachtete, ließ sie ihren Tränen, die sich den ganzen Tag über angesammelt hatten, freien Lauf.

»Rebecka?«

Sie drehte den Kopf. Nur einen Meter von ihr entfernt stand Adam. Sie sagte nichts, sondern schaute wieder aufs Meer. Sie sagte auch nichts, als er sich neben sie setzte, und nichts, als er den Arm um sie legte. Sie war ganz ruhig, als er seine Hand an ihre Wange legte und ihr Gesicht sanft zu sich herumdrehte. Sie schwieg immer noch, als sie seine Tränen sah und sich seine Lippen ihren näherten. Als Mallorca unter dem Feuerwerk erstrahlte, küsste Adam Rebecka, als wäre es der wichtigste Kuss seines Lebens.

Er hatte gesagt, dass er sie liebte, und war dann gefahren.

Um sechs Uhr früh am Neujahrsmorgen hatte Rebecka immer noch keine Sekunde geschlafen.

Der Kuss hatte nichts verändert und doch alles. Sie ließ ihn immer wieder Revue passieren, bereute aber nichts. Der Kuss war selbstverständlich gewesen. Er liebte sie. Das hatte er gesagt. Aus seinem Mund hatten die Wörter einfach geklungen, als wären auch sie eine Selbstverständlichkeit.

Sie musste sich ausruhen. Wenn sie erst ein paar Stunden geschlafen hatte, würde sie sich viel besser fühlen.

Zwei Tage später rief Sverker an, der neue Architekt, um ihr seine Ankunft mitzuteilen.

»Ich bin mit Adam das ganze Projekt durchgegangen, und es hört sich wirklich spannend an«, sagte er. »Meine Frau Sofi und ich haben uns schon eingerichtet, morgen kann ich anfangen.«

Rebecka dachte nach. Susanne und Maggan waren auf dem Weg, aber es machte ihnen bestimmt nichts aus, sie zu dem Treffen mit dem Architekten zu begleiten.

»Wunderbar. Bringen Sie doch auch Ihre Frau mit, wenn Sie wollen. Wenn Sie es nicht finden, rufen Sie mich an. Ist zwei Uhr in Ordnung?«

»Ich glaube, ich habe gleich zwei Leute gefunden, die perfekt für *Sonjas London* passen würden. Ein junger Typ, der seit Ewigkeiten im Hilton arbeitet, und ein Einkäufer aus dem Apollo, der alle Branchentricks kennt.«

Susanne zwitscherte weiter, und Rebecka freute sich, die Freundin wieder in alter Hochform zu sehen. Sie setzte sich in den Sessel in dem Zimmer, das Susanne sich ausgesucht hatte.

»Du bist mein erster Gast«, sagte sie. »Ist das Zimmer so genehm?«

»Na, rat mal! Ich fühle mich mit Adams Stil schon ganz heimisch.« Sie lächelte. »Und wie ist der neue Architekt?«, fragte sie und schaute Rebecka an, um ihre Reaktion zu sehen.

»Ich weiß noch nicht, ich treffe ihn morgen zum ersten Mal und habe beschlossen, Maggan und dich mitzuschleppen. Ich habe auch seine Frau eingeladen.«

»Ist sie die Garantie dafür, dass du ihm nicht den Kopf verdrehst?«, fragte Susanne lächelnd.

»Hier werden keine Köpfe mehr verdreht, das kann ich dir versprechen.«

Maggan fühlte sich langsam richtig weltgewandt. An nur einem Tag war sie auf den Flughäfen von Stockholm, Barcelona und Mallorca gewesen. Die Angst vorm Fliegen hatte sie verloren, mittlerweile mochte sie das kitzelnde Gefühl im Magen sogar, wenn der Pilot die Motoren startete.

»Hast du beim Fliegen nie Angst gehabt?«, fragte sie Susanne, als sie um Rebeckas Esstisch in ihrer Wohnung in Palma saßen.

»Doch, einmal, als es in Arlanda eine Bombendrohung gab, die Polizei das Flugzeug stürmte und wir es evakuieren mussten. Das war unheimlich. Der Pilot hatte danach solche Angst, dass er nie wieder geflogen ist, und das war eigentlich noch unheimlicher. Stell dir vor, ihn hätte oben in der Luft der Mut verlassen.« Susanne gähnte. »Seid ihr sehr enttäuscht, wenn ich heute früh ins Bett gehe? Ich alte Schachtel habe dringend Schlaf nötig.«

Während Rebecka den Tisch abdeckte, erzählte Maggan ihr, wie es Alex und Anneli in Östersund erging.

»Sie wollen nicht verraten, was sie für den Palast bezahlt haben, den sie sich dort gekauft haben. Du solltest es sehen.« Sie schüttelte den Kopf. »Peter muss bei Skistar wirklich unglaublich gut verdienen, wenn sie sich das leisten können.«

»Die Preise in Östersund sind wohl nicht wie in Stockholm?«, warf Rebecka ein.

»Nein, natürlich nicht, aber billig kann das trotzdem nicht gewesen sein. Anneli schweigt wie ein Grab, wenn die Sprache darauf kommt.«

»So wie du, wenn es um Paris geht?«

Maggan schnaubte. »Das ist ja wohl etwas anderes. Ich habe nichts zu erzählen, solange dieser Perrot nicht aufkreuzt.«

46

Am nächsten Morgen wachte Susanne früh auf. Sie zog sich ihre Joggingschuhe an. Die ganzen Weihnachtstage hatte sie sich überhaupt nicht bewegt, und sie freute sich darauf, Palma bei einem einsamen Spaziergang zu entdecken. Ihr gingen jede Menge Gedanken durch den Kopf, nachdem sie in Schweden einige Kandidaten für das Hotelpersonal getroffen hatte, und sie freute sich darauf, alles mit Charles zu besprechen, sobald sie wieder in London war.

An ein weiteres Praktikum im Hyatt war nun nicht mehr zu denken, aber dazu hätte sie ohnehin keine Zeit gehabt. In *Sonjas London* musste es jetzt losgehen, bald wollte sie den Betrieb aufnehmen, was ihre und Charles' Zusammenarbeit intensivieren würde. Sie wollte ihn bei jedem Schritt an ihrer Seite haben.

Sie war seit Jahren nicht mehr in Palma gewesen, aber die Stadt hatte sich kaum verändert. Als sie am El Corte Inglés vorbeikam, musste sie lächelnd an das Kleid denken, das sie hier für ihren fünfundzwanzigsten Geburtstag gekauft hatte. Riesige Schulterpolster und ein freier Rücken. Sie war sternhagelvoll gewesen, aber nicht nur sie. Zwanzig noch recht frischgebackene Stewardessen hatten sich zuerst in ihrer kleinen Wohnung gedrängt, um dann in eine ganze Karawane von Limousinen zu springen und zum Café Opera zu fahren, wo sie die ganze Nacht gefeiert hatten.

Heutzutage ging sie am liebsten früh schlafen, und verkatert war sie nicht mehr gewesen, seit sie dreißig war.

»Wow!«

Mehr konnten Maggan und Susanne nicht sagen. Entzückt standen sie an Rebeckas Lieblingsort und sahen über das Meer.

»Ich habe noch nie etwas Schöneres gesehen«, sagte Susanne, der auf ihren Reisen um die Welt schon einige wunderbare Orte untergekommen waren. »Das muss ja ein Vermögen wert sein«, fügte sie hinzu.

»Ja, wahrscheinlich«, antwortete Rebecka. »Mindestens fünfzig Millionen Kronen, hat Adam geschätzt.«

»Kannst du dir vorstellen, warum Sonja all das geplant hat? Wenn sie unbedingt wollte, dass wir unsere Leben ändern, warum hat sie dann nichts davon gesagt, als sie noch da war?«

»Aber das hat sie ja«, sagte Maggan. »Mir kam es so vor, als hielte sie uns die ganze Zeit vor, dass wir nicht zufrieden wirkten und etwas anderes machen sollten. Hättet ihr denn angenommen, wenn sie euch all das einfach so angeboten hätte?«

»Du hast recht«, sagte Rebecka. »Kommt, ihr

müsst das Haus von innen sehen. Ich glaube, Sonja hätte es gefallen – auch, was ich damit vorhabe.«

Eine Stunde später saßen sie zusammen mit dem neuen Architekten und seiner Frau auf der Terrasse vor dem Wohnzimmer.

»Ich verstehe, weshalb Adam diesen Ort so mag«, sagte er und sah Rebecka bedeutungsvoll an, die sofort rot anlief.

»Das ist wirklich ein wunderbares Haus«, sagte seine Frau. Rebecka warf ihr einen dankbaren Blick zu.

»Und was wirst du hier machen, solange Sverker mit dem Haus beschäftigt ist?«, fragte Rebecka interessiert.

»Ich weiß noch nicht genau. Das kam ja alles sehr plötzlich, und ich habe nicht viel mehr organisieren können, als mich von meiner Arbeit in Stockholm beurlauben zu lassen. Aber eine Freundin von mir arbeitet hier auf der Insel als Psychotherapeutin, vielleicht kann ich bei ihr aushelfen, falls mir langweilig wird.«

»Bist du Psychologin?«, fragte Maggan.

»Ja. Meine Freundin und ich haben vor vielen Jahren zusammen in Stockholm gearbeitet und sind die ganze Zeit in Kontakt geblieben. Sie hat jetzt eine eigene kleine Praxis hier, aber ich weiß nicht, wie viele Klienten sie hat. Morgen treffen wir uns zum Mittagessen, danach weiß ich mehr.«

»Ich kenne jemanden, der deine Hilfe gebrauchen könnte«, sagte Maggan, woraufhin Rebecka, die sich angesprochen fühlte, die Freundin ins Bein kniff.

»Wer möchte Kaffee?«, fragte sie und stand auf.

»Ich helfe dir«, sagte Susanne.

Sie sah Rebecka an, die den Picknickkorb auf der Arbeitsplatte in der Küche abstellte.

»Eine Therapie also?«

»Was meinst du?«

»Ach, komm schon, spiel nicht die Dumme. Offensichtlich glaubt Maggan, dass du eine Therapie machen solltest.«

Rebecka starrte sie wütend an.

»Ja und?«

»Das ist eine großartige Idee.«

»Nein danke.«

»Warum nicht?«

»Weil ich nicht verrückt bin.«

»Das habe ich ja auch nicht gesagt.«

»Und überhaupt, warum sollte ich eine Therapie machen und du nicht?«

»Weil du eine höllische Angst vor Männern hast, und das habe ich nicht.«

»Das hast du nicht?«

»Nein.«

»So ein Quatsch. Vielleicht habe ich keine Ahnung von meinen Gefühlen und wer ich überhaupt bin, aber das hast du ja wohl auch nicht.«

»Nicht?«

»Nein.«

Jetzt starrte Susanne Rebecka wütend an.

»Immerhin traue ich mich, mich auf neue Männergeschichten einzulassen.«

»Aber was für Geschichten sind das? Jedenfalls keine, die auch nur die geringste Chance haben, glücklich auszugehen.«

»Das war gemein.«

»Und ist es weniger gemein, zu sagen, dass ich höllische Angst habe?«

Susanne seufzte tief.

»Glaubst du, bei mir ist eine Schraube locker?«, fragte sie ernst.

»Ja, zumindest in deinem Verhältnis zu Männern. Sonst überhaupt nicht«, sagte Rebecka lächelnd. »Kannst du den Korb mit den Sandwichs tragen, dann nehme ich die Thermoskanne und die Becher.«

Am selben Abend erzählte Rebecka den Freundinnen von ihren Plänen.

Als sie über Weihnachten in Stockholm gewesen war, hatte sie sich mit dem Vorsitzenden des Vereins *Supereltern* getroffen, einer Organisation, die alleinerziehende Eltern unterstützte, und ihm von ihrer Idee erzählt, seinem Verein zwei Flügel ihres Hauses zur Verfügung zu stellen.

»Die Idee ist ganz einfach. Sie können für eine Woche herkommen, im Pool herumplanschen, nach Alcúdia fahren, essen und zusammen mit ihren Kindern entspannen. In dem einen Flügel wohnen Väter mit ihren Kindern, im anderen Mütter mit ihren Kindern. Jeweils drei bis vier Familien, je nachdem, wie viele Kinder sie haben.«

Sie strahlte glücklich über das ganze Gesicht.

Maggan spürte, wie ihr die Tränen in die Augen stiegen. »Rebecka, das ist einfach phantastisch! Aber ist das auch machbar? Wie sollen sie hierherkommen? Für Alleinerziehende ist so eine Reise sehr teuer.«

»Darüber haben wir auch gesprochen. Die Organisation finanziert sich größtenteils aus öffentlichen Geldern, aber damit kommt man nicht weit. Deshalb wollen wir ein Fundraising-Projekt starten.«

Susanne klatschte in die Hände, wie immer, wenn ihr eine Idee gefiel. »Aber ab September werden wir dank Sonja alle superreich sein. Können wir nicht ein gemeinsames Projekt daraus machen?«

Genau diese Reaktion hatte Rebecka sich erhofft.

»Können wir nicht alles zu einem gemeinsamen Projekt machen?«, fragte Maggan. »Das Restaurant, das Hotel *und* das hier?«

»Ich hab nichts dagegen. Ich freue mich darauf, das Hotel zu betreiben, aber es wäre ganz wunderbar, wenn ich nicht alleine dafür verantwortlich wäre. Mit deinem finanziellen Fachwissen, Rebecka, und deinem kulinarischen«, sagte sie und nickte Maggan zu, »würde ich mich sehr viel sicherer fühlen. Ich kenne mich ja eher mit den Gästen und ihren Wünschen aus.«

Maggan bestieg das Flugzeug nach Paris in Begleitung von Rebecka. Sie hatten beschlossen, das Restaurant solange zu belagern, bis Monsieur Perrot auftauchte. Jetzt würde er sich nicht mehr nur mit Maggan herumschlagen müssen. Jetzt hieß es drei gegen einen, auch wenn nur zwei von ihnen in Paris vor Ort waren.

47

Um fünf Uhr klopften sie an der Tür. Der Oberkellner öffnete verwirrt und sagte, das Lokal werde erst in einer Stunde geöffnet.

»Wir möchten Monsieur Perrot sprechen«, sagte Maggan forsch und trat durch die Tür. Während der Kellner seinen Chef holte, zupfte Maggan an ihrer Frisur und strich ihren Rock glatt.

»Du siehst wunderhübsch aus«, flüsterte Rebecka, als ein grauhaariger Mann auf sie zukam.

»O mein Gott«, konnte Maggan gerade noch sagen, bevor sie einfach zusammenklappte.

Rebecka verstand nicht, was passiert war. Vor einer Sekunde noch war ihre Freundin froh und munter gewesen, jetzt lag sie auf dem Boden und war ganz grün im Gesicht.

»Helfen Sie mir, sie ist ohnmächtig«, rief Rebecka und winkte den Mann herbei, der sofort angerannt kam.

»Maggan, wach auf. Wach auf, verdammt.« Rebecka schüttelte sie. »Halten Sie ihre Beine hoch«, sagte sie bestimmt.

Ein Kellner kam mit einem Glas Wasser herbeigeeilt, und wäre Maggan nicht in just diesem Augenblick aufgewacht, hätte Rebecka das Glas über ihr ausgeschüttet.

»Was ist passiert?«, fragte sie verwirrt.

»Du bist umgekippt«, sagte Rebecka erleichtert.

Da fiel Maggans Blick auf ihre Beine, die der Grauhaarige noch immer hochhielt.

»Paul«, sagte sie.

»Maggan«, sagte er, ohne ihre Beine loszulassen.

»Paul?« Rebecka drehte sich um. »Paul?«, fragte sie noch einmal und traute ihren Augen nicht.

»Was machst du denn hier? Meine Güte, Paul, wie schön, dich wiederzusehen! So ein Zufall, oder nicht?«, wandte sie sich an Maggan, die noch immer leichenblass auf dem Fußboden lag.

Vorsichtig legte Paul Maggans Beine ab und sagte, sie solle sich aufsetzen und den Kopf zwischen die Knie stecken.

Er zog einen Stuhl heran und reichte ihr die Hand, um ihr beim Aufstehen zu helfen. Sie winkte ab und kniete sich stattdessen hin, das Gesicht von Schmerzen in ihrem rechten Bein verzerrt, und streckte die Hand nach Rebecka aus.

»Hallo, Maggan, sag doch etwas. Ist das nicht großartig? Es muss mindestens fünfunddreißig Jahre her sein, dass wir uns gesehen haben!« Sie lächelte Paul an, während sie der Freundin vom Fußboden aufhalf.

»Ziemlich genau«, antwortete er und nickte.

Maggan wurde einiges klar, auch wenn ihr noch immer schwindelig war. Sonja hatte sie gewaltig enttäuscht, und wäre sie nicht schon tot gewesen, hätte sie sie am liebsten umgebracht.

»Nun, Monsieur Perrot – oder Jones, unter dem Namen kenne ich dich –, wie lange haben Sonja und du das hier geplant?«, sagte sie wütend.

»Perrot? Bist du etwa Perrot?« Rebecka starrte ihn verständnislos an.

»Ja, der bin ich. Wir können nicht hier im Eingang

bleiben, kommt herein ins Restaurant, dann werde ich alles erzählen.«

Und Paul erzählte alles. Als er und sein Freund sich in jenem Sommer vor fünfunddreißig Jahren von Maggan, Rebecka und Sonja getrennt hatten, wollte er unbedingt weiter mit Maggan in Kontakt bleiben, und als sie nicht auf seine Briefe antwortete, schrieb er stattdessen an Sonja.

Maggan errötete und starrte mit gesenktem Kopf auf das Tischtuch.

»Das war, als du mit Anneli schwanger warst«, sagte Rebecka. »Kein Wunder, dass du mit deinen Gedanken woanders warst. Aber ich finde es seltsam, dass Sonja nichts davon erzählt hat.«

»Das finde ich auch«, zischte Maggan.

»Sie glaubte, die Erwähnung meines Namens würde Maggan nur aufregen. Deshalb hat sie nichts gesagt«, erklärte Paul und warf einen bedeutungsvollen Blick auf die mürrisch dreinschauende Maggan.

»Apropos Namen. Damals hießt du nicht Perrot.«

»Nein, aber Paul Jones ist kein besonders attraktiver Name, um ein Restaurant in Paris aufzumachen. Deshalb habe ich den Nachnamen meiner Mutter angenommen«, sagte er lächelnd. »Mit einem britischen Vater und einer französischen Mutter hat man ja die Wahl.«

»Ich komme nicht darüber hinweg, dass Sonja keinen Ton gesagt hat. Maggan und du hattet doch wohl kein Hühnchen mehr miteinander zu rupfen?«

»Ich mit ihr nicht. Aber vielleicht Maggan mit mir?« Paul lächelte.

»Blödsinn. Ich war schwanger und hatte an anderes zu denken als junge Franzosen, das ist alles«, sagte Maggan und starrte ihn wütend an.

Abgesehen davon, dass sein dickes schwarzes Haar mittlerweile ergraut war, hatte er sich schmerzlich wenig verändert. Er passte überhaupt nicht in das Bild, das sie sich von Perrot gemacht hatte. Sein Haar lockte sich im Nacken, und er war immer noch groß und relativ schlank. Hätte er sich doch bloß in einen kleinen, krummen Alten verwandelt!

»Und wie kam es, dass ihr zusammen ein Restaurant betrieben habt?«

»Das war Sonjas Idee. Wir haben uns häufig getroffen, wenn sie in Paris war, und als ich ihr erzählte, dass ich gerne ein Restaurant eröffnen würde, hat sie angeboten, meine Teilhaberin zu werden.«

»Und du bist darauf eingegangen?«, fragte Maggan säuerlich.

»Ich konnte nicht viel dazu sagen. Wenn Sonja sich etwas in den Kopf gesetzt hat – hatte –, kam man nicht dagegen an.«

»Wem sagst du das?«, warf Rebecka lachend ein.

Paul stand auf.

»Darf ich die Damen auf ein Glas Wein einladen?«, fragte er.

Sobald er den Tisch verlassen hatte, legte Rebecka los: »Ist das nicht wahnsinnig aufregend? Paul, deine erste große Liebe!« Rebecka sprang vor Freude beinahe in die Luft.

»Ich bin stinksauer.« Maggans Gesichtsfarbe war von grün zu knallrot gewechselt. »Hätte ich gewusst, wer er ist, wäre ich nie hergekommen. Sie haben sich gegen mich verschworen, und wer steckt dahinter? Sonja.«

»Wie kommst du denn darauf?«

»Weil ich weiß, dass es so ist. Sonja hat sich einen Reim auf Dinge gemacht, über die Susanne und du nicht nachgedacht haben, und das will sie mir jetzt zeigen.«

Rebeckas Gesicht war ein einziges Fragezeichen, aber bevor sie nachfragen konnte, kam Paul zurück.

»Ich soll euch von Mikey grüßen. Er war für ein paar Tage hier, ist jetzt aber wieder zurück in London.« Mit geübter Hand öffnete er die Weinflasche und goss ein wenig in ein Glas ein, um zu probieren, bevor er den beiden Freundinnen den Wein servierte.

»Mikey. Seid ihr immer noch befreundet?«, fragte Rebecka, die sich gut an den gutaussehenden, allerdings etwas reservierten jungen Engländer erinnerte.

Er lächelte. »Wir sehen uns nicht oft, versuchen aber, uns wenigstens ein paarmal im Jahr zu treffen.«

Maggan saß schweigend da, während Rebecka Paul über sein Leben ausfragte und so herausfand, dass er seit vielen Jahren geschieden war, keine Kinder hatte, und dass das Restaurant florierte und im Prinzip sein einziger Lebensinhalt war. Als er sagte, er freue sich auf die Zusammenarbeit mit Maggan, zwinkerte er ihr zu, und errötend zwinkerte sie zurück.

»Na, das werden wir ja sehen«, sagte sie.

48

Susanne wurde völlig von ihrer Arbeit in Anspruch genommen. Sie suchte fieberhaft nach einer Hausdame, die über die erforderliche Erfahrung verfügte. Ohne Charles wäre sie nie auf Benjamin gestoßen, einen Perfektionisten mittleren Alters, der sein Leben lang in der Hotelbranche gearbeitet hatte, ohne jemals zur Chefhausdame aufsteigen zu können, weil er das falsche Geschlecht hatte. Er war ein Fels in der Brandung, und Susanne liebte ihn von der ersten Sekunde an.

Im Handumdrehen hatte er Wäschereien, Taxifirmen und Blumenläden und alle anderen notwendigen Kontakte aus dem Ärmel geschüttelt. Aus dem Stegreif zählte er auf, welche Lieferanten das Hotel mit ökologischen Produkten von Shampoo bis hin zu Bettlaken versorgen könnten, und außerdem wusste er, wo man zuverlässiges Personal herbekam.

Madeleine, mit der sich Susanne in Stockholm getroffen hatte, hatte zugesagt, und mit Charles' Hilfe fand sie für sie eine zentral gelegene Zweizimmerwohnung, die Madeleine für ein Jahr mieten konnte. Susanne stellte sie in erster Linie als Sales Managerin ein, obwohl sie auch im Marketing eine große Hilfe sein würde.

Als Charles und sie unterwegs waren, um eine weitere Werbeagentur zu treffen, konnte er sich nicht länger zurückhalten.

»Erzähl schon«, sagte er herausfordernd.

»Was?«

»Warum die stürmische Liebesgeschichte so ein rasches Ende genommen hat.«

»Da darfst du mich nicht fragen, wende dich lieber an deinen Kumpel aus dem Hyatt.«

»Aus ihm ist nichts rauszubekommen, er wirkt wie versteinert. Was ist denn passiert?«

»Ich habe nicht den blassesten Schimmer. Er ist als unerhört sympathischer Mann nach New York gereist und als Idiot zurückgekommen. Mehr weiß ich nicht. Er hat mich aus dem Hyatt geworfen.«

»Und du hast nichts gemacht?«

»Gar nichts. Ich war hier und hatte ein paar Freunde aus Schweden zu Besuch, und als er zurückkam, war er wie ausgewechselt.«

»Deine Freunde – waren das Frauen?«

Susanne schaute ihn fragend an. »Ja, warum?«

»Michael hat etwas von einer scheinheiligen Lügnerin gemurmelt.«

»Was? Was hat er genau gesagt?«

»Sonst nichts. Ich habe gefragt, ob er von dir gehört hätte, woraufhin er antwortete, mit so einer scheinheiligen Lügnerin wolle er nichts zu tun haben.« Charles sah sie an. »Deshalb dachte ich, dass er dich vielleicht mit einem anderen Mann gesehen haben könnte.«

»Das hat er aber nicht, und er kann von mir aus dahin gehen, wo der Pfeffer wächst. Ich bin bestimmt nicht perfekt, aber ich habe ganz sicher nichts falsch gemacht. Können wir bitte das Thema wechseln, ich bekomme schlechte Laune.«

Die Werbeagentur war klein, und die Besitzerin präsentierte ihnen höchstpersönlich ihre Ideen für das Hotel. Ihrer Meinung nach sollte der schwedische Aspekt hervorgehoben werden, da er für Qualität stand. Sie schlug außerdem vor, sich sobald wie möglich um ein Umweltzertifikat zu bemühen und Speisen aus Biolebensmitteln anzubieten. Sie lobte sie dafür, dass sie die Möbel und Teppiche von einem anderen Hotel aufgekauft hatten.

»Schön, dass Ihnen das gefällt. Der Innenarchitekt ist ein Genie«, sagte Susanne, um Adam zu loben. Tatsächlich war die Einrichtung eins der Dinge, die ihr am besten gefielen. Sie liebte die antiken Möbel, mit denen Adam das Hotel eingerichtet hatte.

»Ich schlage vor, Sie machen Vintage zu Ihrem Markenzeichen. Das ist umweltfreundlich und liegt im Trend.«

»Sie gefällt mir, ihre Vorschläge sind gut«, sagte Susanne nach dem Treffen zu Charles. »Diese Stadt quillt über von Luxus, Chrom und blankgeputzten Treppengeländern. Sie hat recht mit dem, was sie sagt.«

Charles, der jedes einzelne Hotel von der City bis nach Heathrow kannte, stimmte ihr zu.

»Aber wir sollten es nicht *shabby chic* nennen, das klingt ein bisschen geschmacklos, und *Sonjas London* ist alles andere als das.«

Das fand Susanne auch. Sie hatten noch ein paar Tage, um zu entscheiden, welche Werbeagentur sie beauftragten, aber länger sollten sie damit nicht warten. Alle Agenturen hatten angeboten, auch die Website zu gestalten, ein nicht zu unterschätzendes Element des Marketings, und mussten mit der IT-Firma, die die Buchungsseite betreute, in Kontakt gebracht werden. Danach sollte Informationsmaterial produziert werden, das Madeleine benutzen konnte, wenn sie das Hotel auf Messen präsentierte, es Reiseunternehmen und internationalen Konzernen vorstellte, denen *Sonjas London* gefallen könnte.

Um die Speisekarten in Auftrag geben zu können, brauchten sie dringend einen Küchenchef. Nach Susannes Vorstellungen sollte er Schwede sein.

»Ich bezweifle, dass wir es schaffen, im Mai zu eröffnen«, sagte Charles. »Vielleicht können wir probeweise öffnen und den Betrieb testen. Was meinst du? Kriegst du dreißig Freunde zusammen, die für ein Wochenende herkommen?«

»Machst du Witze? Wir könnten einen Monat lang auf Probe öffnen, falls es nötig sein sollte. Und wann, denkst du, können wir das Hotel offiziell einweihen?«

»Anfang Juli, würde ich sagen, so wie es jetzt aussieht.«

»Ich verlasse mich auf dich. Wenn du Juli sagst, dann wird es auch Juli.«

Es war ein langer Tag geworden, und als Susanne nach Hause kam, zog sie ihre Stiefel aus, hängte den Mantel auf und warf sich aufs Sofa. Sie war schon im Halbschlaf, als sie hörte, dass sie eine SMS bekommen hatte. Sie drehte sich auf die Seite und umarmte ihr Kissen. Wer auch immer das war, sollte sich gefälligst gedulden.

49

Rebecka war froh, in Paris gewesen zu sein, als die Begegnung mit Paul Maggan so zugesetzt hatte, aber trotz aller Nachfragen hatte sie aus der Freundin nicht herausbringen können, was ihr einen solchen Schock versetzt hatte. Dass Paul und Sonja sich gegen Maggan verschworen haben sollten, wie Maggan behauptete, konnte sie einfach nicht glauben.

Als sie mit ihren Einkaufstaschen durch die Gassen nach Hause zu ihrer Wohnung eilte, dachte sie nicht nur an das eigentümliche Zusammentreffen in Paris, sondern auch an die Einladung für den Abend. Maria aus ihrem Spanischkurs hatte sie zu ihrer Dinnerparty geladen, und sie hatte zugesagt. Sie hatte genug davon, so isoliert zu leben, und sie freute sich, dass Sverker und Sofi auch kommen würden. Adam war bestimmt zurück in der Heimat, weshalb sie gefahrlos zu einer Party bei Bekannten von ihm gehen konnte.

»Hola, Rebecka«, sagte Maria, als sie ihrer Mitschülerin die Tür aufmachte. »Komm rein, hier ist schon jede Menge los.«

Während Rebecka herumging und alle begrüßte, betrachtete sie diskret das geschmackvoll eingerichtete Haus und hoffte, es auch von außen in Augenschein nehmen zu können. Das Haus war bei weitem nicht so groß wie ihres, reichte aber voll und ganz für Maria und ihren Mann. Auch hier gingen die Räume ineinander über, so dass ein offener, weitläufiger Eindruck entstand.

Es waren viele Leute gekommen, und als Rebecka ihren Blick auf der Suche nach Sverker umherschweifen ließ, entdeckte sie plötzlich Adams Ehefrau – oder zumindest die Frau, mit der sie ihn ein paarmal gesehen hatte.

Instinktiv duckte sie sich und schlich sich zur anderen Seite des Raums.

Sie bemerkte den Rollstuhl erst, als sie mit ihm zusammenstieß.

»Hallo«, sagte der Mann darin. Er sah gut aus, stellte Rebecka fest. Ein kahlrasierter Schädel stand bei weitem nicht jedem Mann so gut wie ihm. Seine blauen Augen glitzerten. »Schön, dich kennenzulernen.« Er schenkte ihr ein warmes, beruhigendes Lächeln.

»Verzeihung, wie ungeschickt ich bin.« Sie lächelte entschuldigend zurück. »Ich heiße Rebecka«, sagte sie und streckte die Hand aus.

»Tom. Hat nicht Adam eine Zeitlang an deinem Haus gearbeitet?«

Rebeckas Ohren wurden ganz heiß.

»Ja, das stimmt. Aber jetzt hat Sverker ihn abgelöst. Ich bin gerade auf der Suche nach ihm. Hast du ihn gesehen?«

Tom ging nicht auf ihre Frage ein.

»Meine Frau und ich waren auf alle Fälle sehr zufrieden mit Adam, als er unser Haus umgebaut hat.« Er sah sich um. »Sylvia, kommst du mal, ich möchte dir Rebecka vorstellen.«

Die Blondine, die Rebecka zusammen mit Adam gesehen hatte, kam auf sie zu, und Rebecka musste sich zwingen, nicht davonzulaufen. Stattdessen atmete sie tief ein und lächelte.

»Rebecka, wie schön, dich kennenzulernen«, sagte Sylvia freundlich. »Adam hat so viel von deinem wunderbaren Haus erzählt.«

Rebeckas Gedanken rasten. Hierauf war sie völlig unvorbereitet. Adam hatte also eine Affäre mit einer Auftraggeberin. Es war schlimmer, als sie gedacht hatte, und sie musste ihre ganze Selbstbeherrschung aufwenden, um die jüngere Frau nicht voller Verachtung anzuschauen.

»Ach wirklich? Soso«, sagte sie. »Entschuldigt mich bitte, dahinten ist Sverker.« Mit einem Lächeln verließ sie das Ehepaar so schnell wie möglich.

Sie kochte vor Wut. Offenbar verführte Adam sämtliche Schwedinnen, die hier auf der Insel ein Haus bauten, und beinahe wäre sie eines seiner Opfer geworden. Ich liebe dich, hatte er gesagt. Fahr zur Hölle, Satan Ericsson.

»Wie gefällt dir das Haus?«, fragte Sverker, während er sich eine Scheibe Serranoschinken in den Mund steckte. Sein Teller war voll mit spanischen Delikatessen, aber Rebecka, die hungrig angekommen war, war der Appetit vergangen.

»Ich finde es sehr schön«, antwortete sie. »Wo ist Sofi?«

»Dahinten«, sagte er und zeigte auf seine Frau, die auf einem der vielen Sofas saß und sich mit einer anderen Frau unterhielt. »Komm, dann stelle ich dich ihrer Freundin vor.«

»Karin, das ist Rebecka. Ich bin ihr Handlanger, bis ihr Haus Anfang des Sommers fertig eingerichtet sein wird.«

»Mein Haus ist es wohl, aber die Handlangerin bin

eher ich«, sagte Rebecka lächelnd und streckte ihre Hand aus.

Sofi stand auf und umarmte Rebecka spontan. »Setz dich zu uns. Wir sprechen gerade darüber, wie ich hier ein wenig arbeiten könnte.«

»Bist du Sofis ehemalige Kollegin?«, fragte Rebecka und setzte sich.

»Ja«, antwortete Karin. »Und ich finde es toll, dass sie für ein halbes Jahr hier sein wird. Ich habe schon gehört, dass ich dafür dir zu danken habe.« Ihr Lächeln war freundlich, und Rebecka mochte sie auf Anhieb.

»Stets zu Diensten«, sagte Rebecka.

»Vielleicht sollten wir uns auch bei Adam bedanken, der es auf einmal so merkwürdig eilig hatte«, warf Sverker ein und quetschte sich zu ihnen aufs Sofa.

»Wohin musste er denn so plötzlich?«, fragte Karin.

»Ich glaube, es ging weniger um das Wohin, er wollte wohl eher schnell fort von hier«, sagte Sverker.

Rebecka sagte nichts. Ihre Wangen glühten, und sie wünschte sich weit, weit weg von den Menschen hier auf dem Sofa.

»Ich bin jedenfalls froh, hier zu sein«, sagte Sofi, die die außergewöhnliche Gabe besaß, das Gesprächsthema in eine andere Richtung zu lenken. Sie klaute sich ein Stück Melone vom Teller ihres Mannes.

»Kommt, Mädels, jetzt holen wir uns auch etwas zu essen.«

Im Laufe des Abends schaffte Rebecka es, zu essen und sich mit den Schweden bekannt zu machen, die

Maria eingeladen hatte. Zwischendurch erhaschte sie immer wieder einen Blick auf Sylvia und ihren Mann. Sie sahen unglaublich verliebt aus, und Rebecka erschauderte. Der arme Tom hatte keine Ahnung, was hinter seinem Rücken vor sich ging, genauso wenig, wie Rebecka es geahnt hatte.

50

Widerwillig hatte Maggan sich darauf eingelassen, Paul zu treffen. Ihr war klar, dass sie sich alleine sehen und in Ruhe miteinander sprechen mussten, auch wenn sie sich gerade alles andere als ruhig fühlte.

Während er sich in ihrer Wohnung umsah, schloss sie sich in der Toilette ein und spülte, obwohl das überhaupt nicht nötig war. Sie betrachtete sich selbst im Spiegel. Ihre frisch gezupften Augenbrauen erinnerten sie daran, dass sie sich die Beine und, als ob das nicht genügen würde, sogar den Intimbereich rasiert hatte.

Björn hatte sie zuletzt vor Weihnachten gesehen und sich seitdem die Beine nicht mehr rasiert. Was sie nun vor Pauls Besuch dazu bewegt hatte, darüber wollte sie lieber nicht nachdenken.

»Ist das deine Tochter?«, fragte er, als sie zurück ins Wohnzimmer kam.

»Ja, das ist Anneli.«

»Und das hier?«

»Alexander.«

»Dein Enkel? Dass du schon Großmutter bist! Meine Oma war ein krummes altes Weiblein, von Kopf bis Fuß in Schwarz gekleidet«, sagte er augenzwinkernd und betrachtete bewundernd Maggan in dem smaragdgrünen Kleid.

»Die Zeiten ändern sich.«

»Tun sie das?«

Sie schaute ihn fragend an.

»Warum hast du dich nie gemeldet, Maggan? Du weißt doch, dass das gebrochene Herz eines Franzosen niemals heilt.«

»Nein, das wusste ich nicht. Und außerdem hast du doch erzählt, dass du verheiratet warst.«

»Ja, das war dumm von mir.«

Sie hob fragend die Augenbrauen.

»Dass ich geheiratet habe. Aus den völlig falschen Gründen. Ich war im richtigen Alter und dachte, Liebe wäre nicht so wichtig. Drei Jahre später hat sich gezeigt, wie unrecht ich damit hatte.«

»Du hast sie nicht geliebt?«, fragte Maggan erstaunt.

»Ich habe doch gesagt, dass ein gebrochenes Herz niemals verheilt«, antwortete er. »Apropos, wer war denn der blonde Wikinger, mit dem du im *Chez Sonja* warst?«

Seine Stimme klang jetzt eher hart als melodramatisch wie zuvor, und Maggan schaute ihn verärgert an.

»Das geht dich ja nun wirklich nichts an.«

»Sag mir bloß, ob dieser Mann eine wichtige Rolle in deinem Leben spielt.«

»Ja, er ist ein guter Freund.«

»Freund im Sinne von Liebhaber?«

Maggan spürte, wie ihr Gesicht heiß wurde.

»Jetzt reicht es aber wirklich, Paul.«

Er stampfte mit dem Fuß auf und begann, im Zimmer umherzugehen.

»Du nimmst also deinen neuen Liebhaber mit in das Restaurant deines früheren Liebhabers. Ist das etwa die feine Art?«

»Also wirklich, Paul, ich hatte doch keine Ahnung, dass dir das Restaurant gehört. Hättest du dich dazu bequemt, früher aufzukreuzen, hätten sich solche Peinlichkeiten vermeiden lassen. Ganz abgesehen davon, dass ich mich treffen kann, mit wem ich will.«

»Natürlich, aber das muss ja nicht heißen, dass ich dabei besonders gerne zugucke.«

»Dann guck eben nicht. Können wir jetzt über das *Chez Sonja* reden, oder willst du erst noch mehr über mein Privatleben wissen?«

Maggan war wütend. Woher nahm er das Recht, sie über ihr Leben auszufragen? Die Geschichte von seinem gebrochenen Herzen nahm sie ihm nicht ab. Paul sah besser aus als die meisten Männer, und sie glaubte keine Sekunde, dass er nachts alleine schlafen musste. Gott allein wusste, wie viele Frauen es in seinem Leben gegeben hatte.

»Was starrst du mich so an?«, zischte sie.

»Du bist molliger als vor fünfunddreißig Jahren.« Er ließ seinen Blick ungefähr auf Brusthöhe verharren.

»Danke. Ich kann gerne darauf verzichten, dass du mir erzählst, wie fett ich bin.«

»Fett? Maggan, du bist wunderschön. Deine Formen gefallen mir«, sagte er lächelnd, während er seinen Blick über ihren Körper wandern ließ.

»Monsieur Perrot«, sagte sie warnend.

Er war direkt vor ihr stehen geblieben.

»Ja?«

Bevor sie zurückweichen konnte, hatte er seine Hand ausgestreckt und streichelte ihre Wange. Wie gelähmt stand sie da und konnte sich nicht bewegen. Seine Hand wanderte zu ihrem Nacken. Die Berührung ließ sie erzittern. Sie wollte das nicht. Sie wollte es. Wollte nicht. Wollte.

Schließlich war sie es, die ihn an sich zog, die ihn an der Hand ins Schlafzimmer führte und die den Reißverschluss des smaragdgrünen Kleids herunterzog.

In ihrem Unterleib pochte es. Sie hatte noch nie solche Lust verspürt. Seine Zunge war überall, und als sie es nicht mehr aushielt, warf sie ihn auf den Rücken und glitt auf ihn. Das war eine schlechte Idee, denn ihre Beine hielten diese Stellung nicht aus. Ohne ihn loszulassen, zog sie ihn herum, so dass er auf ihr zu liegen kam.

Er hielt inne und schaute ihr in die Augen. Er strich ihr eine Haarsträhne aus der Stirn und begann, sich vorsichtig zu bewegen, ohne seinen Blick abzuwenden. Ihre Hüften stießen immer heftiger gegen seine, und plötzlich lächelte er.

»So heilt man ein gebrochenes Herz«, flüsterte er.

51

Bin in der Stadt. Lust auf einen Kaffee?, stand in der SMS, die Susanne vor dem Einschlafen bekommen hatte. Sie musste keine Sekunde nachdenken, bevor sie Anders' Frage mit *Ganz bestimmt nicht!* beantwortete.

Als ihr aufgegangen war, was für ein Idiot auch Michael war, hatte sie ein Rendezvous mit Anders erst für eine gute Idee gehalten, war aber schnell davon abgekommen. Wenn sie mit jemandem abgeschlossen hatte, dann mit ihm. Und über Michael würde sie auch noch hinwegkommen.

Sie war es gewohnt, nach einem solchen Sturz einfach aufzustehen, sich abzuklopfen und weiterzugehen. Ihre Mutter war genauso gewesen. Als Susannes Vater sie verließ, hatte sie sofort andere Männer gefunden. Als der vierte von ihnen sich allzu sehr für Susannes jugendlichen Körper interessierte, hatte sie ihn hinausgeworfen und verkündet, jetzt sei sie fertig mit allen Typen.

Männer waren einfach, wie sie sagte, völlig unzuverlässig.

Damals war sie im selben Alter gewesen wie Susanne jetzt. Den Rest ihres Lebens hatte sie damit verbracht, Warnungen auszusprechen. Susanne sollte sich vor diesem und jenem in Acht nehmen und sich vor allem Möglichen hüten.

»Dein Aussehen wird dir nur Ärger bescheren«, hatte sie gesagt, und als Susanne nachfragte, was sie damit meinte, antwortete ihre Mutter, das werde sie schon bald genug verstehen. Die Männer würden ihr das Blaue vom Himmel versprechen, sie aber verlassen, sobald sie bekommen hatten, was sie wollten.

Mama wusste genau, wie es lief, und hatte aufgrund ihrer Erfahrungen Susanne eingebläut, sich nie auf jemanden einzulassen.

Glück in der Liebe hatte in ihrer Familie nur ihr kleiner Bruder Patrik, der allerdings den Weisheiten ihrer Mutter nicht in gleichem Ausmaß ausgesetzt gewesen war wie Susanne. Er hatte nicht nur eine wunderbare Frau, darüber hinaus hatten die beiden auch noch zwei wonnige Zwillingstöchter.

Dass sie nicht früher darauf gekommen war! Sie würde natürlich Patrik als Küchenchef einstellen. Als sie sich an Weihnachten gesehen hatten, hatten sie überhaupt nicht über das Hotel gesprochen. Ihr kleiner Bruder wusste nur, dass sie ihren Job gekündigt hatte und nach London gezogen war, wo sie ein Jahr lang in einem Hotel arbeiten würde.

Nach ihrem Mittagsschlaf auf dem Sofa fühlte Susanne sich ausgeruht und überlegte kurz, ihren Bruder sofort anzurufen, aber ein Blick auf die Uhr sagte ihr, dass es dafür zu spät war. Stattdessen holte sie die Konzepte der Werbeagenturen hervor. Als sie sie noch einmal durchsah, wurde ihr klar, dass der heutige Besuch den besten Eindruck bei ihr hinterlassen hatte.

Sie schickte Rebecka eine SMS und fragte, ob sie wach sei, und als ein »ja« mit Ausrufezeichen zurückkam, rief sie sie an. Doch Susanne konnte ihre Fragen und Zweifel zunächst gar nicht zur Sprache bringen, erst einmal erfuhr sie von Adams Liebhaberin.

»Findest du das nicht auch völlig unmöglich?«, fragte Rebecka empört.

»Ja, falls es denn stimmt. Aber das glaube ich eigentlich nicht. Er ist gut mit ihr und ihrem Mann befreundet, außerdem sind sie seine Auftraggeber. Da würde er doch wohl nichts mit ihr anfangen.«

»Er wollte aber was mit mir anfangen.«

»Aber du bist nicht mit einem guten Freund von ihm verheiratet.« Rebecka war eine der intelligentesten Frauen, die Susanne kannte, aber sobald es um Adam ging, war bei ihr Hopfen und Malz verloren. »Ich habe ihn kennengelernt und gesehen, wie verliebt er in dich ist. Er ist einfach nicht der Typ, der mit jeder x-beliebigen Frau etwas anfängt.«

Aber Rebecka ließ sich nicht überzeugen. Sie hatte entschieden, dass Adam ein Frauenheld war, und verurteilte ihn aus ihrer eigenen Angst heraus.

Sie wollte nicht mehr hören, wie Susanne ihn verteidigte, und wechselte das Thema. »Lass uns über etwas Interessanteres sprechen, dein Hotel zum Beispiel.«

Susanne erzählte ihr von den verschiedenen Vorschlägen der Werbeagenturen, und Rebecka fand genau wie sie, dass die letzte Agentur am besten verstanden hatte, was das Hotel ausmachte. Und sie hielt Susannes Idee für genial, Patrik zu fragen, ob er nicht nach England ziehen wolle. Anders als Susanne, die Entscheidungen schnell und ohne zu zögern traf, handelte Patrik nachdenklich und überlegt. Er würde sich nicht einfach in ein Flugzeug nach London setzen, ohne alles genau durchdacht zu haben.

»Genau das denke ich auch. Er wäre ein perfekter

Gegenpol zu mir. Wenn ich einfach lospflüge, kann er mich zurückhalten.« Sie lachte, denn sie war sich sehr wohl darüber im Klaren, dass es manchmal schiefging, wenn sie im Eifer des Gefechts nachzudenken vergaß.

Patrik musste sich hinsetzen, als Susanne ihm von *Sonjas London* erzählte, von Maggans Restaurant in Paris und Rebeckas Haus auf Mallorca.

»Donnerwetter! Ich hatte keine Ahnung, dass Sonja so viel Kohle hatte«, sagte er.

»Und wer, glaubst du, wusste das? Wir waren alle völlig überrascht«, sagte Susanne und erzählte von den Kursen, die sie besucht hatte, um die Hotelbranche wenigstens in den Grundzügen zu verstehen.

»Aber ich habe einen Mentor, Charles, ohne den ich keinen einzigen Tag überstanden hätte.«

»Wann eröffnest du das Hotel? Und wann dürfen wir dich besuchen kommen?«

»Genau deshalb rufe ich an.«

Sie wusste, wie nachdenklich ihr Bruder war, aber als er eine Minute später noch keinen Ton gesagt hatte, fragte sie sich, ob er aufgelegt habe.

»Hallo?«

»Ja, ich bin noch dran. Ich überlege, ob ich gleich nein sagen oder erst mit Magda sprechen soll.«

»Sprich mit Magda«, sagte Susanne schnell. »Ich brauche dich, Patrik«, fügte sie hinzu.

»Versuch es nicht damit. Ich rede mit Magda und rufe dich dann zurück.«

»Wann?«

»Wenn Magda und ich gesprochen haben.«

Als noch eine SMS von Anders kam, überlegte sie, sie gleich zu löschen, öffnete sie dann aber doch, um zu sehen, worauf sie *nicht* antworten würde. *Willst du mich wegen diesem dunkelhaarigen Fatzke nicht treffen?*, lautete der Text. Dunkelhaariger Fatzke? Susanne überlegte, wen er damit wohl meinen könnte. Als es ihr einfiel, verzichtete sie auf eine Antwort. Sollte Anders doch glauben, was er wollte.

52

Maggan erwachte nackt neben Paul, als das Telefon klingelte. Sie sah Annelis Nummer und beeilte sich, abzunehmen, während sie aufstand und nach ihrem Morgenmantel suchte.

»Ist etwas passiert, mein Schatz, dass du um diese Zeit anrufst?«

»Allerdings. Du bist noch einmal Großmutter geworden.« Anneli schluchzte und weinte, so dass sie kaum zu verstehen war. »Sie sind winzig klein und wunderschön, und ich muss die ganze Zeit heulen.«

»Aber ist alles gutgegangen? Wo ist Peter? Kann ich mal mit ihm sprechen?«, fragte sie. Ihr Schwiegersohn würde ihr sicherlich besser erklären können, wie alles gelaufen war.

»Hallo, Maggan, hier ist Peter.«

»Wie ist es gegangen? Geht es den Mädchen gut?«

»Ja, alles wunderbar. Zuerst kam Klara, die zweitausendzweihundert Gramm wiegt, und dann Isabell, sie wiegt hundert Gramm mehr. Anneli weint vor Glück. Glaube ich zumindest.«

»Wo ist Alex? Habt ihr es ihm schon erzählt?«

»Ich habe gerade mit ihm gesprochen. Meine Mutter ist bei ihm, sie ist Ende letzter Woche gekommen.«

»Dann ist ja alles gut. Ich möchte euch unbedingt auch besuchen, aber dann warte ich, bis deine Mutter wieder gefahren ist. Weißt du, wie lange sie bleiben will?«

»Nein, wir haben noch nichts entschieden. Anneli will dich noch mal sprechen. Bis bald, Maggan«, sagte er und gab den Hörer an Anneli weiter, die sich etwas beruhigt zu haben schien.

»Der Arzt sagt, das sind die Hormone, und ich sollte mich lieber daran gewöhnen, noch eine Weile ständig zu heulen«, sagte sie lachend, als sie hörte, wie jetzt Maggan ihrerseits losheulte.

»Ich habe solche Sehnsucht nach euch. Versprich mir, dass ich kommen darf, wenn Astrid wieder weg ist. Versprich mir das, Anneli.«

»Das verspreche ich dir, Mama. Peter sagt, er schickt dir gleich ein paar Bilder. Ich rufe dich morgen wieder an.«

»Was ist passiert?« Paul kam in die Küche, wie Gott ihn geschaffen hatte, und fand Maggan weinend am Küchentisch.

Sie reichte ihm ihr Handy.

»Ich habe gerade noch zwei Enkelkinder gekriegt«, sagte sie glückstrahlend und mit Tränen in den Augen.

Er schaute sich die Bilder an.

»So winzige Babys habe ich noch nie gesehen«, sagte er.

»Klara und Isabell«, sagte Maggan stolz und stand auf.

»Das müssen wir feiern. Champagner?«

Er lächelte. »Was denn sonst?«

Als Maggan sich umdrehte, um eine Flasche zu holen, legte er ihr von hinten die Arme um die Taille und bohrte seine Nase in ihren Nacken.

»Kann eine Großmutter Champagner im Bett trinken?«

Sie drehte sich um und sah ihn an.

»Nur wenn sie dazu ein Stück Käse essen darf.«

»Das darf sie«, sagte er und küsste sie auf die Nasenspitze. Mit ihrem strubbeligen Haar und den roten Wangen war sie einfach entzückend. Der Morgenmantel erlaubte einen Blick auf ihre vollen Brüste, die seine Lust weckten.

Als Maggan es bemerkte, kicherte sie. Enkelkinder, Champagner, Käse und Sex an ein und demselben Tag waren beinahe zu viel des Guten.

Den Rest der Nacht lagen sie wach. Beide waren voller Energie. Als sie schließlich aufstanden, war es schon elf Uhr vormittags.

Maggan war sicher gewesen, dass sie es bereuen würde, mit Paul ins Bett gegangen zu sein, aber das tat sie kein bisschen. Ihr schien es sogar eine der besten Ideen zu sein, die sie je gehabt hatte. Sie machte sich keine Illusionen, dass sie nun für alle Ewigkeiten zusammenbleiben würden, aber bis dahin wollte sie es genießen, so gut sie konnte. Die Chemie zwischen ihnen hatte schon vor fünfunddreißig Jahren gestimmt, und das hatte sich in all den Jahren, die sie sich nicht gesehen hatten, kein bisschen geändert.

»Wer ist die blonde Frau hier?«, fragte Paul, der sich die Fotos anschaute, die sie überall in der Wohnung aufgehängt hatte.

»Susanne. Erkennst du sie nicht?«

»Nein, sollte ich das?«

»Ach nein, stimmt, bei der Interrailtour war sie ja noch gar nicht dabei. Sie ist erst später unsere Freundin geworden.«

Sie ging zu ihm hinüber.

»Wir sind die ganze Zeit befreundet geblieben: Sonja, Rebecka, Susanne und ich.«

»Lebt Susanne in Schweden?«

»Nein, in London. Sonja hatte dort ein Hotel, um das sich jetzt Susanne kümmert.«

»Sonja hat euch also über ganz Europa verteilt«, sagte er lächelnd.

»Das kann man wohl sagen. Trotzdem haben wir mehr Kontakt miteinander. Wir brauchen einander mehr als je zuvor.«

»Gefällt es dir in Paris?«

»Ja, in meinem kleinen Viertel. Viel mehr habe ich noch gar nicht gesehen.«

»Das müssen wir ändern! Was hast du heute vor?«

»Nichts Besonderes.«

»Gut. Dann gehe ich jetzt nach Hause und hole mein Auto. Und dann machen wir eine Paris-Tour, in Ordnung?« Er strahlte wie ein Junge an Weihnachten, und Maggan ließ sich von seiner Begeisterung anstecken.

»Tausend Dank, gerade heute kann ich mir nichts Schöneres vorstellen.«

53

Als die Transporter die bestellten Möbel brachten, musste alles erst einmal im rechten Flügel abgestellt werden. Überall sonst wurde noch unter Hochdruck gearbeitet, auch wenn das Werk beinahe vollendet war. Alle Küchengeräte befanden sich an Ort und Stelle, und die Badezimmer waren fertig. Rebecka hatte den Handwerkern eins davon zur Verfügung gestellt. Die anderen hatte sie abgeschlossen. Sie wollte keine schmutzigen Fußspuren in ihrer Oase und auch nicht in den Badezimmern, die sie den Freundinnen zugedacht hatte.

Sie sehnte sich danach, endlich alle Möbel auszupacken und umzustellen, aber Sverker hatte ihr geraten, damit noch ein bisschen zu warten. Fußleisten, Armaturen und Einbauschränke fehlten noch, und das konnte sie nicht selbst erledigen.

Auf Empfehlung von Maria hatte sie eine Schneiderin beauftragt, die aus den Stoffen, die Rebecka ausgesucht hatte, Vorhänge nähte. Sie hatte Gardinen immer verabscheut, aber ihr neues Zuhause konnte sie sich nicht ohne wallenden Samt und extra angefertigte Gardinenstangen vorstellen. Im ganzen Haus sollte es kein einziges Kuhfell geben, keine einzige weiße Wand und keine weißen Schränke. Stattdessen hatte sie Teppiche in warmen Farben wie Senfgelb, Weinrot und Marineblau ausgesucht, und die Wände waren in unterschiedlichen Beigetönen tapeziert. Keine Fototapeten. Ein schöneres Motiv als die Glaswand im Wohnzimmer, die den Blick auf den Garten freigab, gab es nicht.

Nachdem sie entschieden hatte, wie sie das Haus nutzen wollte, beschloss sie, zwei weitere Pools bauen zu lassen, jeweils neben den Seitenflügeln. Natürlich durften alle den großen Pool nutzen, aber vielleicht wollten nicht alle zusammen baden, vor allem, wenn Mütter und Väter gleichzeitig hier zu Besuch sein sollten.

Oder es würde genau umgekehrt sein, und die alleinerziehenden Mütter und Väter wollten sich gerne kennenlernen. Da sie das aber nicht wissen konnte und der Garten groß genug war, kümmerte sie sich lieber um weitere Bademöglichkeiten. Alles hatte ohnehin so viel gekostet, dass es darauf nicht mehr ankam.

Um die Kosten ein bisschen zu senken, entschied sie, ihre Wohnung in Stockholm zu verkaufen. Darüber dachte sie schon seit einer Weile nach. Auf der Wohnung lag keine Hypothek, und die hundertdreißig Quadratmeter in Gärdet würden ihr sicherlich um die sieben Millionen Kronen einbringen. Und wenn sie ihre Heimatstadt besuchen wollte, konnte sie bestimmt bei Maggan oder Susanne unterkommen.

Sie überlegte, deshalb für einige Tage nach Schweden zu fahren, aber Herr Andréasson sagte, sie brauche sich um nichts zu kümmern und müsse erst zur Vertragsunterzeichnung nach Stockholm kommen. Rebecka nahm das Angebot dankend an, bestand jedoch darauf, sein Honorar aus eigener Tasche und nicht mit Sonjas Geld zu bezahlen. Herr Andréasson ließ sich darauf ein, und sie einigten sich, dass er sich bei ihr melden würde, sobald die ersten Angebote eintrafen.

Höchst zufrieden mit ihrer Entscheidung, fuhr Rebecka hinunter zum Hafen, wo sie mit Sofi zum Mittagessen verabredet war. Sie hatten sich seit dem Abend bei Maria nicht mehr gesehen, und Rebecka freute sich darauf, sie wiederzutreffen. Sie hatte eine angenehme Ausstrahlung, ohne dass Rebecka hätte sagen können, woran das lag.

Zwei Stunden später wusste sie es. Sofi war zufrieden.

»Es war nicht direkt einfach, so weit zu kommen«, sagte sie lächelnd.

»Wie meinst du das?« Rebecka saß zurückgelehnt und völlig entspannt mit einer Kaffeetasse vor sich da. Ihr Gespräch war von oberflächlichen Phrasen schnell in die Tiefe vorgedrungen. Ausnahmsweise konnte Rebecka unbefangen mit jemandem, den sie nicht einmal gut kannte, über Gefühle reden.

»Früher mochte ich mich überhaupt nicht, und erst nach einigen Jahren Analyse habe ich eingesehen, dass ich gar nicht so schlimm bin, wie ich dachte.«

Sie nahm einen Löffel Schokoladeneis und stöhnte vor Entzücken.

»Oh, wie lecker. Der Kaffee hier ist nicht gerade der beste, aber das Eis …« Sie wischte sich mit der Serviette den Mund ab. »Ich musste einfach netter zu mir selbst sein, mir ab und zu über die Wange streicheln, anstatt mir Ohrfeigen zu geben, falls du verstehst, was ich meine.«

Rebecka nickte.

»Und was hat dich an dir selbst gestört?«

»Fast alles. Mein Aussehen, aber auch tiefschürfendere Dinge, ich dachte zum Beispiel, ich bin als Unglückskind geboren.« Sie lachte auf. »Heute kann ich darüber lächeln, wie schlecht ich mich selbst behandelt habe. Als mein erster Mann mich verließ, war das nur eine Bestätigung dafür, dass ich einfach nicht zu ertragen war. Ich habe mir die Schuld dafür gegeben, statt zu sehen, dass seine Affären eine warme und vertrauensvolle Ehe unmöglich gemacht hatten.«

»Und wie war es, als du Sverker kennengelernt hast?«

»Da war ich schon geheilt, und deshalb konnte ich ihn in mein Leben lassen.«

Rebecka beugte sich vor.

»Glaubst du, jeder sollte eine Therapie machen?«

Sofi lachte.

»Nein, das glaube ich nicht. Aber wenn man in alten Denkmustern festgefahren ist, die einem das Leben schwermachen, ist es sicherlich eine gute Idee.«

War sie in alten Denkmustern festgefahren? Rebecka war nicht blöd, natürlich wusste sie, dass ihre Ehe sie in vielerlei Hinsicht beengt hatte, aber saß sie wirklich fest?

»Kannst du etwas für dich behalten?«, fragte sie,

und als Sofi nickte, erzählte Rebecka die kurzgefasste Version ihrer gescheiterten Ehe.

»Was glaubst du? Brauche ich Hilfe?«

»Das kann ich nicht sagen, du bist die Einzige, die das entscheiden kann. Aber wenn du willst, gebe ich dir die Nummer von meiner Freundin. Würdest du bei mir eine Therapie anfangen, könnten wir nicht mehr befreundet sein, und das wäre schade.«

Sie öffnete ihre Handtasche und holte eine Visitenkarte hervor, die sie Rebecka reichte.

»Nur die erste Sitzung fühlt sich komisch an, danach wirst du dich sicher darauf freuen.«

54

Patrik stellte noch mindestens dreihundert Fragen, bevor er sich bereit erklärte, Susannes Küchenchef zu werden.

»Hör auf zu heulen. Das mache ich nicht dir zuliebe, sondern weil es eine Herausforderung für mich ist.«

»Das ist mir egal«, schluchzte Susanne. »Du hast mir das Leben gerettet.« Letzteres war natürlich übertrieben, aber es fühlte sich so an.

Er hatte seit drei Jahren nicht mehr in einer Restaurantküche gearbeitet. Magda war die Abende allein zu Hause mit den Kindern leid gewesen, und auch er hatte genug gehabt. Aber als Küchenchef würde alles anders sein. Dann würde er sich seine Zeit selbst einteilen können, und wenn sie die richtigen Leute als Küchenpersonal einstellten, konnte er ihnen vieles überlassen. Er überlegte, Benny mit nach London zu nehmen. Benny war nicht nur ein ausgezeichneter Koch, sondern außerdem der zuverlässigste Mensch, den Patrik kannte. Susanne hatte keinerlei Einwände, sie schätzte den Freund ihres Bruders, den sie schon als kleinen Knirps gekannt hatte.

»Aber würde er denn nach London ziehen?«

»Ja, ich glaube schon. Er hat sich letztes Jahr von seiner Frau getrennt und beklagt sich seitdem, wie trist sein Leben doch sei.«

»Kannst du nicht mit Benny am Wochenende herkommen?«, schlug sie vor. »Ich bezahle euch die Tickets, und ihr könnt natürlich bei mir übernachten.«

»Nicht im Hotel?«

»Schon, aber dann müsstet ihr Bettwäsche, Handtücher und so weiter von hier mitnehmen. Das ist alles noch nicht da.«

»War nur ein Scherz. Wir übernachten natürlich gerne bei dir. Ich spreche mit Benny und melde mich.«

Wären sie nicht ohnehin am Abend verabredet gewesen, hätte Susanne sofort Charles angerufen, um ihm die guten Nachrichten mitzuteilen und ihn zu bitten, nach einer Wohnung für Patrik und seine Familie Ausschau zu halten. Laut Patrik war Magda Feuer und Flamme und hatte schon begonnen, nach einer Schule für die Mädchen zu suchen. Was diese von dem Umzug nach London hielten, hatte er nicht gesagt, aber als Zwillinge hatten sie ja wenigstens einander, wenn sie nicht sofort neue Freunde fanden. Aber um ihre Nichten machte sie sich da eigentlich keine Sorgen, so offen und unternehmungslustig wie sie waren. Und auch um Magda nicht. Falls sie Lust dazu hatte, würde sich auch für sie Arbeit im Hotel finden lassen.

Eigentlich hatte sie keine Lust auf die Veranstaltung, zu der Charles sie am Abend mitnehmen wollte, aber weil er sie darum gebeten hatte, hatte sie zugesagt. Sie hatte keine Ahnung von Kunst und interessierte sich überhaupt nicht dafür. Allerdings genoss sie Charles' Gesellschaft und freute sich auf einen schönen Abend mit ihm.

»Glaubst du, alle anderen hier wissen, was sie da sehen?«, flüsterte Susanne eine Stunde später Charles ins Ohr.

»Nein, garantiert nicht«, antwortete er. »Ich bin sicher, die meisten sind hier, weil die Künstlerin für ihre Affären mit Prominenten bekannt ist.«

Susanne machte große Augen. »Erzähl mir mehr«, flüsterte sie.

Er wies mit dem Kopf nach rechts.

»Da, zwischen all den Männern im Anzug, das ist sie. Auch wenn die meisten sich aus Angst vor einer Frau wie sie in die Hose machen, ist mehr als nur einer bereit, mit ihr abzustürzen.«

»Woher weißt du das?«

»Was von dem, was hier in der Stadt passiert, weiß ich denn nicht?«, sagte er lächelnd. »Jetzt ist Schluss mit dem Getratsche, und wir begrüßen stattdessen die Künstlerin.«

Susanne hakte sich bei ihm ein, und als sie auf die Traube von Männern zuging, spürte sie zunehmendes Unbehagen. Beinahe angekommen, zog sie an Charles' Arm.

»Lass uns umdrehen«, zischte sie, aber es war zu spät.

Michael hatte sie bereits gesehen.

»Atme tief ein, und alles wird gut«, flüsterte Charles.

»Wusstest du, dass er hier sein würde?«, zischte sie zurück.

»Nein, ich hatte keine Ahnung. Da kommt er.«

»Charles. Susanne«, sagte er und nickte ihnen zu.

»Michael, schön, dich zu sehen. Hast du etwas gekauft?«

»Ich bin hier, um Zombat zu ihrer Ausstellung zu gratulieren«, antwortete er und starrte Susanne an.

Zombat. Was war das bloß für ein Name?

»Lass dich von uns nicht stören«, sagte Susanne. »Du verlierst deinen Platz in der Schlange, wenn du dich nicht beeilst.«

»Kein Problem, wir sind später zum Essen verabredet, ich werde es also überleben.« Seine Augen blitzten, und die Energie zwischen ihnen war so stark, dass Charles sie sich selbst überließ.

»Entschuldigt mich«, sagte er und ging.

»Wie läuft es mit dem Hotel?«, fragte Michael und schaute sie immer noch genauso wütend an.

»Danke, gut. Und mit deinem?« Susanne starrte zurück. Sie würde nicht nachgeben.

»Gut. Wie geht es deinem Verlobten?« Michael spuckte das Wort regelrecht aus, und wären sie nicht von Menschen umgeben gewesen, hätte er sich vermutlich auf sie gestürzt.

»Mein Verlobter?« Sie verstand nicht, wovon er sprach.

»Spiel nicht die Doofe, das steht dir nicht.«

»Ich weiß nicht, wen du meinst.«

»Den blonden Schweden. Jetzt tu doch nicht so. Ich habe ihn getroffen, du brauchst gar nicht so zu gucken.«

»Wo hast du ihn getroffen?«

»Auf deiner Treppe.«

»Auf meiner Treppe?«

»Als ich aus New York zurückgekommen bin, bin ich direkt zu dir nach Hause gefahren. Der Mann, der mir die Tür aufgemacht hat, hat sich mir als dein Verlobter vorgestellt.«

»Du traust mir also wirklich zu, einen Verlobten in meinem Haus zu verstecken, während ich mich mit dir in deinem vergnüge?«

Sie atmete tief ein, um nicht laut loszuschreien.

»Steck dir deine üble Nachrede sonst wo hin. Hoffentlich wirst du glücklich mit Zombie«, sagte sie und machte auf dem Absatz kehrt.

Trotz ihrer langen Beine kam sie nicht weit. Plötzlich stand er vor ihr und versperrte ihr den Weg.

»Wer ist er?«

»Bist du etwa eifersüchtig?«, gab sie wütend zurück.

»Ja.«

Sie sah ihn erstaunt an.

»Ich weiß nicht, wer er ist, ich habe nämlich keinen Verlobten«, seufzte sie.

»Aber wer war der Mann in deinem Haus, der mir die Tür aufgemacht hat? Du glaubst doch wohl nicht, dass ich das erfunden habe und dich anlüge?«

»Du glaubst aber, dass ich dich anlüge«, sagte sie, und dieses Mal kam er ihr nicht hinterher, als sie ging, aber er wandte den Blick nicht von ihr ab, bis sie die Galerie verließ.

55

Maggan hatte Björn gesagt, dass sie sich nicht mehr treffen könnten, und er schien nicht allzu traurig darüber zu sein. Stattdessen wünschte er ihr alles Gute und bedankte sich für ihre Gesellschaft während der letzten Monate. Mit zwei Männern gleichzeitig eine Affäre zu haben war wirklich nicht ihr Ding, und augenblicklich war sie völlig mit Paul beschäftigt. Wenn sie nicht gerade zusammen im *Chez Sonja* saßen, waren sie bei ihr zu Hause oder machten Ausflüge, bei denen Paul ihr seine Stadt zeigte. Alles war völlig unkompliziert, aber als er vorschlug, mit ihr nach Schweden zu kommen, um ihre Familie kennenzulernen, wehrte sie ab.

»Nein, Paul. Ich fahre mit dir nach London, um Mikey zu treffen, und von da aus fliege ich weiter zu Anneli, während du zurück zum *Chez Sonja* fährst.«

Sie freute sich auf beides.

So ging es auch Susanne. Sie hatte über die Jahre

so viel von der legendären Interrailtour gehört, dass es ihr vorkam, als würde sie Paul schon kennen. Als Rebecka hörte, dass Paul und Maggan nach London fahren würden, beschloss sie, ebenfalls zu kommen.

Maggan würde zusammen mit Rebecka bei Susanne übernachten, da gab es nichts zu diskutieren, hatte sie zu Paul gesagt, der protestierte.

»Okay, aber die letzte Nacht schläfst du bei mir, abgemacht? Danach bist du in Schweden, und wir werden uns zwei Wochen nicht sehen.« Er hatte immer noch nicht richtig akzeptiert, dass er nicht mitfahren durfte.

»Okay, natürlich schlafe ich die letzte Nacht bei dir«, sagte Maggan und kroch in seinen Arm.

Maggan wusste nicht recht, wie sie Anneli von Paul erzählen sollte, aber sie würde es auf jeden Fall versuchen. Es würde nicht leicht werden, und sie würde lügen müssen, was ihr eigentlich nicht gefiel. Sie verschwieg ihrer Tochter nur wenig, und wenn, dann nur, um sie nicht zu verletzen. Das hatte sie sich zumindest all die Jahre über eingeredet. Den Gedanken, dass sie sich eigentlich nur selbst schützte, verdrängte sie schnell wieder.

Susanne hatte Blumen gekauft. Benjamin hatte sie damit beauftragt. Sie sollte so anspruchsvoll wie möglich auftreten, da er die Läden testen wollte, von denen er in Zukunft bestellen würde. Susanne hatte die wählerische und komplizierte Kundin gespielt.

Dieses Auftreten lag überhaupt nicht in ihrer Natur, und sie hatte sich sehr anstrengen müssen, sich über die schönen Sträuße zu beklagen. Jetzt war ihre Wohnung voller Blumen, und Susanne stellte zufrieden Vasen in alle Gästezimmer.

Jede zweite Minute ging sie zum Fenster, um zu sehen, ob die Freundinnen inzwischen gekommen waren, und einmal öffnete sie sogar die Tür, weil sie ein Taxi vorbeifahren sah.

Da verstand sie plötzlich.

Anders.

Als er bei ihr gewesen war, hatte es an der Tür geklingelt, und sie war beschäftigt gewesen und hatte nicht öffnen können. Er hatte gesagt, jemand habe sich in der Adresse geirrt, und sie hatte nicht weiter darüber nachgedacht. Sie war voll und ganz damit beschäftigt gewesen, ihn loszuwerden.

Anders. Dieser Widerling.

Aber Michael war auch nicht viel besser. Er war Anders auf den Leim gegangen und hatte sich dann Zombie in die Arme geworfen.

Susanne verhielt sich ihren Männerbekanntschaften gegenüber immer loyal, ganz gleich ob diese das auch taten. Nie unterhielt sie zwei Affären gleichzeitig, und sie ging davon aus, dass alle das verstanden.

Das galt anscheinend nicht für Michael. Er hatte sich nicht einmal die Mühe gemacht, die Wahrheit herauszufinden, sondern sie beinahe handgreiflich aus dem Hyatt geworfen, als sie von ihm eine Erklärung für sein merkwürdiges Verhalten verlangte.

Sie beschloss noch einmal, nicht mehr an ihn zu denken. Sollte er doch testosteronstrotzend durch die Gegend stolzieren – sie würde ihn von nun an ignorieren, sollten sie sich zufällig begegnen.

Zufrieden mit ihrer Entscheidung, sah sie ein Taxi vor der Tür anhalten und eilte hinaus, um Rebecka mit ihrem Gepäck zu helfen.

»Du ahnst ja nicht, wie froh ich bin, dich zu sehen!«, sagte sie und warf sich Rebecka um den Hals.

»Und ich erst! Ist Maggan schon da?«

»Nein. Aber ich vermute, sie wird bald aufkreuzen. Ich habe schon eine Flasche Wein aufgemacht. Es gibt tausend Dinge zu erzählen.«

Maggan freute sich darauf, Susanne Paul vorzustellen. Und Mikey.

Er war bestimmt ein Mann nach Susannes Geschmack, nur vielleicht ein bisschen zu reserviert. Maggan hatte ihn kaum wiedererkannt, als er sie vom Zug abholte. Der schlaksige Teenager von 1975 hatte sich in einen stilvoll gekleideten Mann mittleren Alters verwandelt.

Sie war sich ziemlich sicher, dass sein Aussehen bei Susanne gut ankommen würde. Aber darüber, was für ein Mensch er heute war, konnte sie sich keine Meinung bilden in der kurzen Zeit, bevor sie in ein Taxi sprang. Aber dafür würde beim Abendessen noch genug Zeit sein. Am wichtigsten war sowieso, dass Susanne Paul mochte.

Den ersten und einzigen Mann, den Maggan geliebt hatte.

56

Die drei Frauen betraten fröhlich das Restaurant, und als sie ihre Mäntel abgegeben hatten, wurden sie zur Bar geführt.

»Hoffentlich taucht dieser Paul bald auf, ich sterbe vor Neugierde«, sagte Susanne, die einen Drink abgelehnt hatte und stattdessen an einem Glas Wasser nippte.

»Er kommt bestimmt, keine Sorge. Er ist verrückt nach Maggan und verpasst keine Gelegenheit, bei ihr zu sein.«

Rebecka lächelte warm und legte den Arm um ihre Freundin.

»Genau wie vor fünfunddreißig Jahren. In Paris haben die beiden die ganze Zeit zusammengesteckt, stimmt's?«

»Ja, so war das wohl.«

»Wie seltsam, dass ihr euch dann nie mehr getroffen habt. Warum eigentlich nicht?«, fragte Susanne.

»Ich bin schwanger geworden. Und das war's«, sagte Maggan lächelnd und schaute auf die Uhr.

»Schaffe ich es noch auf die Toilette?«, fragte Susanne und glitt vom Barhocker.

Als Paul mit Mikey im Schlepptau hereinkam, erkannte Rebecka ihn zuerst nicht.

»Mikey, aus dir ist ja ein erwachsener Mann geworden«, sagte sie und musste sich auf die Zehenspitzen stellen, um ihn zu umarmen.

Er hob sie hoch.

»Aber du siehst noch genau aus wie damals«, sagte er lächelnd, als er sie wieder auf dem Boden abgesetzt hatte.

Sie umarmte Paul ebenso fest und flüsterte ihm ins Ohr, wie glücklich sie sei, dass er und Maggan einander wiedergefunden hatten. Er strahlte und musste gar nicht sagen, wie glücklich ihn das erst machte.

Als Susanne zurückkam, waren alle verschwunden. Vom Barkeeper erfuhr sie, dass sie sich schon ins Restaurant gesetzt hatten. Er zeigte auf einen Tisch, und sie sah Maggans winkende Hand.

Lächelnd ging sie auf sie zu und stellte sich Paul mit ausgestreckter Hand vor. Er stand auf und umarmte sie. »Du bist berühmt«, sagte er. »Ich habe dich auf jeder Menge Fotos gesehen.«

»Ich dich auch. Allerdings auf keinen aktuellen, aber ich muss sagen, du siehst immer noch so aus wie auf den alten Bildern.« Sie blinzelte Maggan zu. Dann drehte sie sich um, um Mikey zu begrüßen, und ihr Lächeln erstarb.

Sollte das ein Witz sein? Hatten sich ihre Freundinnen gegen sie verschworen? Was machte er hier? Und wo war Mikey?

»Susanne, das ist unser Freund Mikey«, stellte Rebecka ihn vor, und Susanne wurde klar, dass die anderen keine Ahnung hatten, dass es sich um denselben Mann handelte, den sie vor wenigen Stunden haarklein analysiert hatten.

Michael sah ebenfalls wenig begeistert aus und starrte Paul ärgerlich an, der nichts bemerkte, sondern mit Maggan schäkerte, als wäre nichts passiert.

Susanne fasste sich und streckte die Hand aus.

»Susanne«, sagte sie mit sanfter Stimme. »Wie schön, dass wir uns *endlich* kennenlernen.«

»Mikey«, sagte er kurz. Nur Rebecka bemerkte die angespannte Stimmung und wurde nervös. Was war denn auf einmal los?

»Setz dich hierher«, sagte sie und zeigte auf den Stuhl neben Michael. »Ihr habt euch sicher einiges zu erzählen, Mikey arbeitet auch in der Hotelbranche.«

»Nein wirklich«, sagte Susanne. »Wie interessant. Darüber musst du mir *alles* erzählen. Ich habe nämlich noch *so* viel zu lernen«, fuhr sie mit aufgesetzter Fröhlichkeit fort.

Rebecka schaute sie irritiert an und fragte sich, ob Susanne zu viel getrunken hatte. Sie beschloss, sich nicht stören zu lassen, und wandte sich stattdessen zu Paul und fragte nach dem *Chez Sonja*.

Michael starrte Susanne an, und sie starrte zurück.

»So klein ist die Welt«, flüsterte er.

»Unglaublich«, antwortete sie leise.

»Und du wusstest nichts davon?«

»Nein. Du?«

Er schüttelte den Kopf.

»Und wie läuft's mit Zombie?«

Er sah sie fragend an.

»Die Künstlerin.«

»Zombat. Warum fragst du?«

»Nur so.«

»Bist du etwa eifersüchtig?«

Genau das hatte sie ihn gefragt. Sie ärgerte sich, in diese Falle getappt zu sein. Also sagte sie lieber nichts.

»Du hast mal zu mir gesagt, dass du auf direkte

Fragen ehrlich antwortest. Also: Bist du eifersüchtig?«

Susanne wich seinem Blick aus.

»Darauf antworte ich nicht.« Sie schaute zum Kellner hoch, der ihr gerade Wein einschenken wollte.

»Vielen Dank, ich trinke lieber Wasser«, sagte sie lächelnd und wandte sich an Paul. »Kannst du als Experte nicht für mich bestellen?«, bat sie.

Sie war kein bisschen hungrig, wusste aber, dass sie wie Rebecka unleidlich wurde, wenn sie nicht regelmäßig aß, und nahm sich deshalb vor, alles aufzuessen, was auf ihrem Teller landete.

»Aber sehr gerne. Fleisch oder Fisch?«

»Fisch bitte«, antwortete Susanne und spürte in dem Moment Michaels Hand auf ihrem Schenkel.

»Was machst du?«, zischte sie und stieß seine Hand weg.

»Ich wollte nur deine Serviette retten, das musst du jetzt selbst erledigen, sie liegt auf dem Boden.«

Susanne knurrte, sagte aber nichts. Stattdessen bückte sie sich, um die Serviette aufzuheben.

Als sie sich wieder aufrichtete, starrte Rebecka sie an.

»Susanne, würdest du mir zeigen, wo die Damentoilette ist?«, sagte sie bedeutungsvoll.

Susanne wusste genau, was die Freundin von ihr wollte, aber das war ihr egal. Sie zeigte stattdessen in Richtung Toilette und blieb ruhig sitzen, als Rebecka aufstand.

»Und wie lange sollen wir diese Scharade hier spielen? Ich habe meinen Freundinnen alles über Michael erzählt, und falls dir das peinlich ist, kann ich gerne bei deiner Farce mitmachen.«

»Meine Farce? Meine Idee war das nicht, das kann ich dir sagen.« Er murmelte etwas Unverständliches.

»Was hast du gesagt?«

»Ich habe gesagt, wenn ich mir das ausgedacht hätte, dann nicht mit diesem Szenario.«

»Nicht?«

Sie wurden von Maggan unterbrochen.

»Worüber sprecht ihr?«, fragte sie.

»Ich habe Susanne gerade gefragt, ob sie mich nicht nach draußen begleitet, um frische Luft zu schnappen«, antwortete Michael.

»Und ich habe zugestimmt.«

Sie standen gleichzeitig auf.

»Aber das Essen kommt doch gleich«, sagte Paul erstaunt.

»Wir sind bald wieder zurück«, sagte Michael und packte Susanne fest am Ellbogen.

Es war kühl – nach draußen zu gehen war eine blöde Idee gewesen. Sie zitterte vor Kälte.

»Wer bist du eigentlich, Susanne? Ich werde einfach nicht schlau aus dir. Du kannst die warmherzigste Frau sein, die ich je getroffen habe, und in der nächsten Minute bist du das reinste Reptil.« Er zog sein Jackett aus und hängte es ihr über die Schultern.

»Am nettesten bin ich, wenn Menschen mir vertrauen, anstatt mich aus ihrem Hotel zu werfen«, antwortete sie. »Mir ist eingefallen, wen du vermutlich auf meiner Treppe getroffen hast, und besäßest du auch nur ein Fünkchen Verstand, hättest du mich einfach gefragt, wer das war. Stattdessen hast du einen Vollidioten beim Wort genommen, was einiges darüber sagt, wie du über mich denkst.«

Sie schaute ihn mit festem Blick an.

»Ich bin weder die warmherzigste noch die zickigste Frau der Welt. Dafür bin ich die zuverlässigste.« Sie zog das Jackett aus und gab es ihm zurück.

»Du hast mich verletzt«, sagte sie und ging zurück ins Restaurant.

57

»Das kann doch nicht wahr sein!« Maggan und Rebecka waren völlig schockiert, als sie erfuhren, dass Susanne ihren Jugendfreund nicht zum ersten Mal getroffen hatte.

»Anscheinend schon«, sagte Susanne.

Sie hatte ihre Konspirationstheorie fallengelassen. Wie hätten ihre Freundinnen wissen können, dass Michael und Mikey ein und dieselbe Person waren?

»Aber Paul ist ein richtiger Schatz«, sagte Susanne, die keine Lust mehr hatte, über Michael zu reden.

Am nächsten Morgen brachte Susanne ihren Gästen das Frühstück ans Bett. Das war die einzige Mahlzeit, die sie gut zubereiten konnte, und sie gab sich alle Mühe und servierte Rührei, Schinken, Knäckebrot, große Tassen mit dampfendem Kaffee und Marabou-

Schokolade, die ihr kleiner Bruder aus Schweden mitgebracht hatte.

Maggan, die keine Lust hatte, alleine in ihrem Zimmer zu frühstücken, kroch zu Rebecka ins Bett. Susanne saß mit untergeschlagenen Beinen im Sessel und betrachtete ihre Freundinnen, die in ihren Schlafanzügen aussahen wie zehnjährige Mädchen.

»Schlaft ihr immer in so vielen Kleidern?«, fragte sie.

»Du musst uns nicht erzählen, dass du nackt schläfst«, nuschelte Rebecka mit vollem Mund.

»Ich habe aus reiner Höflichkeit einen Pyjama an, aber dafür wäre ich letzte Nacht beinahe an einem Hitzschlag gestorben«, seufzte Maggan.

»Wie ist der Sex in den Wechseljahren?«, fragte Susanne ungeniert. Sie hatte unglaubliche Geschichten gehört, und wer konnte besser darüber Auskunft geben als Maggan, die von ihnen dreien vermutlich zuletzt Sex gehabt hatte.

»Danke, gut. Vergiss, was du gehört hast. Es gibt großartige Hilfsmittel. Einen tollen Mann zum Beispiel.« Sie lachte, als Rebecka sie knuffte.

»Kann man vielleicht wenigstens in Ruhe frühstücken, ohne über Sex zu reden?«, fragte sie.

»Nein«, antworteten Susanne und Maggan einstimmig.

Als Maggan einen Spaziergang zu *Sonjas London* vorschlug, waren die beiden anderen sofort dabei. Susanne erzählte von Patriks Besuch am vergangenen Wochenende. Jetzt war ihr Bruder zurück in Schweden und dachte darüber nach, wie die Küche am besten eingerichtet werden sollte. Und auch wenn der Speisesaal nicht groß war, so hatte er dort viele Möglichkeiten gesehen.

Maggan hatte ihre mittlerweile häufig benutzte Kamera dabei und bat Susanne um einen Hauptschlüssel, damit sie in alle Räume hineinkam. Als sie in die Lobby zurückkehrte, fand sie dort Rebecka und Susanne ins Gespräch mit Madeleine vertieft, die erzählte, dass Apollo das Hotel in sein Programm aufgenommen hatte. Ihr war daran gelegen, dass die Website so schnell wie möglich an den Start ging. Susanne konnte sie beruhigen. Als sie die Werbeleute beauftragt hatte, war die Arbeit an der Website deren erste Amtshandlung gewesen, und alles schritt in Windeseile voran. Für die nächste Woche war ein Meeting mit ihr und Madeleine vereinbart.

Maggan begrüßte Madeleine, und als diese fragte, warum Maggan die Kamera dabeihabe, setzte sie sich und erzählte.

»Ich werde ein Buch schreiben, frag lieber nicht, warum, aber das werde ich, und dieses Buch wird von Sonja handeln.« Sie wartete auf eine Reaktion, und als sie die verblüfften Mienen der Freundinnen sah, fuhr sie fort: »Ich habe mir gedacht, dass es voller Dinge sein soll, die Sonja geliebt hat: Essen, Trinken, Kunst und Menschen. Aber ich will auch von ihrem Leben erzählen, von Anfang bis Ende. Da gibt es einige faszinierende Geschichten auszugraben. Von vielem haben wir ja erst vor relativ kurzer Zeit erfahren – von Sonjas Paris, Sonjas London und Sonjas Mallorca.«

Sie hörte auf zu reden und sah ihre Freundinnen an. Falls Susanne nicht buchstäblich in die Hände klatschte, würde sie ihre Idee aufgeben.

Susanne klatschte nicht nur in die Hände. Sie sprang auf und küsste Maggan mitten auf den Mund.

»Verdammt, was für eine wunderbare Idee. Rebecka, was sagst du dazu?«

Rebecka standen die Tränen in den Augen, und sie würde Maggan bestimmt nicht küssen, wenn sie auch große Lust dazu hatte. »Ich kann mir keine schönere Ehrung von Sonja vorstellen. Das ist ein umfangreiches Projekt, wie können wir dir damit helfen?«, fragte sie.

»Erst mal noch gar nicht so viel, aber natürlich möchte ich gerne, dass ein professioneller Fotograf eure Unternehmen ablichtet, sobald ihr sie gestartet habt. Mit dem Schreiben komme ich bisher gut voran, und all die Bilder und Briefe aus Sonjas Wohnung werden mir eine große Hilfe sein.«

Madeleine, die keine Ahnung hatte, wer diese Sonja war, spitzte die Ohren.

»Ich weiß zwar nicht genau, über wen ihr redet, aber wenn das Hotel in einem Buch vorkommt, könnten wir es für unsere Werbung benutzen«, sagte sie.

»Erst einmal brauche ich einen Verlag, der an meine Idee glaubt, und ich kann mir kaum vorstellen, dass ich das Material noch dieses Jahr zusammenbekomme. Wenn ich es 2011 einem Verlag präsentiere, kann das Buch frühestens 2012 erscheinen, und da braucht das Hotel solche Werbung hoffentlich nicht mehr.«

»Ach, dauert das wirklich so lange?«, fragte Madeleine enttäuscht und ließ die drei Freundinnen alleine weiterdiskutieren.

»Ich kann nicht so tun, als hätte ich nicht mit dir gesprochen«, sagte Maggan, als sie sich vor Susannes Haus verabschiedeten.

»Das verstehe ich voll und ganz«, sagte Susanne. »Ich verlasse mich darauf, dass du so wenig wie möglich erzählst.«

»Grüß Anneli«, sagte Rebecka und drückte dem Taxifahrer Maggans Tasche in die Hand. »Und Mikey und Paul«, fügte sie hinzu.

»Das mache ich«, antwortete Maggan und umarmte ihre Freundinnen.

»Ja, grüß Paul und Anneli auch von mir«, stimmte Susanne mit ein und lächelte schief. Sie hatte keine Lust, Maggan noch einen dritten Gruß mit auf den Weg zu geben.

58

Als sie Paul vor Michaels Haus warten sah, wurde Maggan ganz warm ums Herz. Sie hoffte, dass er ihr irgendwann ihr Verhalten von damals verzeihen und vielleicht sogar verstehen würde, warum sie so gehandelt hatte, aber sie war nicht sicher, dass er das konnte. Sie musste mit ihm sprechen, sobald sie zurück in Paris war, aber jetzt wollte sie den letzten Abend mit ihm genießen.

»Ich habe dich vermisst«, sagte er, als sie nah beieinander vor Michaels Tür standen.

»Ich dich auch.«

Als er sie küsste, fühlte sie diese Lust in sich aufsteigen, die nur er in ihr weckte, und als er flüsterte, dass Michael nicht zu Hause sei, war klar, was sie in den nächsten Stunden tun würden.

In Pauls Anwesenheit war sie kein bisschen schüchtern, sondern zog sich sogar stolz vor ihm aus. Ihre großen Brüste hingen, und auch ihr Hintern befand sich nicht mehr da, wo er sein sollte. Ihr Bauch sah aus wie drei Bäuche, und die vielen Narben an den Beinen ließen sich nicht verbergen. Trotzdem hatte sie sich nie schöner gefühlt als jetzt. Als sie seinen Gürtel öffnete, musste sie einfach über die harte Beule in seiner Hose streicheln.

»Beeil dich«, trieb sie ihn an, und noch bevor er seine Strümpfe losgeworden war, hatte sie ihn schon auf sich gezogen, so dass er auf ihren vernarbten Beinen zu liegen kam.

»Hallo, seid ihr da?«, rief Michael und öffnete die Tür.

»Oh, Entschuldigung«, sagte er und schloss die Augen, als er sah, womit die beiden beschäftigt waren. Rückwärts verließ er das Zimmer und schloss vorsichtig die Tür hinter sich.

Sie hörten ihn die Treppe hinunterlaufen und stiegen lachend aus dem Bett.

»Kannst du dich bei unserem Gastgeber entschuldigen, während ich dusche?«, fragte Maggan. »Und wenn du wieder hochkommst, bringst du dann meine Tasche mit?« Sie legte ihren Kopf schief.

Paul saß auf der Bettkante und schaute sie verliebt

an. Alles war so vertraut und trotzdem so neu. Seine Verliebtheit war definitiv nichts Neues. Viele Jahre lang hatte sie ihm mehr Schmerzen als Freude bereitet. Seine Treffen mit Sonja waren zwar phantastisch gewesen, hatten ihn aber auch immer an seinen Verlust erinnert. Es war zu traurig, dass Sonja nicht mehr lebte und sie zusammen sehen konnte.

»Glaubst du, Sonja hat uns absichtlich wieder zusammengebracht?«, fragte er.

»Ja, davon bin ich überzeugt.«

»Und Mikey und Susanne?«

»Das ist ein bisschen kniffliger. Sie konnte ja nicht wissen, dass Susanne bei Michael ihr Praktikum machen würde.«

»Nicht? Es würde mich nicht wundern, wenn Sonja auch da ihre Finger im Spiel gehabt hätte. Das werden wir wohl nie erfahren, aber mir würde es nichts ausmachen. So ist sie immer noch bei uns, auch wenn sie fort ist.«

»Das stimmt.« Sie schaute ihn an. »Was ist jetzt mit meiner Tasche?«

Er stand auf und holte einen Bademantel mit der Aufschrift »Hyatt« aus dem Schrank.

»Bestimmt gestohlen, aber der reicht fürs Erste«, sagte er und küsste sie auf die Wange.

Michael lachte, als Paul die Küche betrat.

»Sollten alte Leute sich wirklich mitten am Tag so vergnügen?«

»Nein, alte Leute nicht. Das wäre ja furchtbar. Direkt ekelhaft. Was isst du da?«

Michael hielt ihm ein Schälchen grüne Oliven hin.

»Ich wollte mir gerade einen Drink machen, willst du auch?«

»Sehr gerne, ich bringe Maggan nur schnell ihre Tasche. Für mich nicht zu stark bitte«, sagte er, schon in der Tür.

Michael beneidete seinen Freund, gönnte ihm aber sein Glück. Im Laufe der Jahre hatten sie Hunderte von Malen über Maggan gesprochen, und Michael hatte Paul nicht helfen können, über sie hinwegzukommen. Paul wollte Maggan oder keine, selbst als er für kurze Zeit verheiratet gewesen war.

Auch Michael hatte sich an einer Ehe versucht, die nicht lange gehalten hatte. Anders als Paul hatte er seine Frau wirklich geliebt, was aber leider nicht auf Gegenseitigkeit beruhte. Und als er dann entdeckte, dass sie keinesfalls abends trainieren ging, zumindest nicht joggen, hatte er sie verlassen. Seitdem hatte er viele Beziehungen gehabt, aber keine davon hatte in einer zweiten Hochzeit gemündet. Stattdessen hatte er sich ganz seiner Arbeit verschrieben. Und die gab ihm alles, was er brauchte, bis auf körperliche Nähe.

Er öffnete eine Flasche Tonicwater und füllte damit die Gläser auf, als Paul zurückkam. Michael reichte ihm ein Glas und hob seins.

»Auf Nachmittagssex«, sagte er.

»Solange man noch kann«, fügte Paul hinzu.

Sein Arzt hatte ihm ein Potenzmittel verschrieben, als er bemerkte, dass sein Körper nicht mehr funktionierte wie früher. Mit vierundfünfzig konnte er froh sein, dass das bisher sein einziges Zipperlein war. Ansonsten war er zwar nicht in Höchstform, aber doch ziemlich gut in Schuss. Die Tabletten hatte er noch nicht ausprobiert. Es war, als verfügte sein Unterleib plötzlich über latente Erinnerungen an die siebziger Jahre, Erinnerungen, die geweckt worden waren, als er Maggan wiedertraf.

»Weshalb lächelst du so?«, fragte Michael.

»Über alles und nichts.«

Sie hörten Maggan die Treppe herunterkommen, und Michael ging ihr entgegen.

»Wir wollten uns bei dir zu Hause wirklich nicht unanständig verhalten«, sagte sie lächelnd, als sie sich umarmten.

»Ihr beiden habt mir schon 1975 die Schamröte ins Gesicht getrieben, ich werde es also überleben«, sagte Michael und lachte.

»Wie alt warst du damals?«

»Siebzehn.«

»Kein Wunder also, dass du mir heute viel erwachsener vorkommst«, sagte Maggan und kniff ihn in die Wange.

»Hallo, wollt ihr den Abend im Flur verbringen?«, rief Paul.

»Nein«, antwortete Michael. »Ich will euch zum Essen einladen.«

Drei Gin Tonic später herrschte Höchststimmung in der Küche. Paul war zum Gemüseschnippeln verdonnert worden, Michael stand am Herd, und Maggan durfte keinen Finger krumm machen. Also saß sie auf einem der Barhocker und betrachtete die Freunde.

Es war offensichtlich, dass die beiden sich schon lange kannten, und beim Kochen erzählten sie, wie sie sich während der Schulzeit kennengelernt hatten, da ihre Eltern befreundet waren. Als Paul fünfzehn war, zog seine Familie nach Paris, weil seine Mutter Heimweh hatte. Aber die beiden Familien waren in Kontakt geblieben. Paul war zwar ein paar Jahre älter als Michael, aber das hatte nie eine Rolle gespielt.

»Ich war eben schon immer sehr reif«, sagte Michael grinsend.

»Außer bei Susanne«, entfuhr es Maggan, was sie am liebsten sofort zurückgenommen hätte. Sie würde keinen einzigen Tropfen Alkohol mehr trinken.

Michael legte den Pfannenwender zur Seite und drehte sich um.

»Ach ja?«

»Vergiss es. Brat einfach deine Steaks weiter, ich glaube, sie müssen jetzt umgedreht werden.« Sie zeigte auf die Pfanne, was Michael komplett ignorierte.

»Heraus mit der Sprache, Maggan. Was hat Susanne gesagt?«

Paul stöhnte. Er wusste, dass Michael nicht lockerlassen würde. Da konnte Maggan auch gleich die Karten auf den Tisch legen.

»Paul, kümmer dich um die Steaks. Ich werde mich jetzt mit der Frau deines Lebens unterhalten.«

Er wischte sich die Hände an einem Handtuch ab und setzte sich auf den Hocker ihr gegenüber.

»Heraus mit der Sprache.«

Sie verdrehte seufzend die Augen.

»Du kannst deine Augen verdrehen, so viel du willst, von mir aus auch deine Ohren. Los jetzt, rede.« Er starrte sie an.

Es führte kein Weg daran vorbei.

»Ja, ich finde dein Verhalten gegenüber Susanne

ziemlich unreif. Sie hat mehrere Wochen für dich gearbeitet und gezeigt, was für eine Frau sie ist. Es wäre erwachsener gewesen, mit ihr zu sprechen, statt sie einfach als leichtes Mädchen abzustempeln.«

»Das hab ich ja wohl nicht gemacht.«

»Nicht?« Maggan sah ihn erstaunt an.

»Nein.«

»Dann muss ich um Entschuldigung bitten. Ich habe es so verstanden«, sagte Maggan, die Susanne deren Version der Geschichte abgenommen hatte.

Michael legte ihr seine Sicht der Dinge dar. Er erzählte, wie sehr ihn Susannes offene und ehrliche Art fasziniert hatte. Wie schnell sie sich an die Arbeit im Hotel gewöhnt und wie gut sie sich mit dem Personal verstanden hatte. Wie er immer öfter an die schöne blonde Schwedin gedacht hatte. Nach ihrer gemeinsamen Nacht war er völlig hin und weg gewesen, und kam früher aus New York zurück, um sie zu überraschen, hörte aber dann, dass sie mit einem anderen Mann verlobt sei. Er war verzweifelt gewesen.

»Das kann ich bestätigen«, sagte Paul, der den Freund jeden Tag in der Leitung gehabt hatte.

»Dass du sie aus dem Hyatt geworfen hast, hatte also nichts mit ihrer angeblichen Leichtfertigkeit zu tun?«

»Überhaupt nicht. Ich war außer mir vor Eifersucht und wollte sie nie wiedersehen.« Seine Stimme klang gedämpft, ganz offensichtlich quälte ihn die Geschichte.

»Sie hat keinen anderen«, sagte Maggan.

»Das weiß ich, aber jetzt will sie mich nicht mehr sehen«, lächelte er düster.

59

Sofi hatte recht behalten. Nur der erste Besuch bei der Psychotherapeutin war schwierig gewesen. Als sie nun zum vierten Mal Karins Praxis verließ, war ihr ganz leicht ums Herz. Über sich selbst zu sprechen war überhaupt nicht so schlimm, wie sie gedacht hatte, im Gegenteil, es war sehr angenehm. Karin hatte nicht über Robert sprechen wollen, sondern über Rebeckas Gefühle ihm gegenüber, über ihre Ehe und wie verraten sie sich gefühlt hatte, als er sie verließ, und wie das ihr Leben danach beeinflusst hatte. Sie hatten sogar ihre Kindheit gestreift. Rebecka verstand zwar nicht, wie das mit den Entscheidungen zusammenhing, die sie als Erwachsene getroffen hatte, aber Karin hatte lächelnd gesagt, darauf würden sie vielleicht beim nächsten Mal zu sprechen kommen.

Die Märzsonne wärmte bereits, und Rebecka zog ihre Strickjacke aus, bevor sie sich ins Auto setzte, um zum Flughafen zu fahren. Laut Wetterbericht lag in Stockholm noch Schnee, und sie hatte eine dicke Jacke im Handgepäck dabei. Drei Tage in ihrer alten Heimat würde sie schon überleben.

Ihre Wohnung war schnell verkauft gewesen, und auch wenn der neue Eigentümer erst in einem Monat einziehen würde, wollte sie die Wohnung jetzt schon leer räumen. Was sie nicht wegwarf, konnte sie in Sonjas Wohnung bringen, die ohnehin leer stand. Außerdem wollte sie einige von Sonjas Bildern für ihr Haus auf Mallorca mitnehmen. Susanne hatte sie gebeten, Bilder für ihr Hotel auszusuchen, und diesen Auftrag hatte sie gerne angenommen.

In acht Wochen würde sie in ihr Haus ziehen, und wenn sie daran dachte, bekam sie vor Freude Herzklopfen. Es war zwar noch einiges zu tun, aber die wichtigsten Arbeiten waren abgeschlossen.

In der letzten Juniwoche wollte sie ihren Einzug feiern, und als sie gezählt hatte, wen sie einladen wollte, war sie auf über fünfzig Gäste gekommen. Außer ihren Freunden würde sie auch alle einladen, die auf die eine oder andere Weise an dem Haus beteiligt gewesen waren. Sie hatten alle großartige Arbeit abgeliefert. Dazu würde sie Herrn Andréasson und seine Kollegen einladen, die ihr die ganze Zeit über eine unverzichtbare Stütze gewesen waren. Natürlich hatte ihnen eine spanische Kanzlei dabei geholfen, aber Rebecka hatte sich nie an jemand anderen als die Stockholmer Kanzlei wenden müssen.

Sie musste nicht über Barcelona fliegen, jetzt im Frühling gab es wieder direkte Verbindungen. Als sie eincheckte und auf die Uhr sah, stellte sie fest, dass sie in nur vier Stunden in Stockholm sein würde.

Sie setzte sich auf eine Bank in der Nähe des Gates und blätterte in der letzten Ausgabe von *House & Garden*.

»Rebecka, fliegst du auch nach Hause?«

Erstaunt sah sie auf und erblickte Sylvia.

»Wie schön«, sagte die Treulose und ließ sich neben Rebecka nieder, »da können wir einander Gesellschaft leisten.«

Rebecka wusste nicht, was sie sagen sollte. Besonders angenehm war ihr diese Gesellschaft nicht. Sie fragte sich, ob Sylvia nach Stockholm flog, um Adam zu treffen, sagte aber nichts. Stattdessen lächelte sie so freundlich, wie sie konnte.

»Also fliegst du nach Hause?«, fragte sie überflüssigerweise.

»Ja. Ich war in letzter Zeit öfter dort. Kannst du ein Geheimnis für dich behalten? Ich bin schwanger«, sagte Sylvia und strahlte.

»Ach, wie wunderbar. Herzlichen Glückwunsch!«, sagte Rebecka ohne Begeisterung. Ihr wurde schlecht.

»Es ist wirklich fast ein Wunder«, erklärte Sylvia mit einem Lächeln. »Vor Toms Unfall dachten wir, Kinder zu kriegen sei das reinste Kinderspiel, aber natürlich war das für uns nicht so leicht. Aber beim dritten Versuch hat es endlich geklappt mit der künstlichen Befruchtung. Seit zwei Wochen wissen wir, dass wir wirklich Eltern werden.«

Rebecka sah sie erstaunt an. Künstliche Befruchtung?

»In unserer Situation ist es natürlich noch ein größeres Glück, wie du sicher verstehst. Ich habe es Adam noch nicht erzählt, ich möchte ihn persönlich damit überraschen, wenn ich nach Hause komme. Er wird sich bestimmt über ein weiteres Familienmitglied freuen.«

Rebecka verstand nicht, was sie meinte – wieso Familienmitglied?

»Ach, wusstest du gar nicht, dass Adam und ich verwandt sind? Allerdings ziemlich entfernt, er ist mein Cousin dritten Grades, aber Familie ist Familie, oder etwa nicht?«, sagte sie lächelnd.

Adams vermeintliche Frau war in Wirklichkeit eine entfernte Verwandte. Rebecka war das furchtbar peinlich. Natürlich war Adam selbst schuld, dass er ihr nichts davon erzählt hatte, aber die arme schwangere Sylvia war nun wirklich völlig unschuldig zur Zielscheibe von Rebeckas Verachtung geworden. Die Schamröte stieg ihr ins Gesicht.

»Das freut mich wirklich für Tom und dich«, sagte sie verlegen lächelnd und legte ihre Hand auf die der jüngeren Frau.

Rebecka wusste nicht, weshalb sie jedes Mal erwartete, dass Stockholm ganz anders sein würde, wenn sie zurückkehrte. Vielleicht weil sie selbst sich so verändert hatte? Alles war genau wie immer. Die dunklen Nachmittagsstunden, Schneematsch, Menschen, die von der Arbeit nach Hause eilten.

Als sie aus dem Taxi stieg, sah sie zu ihrer Wohnung hinauf. Sie hatte ihr ganzes Leben in Gärdet verbracht, siebzehn Jahre davon in dieser Wohnung. Aber als sie sie betrat, fühlte sie sich wie zu Besuch bei jemandem. Warum waren alle Wände so weiß? Sie erschauderte. Trotz all der sorgfältig ausgewählten Möbel wirkte die Wohnung kalt. Sie machte die Lampen an, um wenigstens nicht im Dunkeln zu sitzen. Den Abend würde sie mit schwedischem Fernsehen verbringen, das Einzige, was sie in ihrem neuen Leben vermisste. Schon am nächsten Morgen würde die Umzugsfirma mit dem Packen beginnen. Sie würde früh aufstehen und die wenigen Sachen einpacken, die sie mit nach Mallorca nehmen wollte, und markieren, was weggeworfen werden sollte. Ihr Hochzeitsfoto, das noch immer an der Schlafzimmerwand hing, als Allererstes.

Es machte Rebecka traurig, die Tür zu Sonjas Wohnung zu öffnen. Viele der Dinge, die zu ihrer Freundin gehört hatten, waren verschwunden. Die Papierstapel, die kitschigen Lampen, die Flickenteppiche und das durchgesessene Sofa, auf dem sie im Laufe der Jahre so viel Zeit verbracht hatten.

Am meisten vermisste sie aber Sonja und ihr lautes, heiseres Lachen, das sie immer in der Tür begrüßt hatte.

Sie wischte sich mit dem Handrücken die Tränen weg und betrat das Atelier. An den Wänden standen sicher fünfzig Bilder. Rebecka hatte sie sich beim letzten Mal nicht so genau angesehen, sondern nur drei für ihre Wohnung in Gärdet mitgenommen, aber als sie sie jetzt betrachtete, fand sie alle gleich schön.

Sie trat ein paar Meter zurück, um sie mit ein wenig Abstand zu begutachten, und stieß dabei an die Kommode, das einzige Möbelstück, das sich noch im Raum befand. Darauf lagen noch immer die Briefe, von denen sie und die beiden anderen nicht gewusst hatten, ob sie sie lesen durften. Sie nahm den ersten in die Hand und schaute auf das Datum des Poststempels. 1985. In London abgeschickt. Sie lächelte. Heutzutage schrieb kaum noch jemand Briefe. Schade eigentlich, dachte sie, als sie den Umschlag öffnete.

Der Brief war kurz. Jemand bedankte sich für ein schönes Wochenende und freute sich auf ein baldiges Wiedersehen. Unterschrieben war der Brief mit Michael, Paul und *Adam*.

60

Maggan brachte es einfach nicht über sich, Anneli von Paul zu erzählen. Sie schob die Schuld auf ihre niedlichen Enkeltöchter, die ständig an Annelis Brust klebten.

Außerdem war Anneli auf angenehme Weise mit sich selbst beschäftigt. Alles drehte sich ums Stillen und um schlaflose Nächte. Die Flasche wollte sie ihnen nicht geben, da lief Anneli lieber den ganzen Tag wie im Halbschlaf herum.

Alex fand seine kleinen Schwestern zwar süß, aber unglaublich langweilig, genauso wie seine Mutter. Er war immerhin schon groß, konnte seinen Namen schreiben, wenn auch von hinten nach vorn und spiegelverkehrt, und war außerdem verliebt. Sein einziges Problem mit seiner großen Liebe war, dass Joakim ihn nicht küssen wollte.

»Das ist doch dumm, Oma, man kann doch wohl Mädchen und Jungen küssen, oder?«, fragte er missmutig.

»Ja, auf jeden Fall«, antwortete Maggan. »Aber man sollte nie jemanden küssen, der nicht geküsst werden will.«

Maggan brachte Alex jeden Tag in den Kindergarten und holte ihn wieder ab, und in der Zwischenzeit backte, wusch und putzte sie.

»Du bist eine himmlische Haushaltshilfe«, sagte Anneli. »Und schön noch dazu. Paris steht dir, Mama.« Sie schaute sie prüfend an. »Wüsste ich es nicht besser, würde ich denken, du bist verliebt.«

Maggan antwortete nicht. Sie wusste, dass Isabell bald anfangen würde zu schreien und damit das Gespräch beendet wäre.

Als Rebecka sie von Sonjas Wohnung aus anrief, ging sie in ihr Zimmer, um mit ihr zu sprechen. Sie war genauso überrascht wie Rebecka, dass Adams Name in einem Brief aus den achtziger Jahren auftauchte.

»Es muss ja nicht unbedingt der gleiche Adam sein, aber überraschen würde es mich nicht, so viele Geheimnisse, wie Sonja anscheinend hatte«, sagte Rebecka und erzählte von Adams Cousine, die sie für seine Frau gehalten hatte.

»Ich kann Paul nach Adam fragen, wenn ich wieder in Paris bin.«

»O ja, mach das bitte. Er hat nie gesagt, dass er Sonja kannte, und wir haben uns ja nicht nur einmal unterhalten. So etwas ist doch nicht ehrlich?«, sagte Rebecka, die nach einer Bestätigung für Adams Mängel suchte.

»Ja, das klingt merkwürdig«, antwortete Maggan, genau als Anneli nach ihr rief.

»Ich melde mich später bei dir«, sagte sie und ging zu ihrer Tochter, die mit zwei schlafenden Babys auf dem Arm auf dem Sofa saß.

»Kannst du Klara nehmen?«, flüsterte sie.

Maggan wusste nicht, wie Anneli zurechtkommen sollte, wenn sie nicht mehr hier war, aber Anneli meinte, das wäre gar kein Problem, da ihre Schwägerin kommen würde, wenn Maggan abreiste.

»Wird dir das nicht zu viel, die ganze Zeit Besuch zu haben?« Maggan schaute ihre Tochter besorgt an.

»Machst du Witze? Bisher haben sich alle Gäste vorbildlich benommen. Ihr habt alle ein bisschen Mitleid mit mir und lest mir den kleinsten Wunsch von den Augen ab. Mir könnte es gar nicht besser gehen«, sagte Anneli und gähnte. »Macht es dir was aus, wenn ich zusammen mit meinen Töchtern ein Nickerchen mache? Mit ein bisschen Glück kriege ich eine Viertelstunde Schlaf.«

Während Anneli sich ausruhte, wollte Maggan das Kreuzworträtsel in der Östersundsposten lösen und ging auf der Suche nach einem Stift ins Arbeitszimmer. Als sie auf dem Schreibtisch keinen fand, öffnete sie die oberste Schublade. Auch dort waren keine Stifte, aber dafür erblickte sie einen Brief der Anwaltskanzlei Andréasson.

Seltsam. Weshalb schickten die Briefe an Anneli? Maggan juckte es in den Fingern, ihre Gedanken rasten. Keine Frage, auch wenn sie es noch so sehr wollte, durfte sie keinen Brief lesen, der nicht an sie adressiert war. Schnell schloss sie die Schublade, wie um sich davor zu schützen, ein Verbrechen zu begehen. Aber das Datum auf dem Poststempel hatte sie gesehen. Der Brief war am selben Tag abgeschickt worden, an dem Susanne, Rebecka und sie selbst nach Sonjas Tod ihren ersten Besuch in der Anwaltskanzlei angetreten hatten.

Wie merkwürdig, dass Anneli den Brief nicht erwähnt hatte. Ihr Blick fiel auf die Schreibtischschublade.

Nein, sie musste sich zufriedengeben. Welches Recht hatte sie, der Tochter Heimlichtuerei vorzuwerfen? Sie schüttelte sich, um das unbehagliche Gefühl loszuwerden. Bevor sie mit Anneli sprach, musste sie erst noch jemand anderem endlich die Wahrheit erzählen. Darauf freute sie sich genauso wenig wie auf das Gespräch mit der Tochter. Ein wenig Zauberei käme ihr gerade sehr gelegen.

Alexander weinte genauso wie seine Oma.

»Rufst du mich an, Oma?«

»Mein Liebling, du weißt doch, dass ich das mache.« Sie umarmte ihn fest. »Wann soll ich dich anrufen?«

»Morgen.«

»Ich verspreche dir hoch und heilig, dass ich das machen werde.«

Seine Haare dufteten nach Shampoo und Kinderschweiß. Sie ringelten sich in seinem Nacken, genauso wie bei Anneli, als sie klein gewesen war.

»Vor der Sesamstraße?«, sagte er, den Kopf an ihre Schulter gelegt.

»Wenn dir das am besten passt?«

»Ja, das passt am besten.« Er machte sich los und schaute sie mit seinen großen braunen Augen an. Plötzlich zog ein Lächeln über sein Gesicht.

»Wir kommen zu dir nach Spanien und fliegen mit dem Flugzeug hin. So.« Er streckte die Arme nach beiden Seiten aus und rannte durch die Abflughalle.

Ebenfalls mit ausgebreiteten Armen wurde sie von Paul empfangen. Er behauptete, nun seien die längsten Wochen seines Lebens vorbei, und bevor sie ihn davon abhalten konnte, hatte er sie an sich gezogen und sie vor allen anderen Leuten auf dem Flughafen geküsst. Maggan wurde rot. Nicht weil es ihr peinlich war, sondern weil sie sich nicht erinnern konnte, jemals solche Glücksgefühle bei jemandem ausgelöst zu haben. Das übertraf sogar Alexanders Freudensprünge.

»Das nächste Mal komme ich mit«, sagte er bestimmt, als sie zum Auto gingen.

»Zuerst müssen wir reden«, sagte Maggan.

»Das hört sich unheilvoll an«, antwortete er scherzhaft.

»Ja«, murmelte Maggan. »Möglicherweise schon.«

61

Durch den Telefonhörer hörte sie Jens schreien.

»Charles hatte einen Herzinfarkt, sie haben ihn gerade im Krankenwagen weggebracht. Susanne, was soll ich bloß machen? Du musst mir helfen!«

Susanne lief es eiskalt den Rücken hinunter. Charles?

»Ganz ruhig, Jens. In welches Krankenhaus haben sie ihn gebracht? Wir treffen uns dort.«

Sie verdrängte alle Gefühle und ließ die für Krisensituationen geschulte Flugbegleiterin das Steuer übernehmen.

»St Thomas.« Jens weinte, er stand offensichtlich unter Schock.

»Versuch, dich zu beruhigen. Ruf jetzt ein Taxi. Wir sehen uns dort.«

Susanne stand schon vor dem Krankenhaus und trat von einem Fuß auf den anderen, als Jens angefahren kam.

»Was ist passiert?«, fragte sie und legte ihm den Arm um die Schultern, als sie auf den Eingang zugingen.

»Ich weiß nicht. Er hat mich geweckt und gesagt, dass er Schmerzen in der Brust hat, und mich gebeten, einen Krankenwagen zu rufen.« Jens zitterte.

»War er die ganze Zeit bei Bewusstsein?«, fragte sie und hielt den Freund fest im Arm.

»Ja, aber er konnte nur schwer sprechen. Susanne, er wird es doch überleben? Er ist zweiundfünfzig, da überlebt man das doch?«

»Das glaube ich ganz sicher«, sagte Susanne bestimmt. »Jetzt müssen wir ihn erst mal finden.«

Obwohl Susanne es nicht mehr geschafft hatte, sich umzuziehen, und ihre rosafarbene Hauskombination trug, wirkte sie anscheinend zurechnungsfähig, als sie erklärte, dass sie sofort über Charles McDougalls Zustand informiert werden mussten. Eine Krankenschwester führte sie in die Notaufnahme, wo eine weitere Krankenschwester sie bat, im Wartezimmer Platz zu nehmen. Sie erklärte ihnen, dass Charles gerade untersucht wurde und der Arzt sobald wie möglich zu ihnen kommen würde.

Susanne dazu zu bringen, ruhig sitzen zu bleiben, war schwieriger, als ein durchgegangenes Pferd zu beruhigen. Sie warf ihr Cape auf einen Stuhl, setzte den völlig paralysierten Jens daneben und begann, in dem großen Raum hin und her zu tigern. Grüppchen von Menschen saßen hier verstreut, die offenbar genau wie sie auf Nachricht über einen Angehörigen warteten. Einige weinten, andere starrten auf den Fußboden. Susanne war die Einzige, die auf und ab lief.

Sie füllte zwei Becher an dem Wasserautomaten und drückte einen davon Jens in die Hand. Sie strich ihm über den Kopf.

»Alles wird gut, mach dir keine Sorgen«, sagte sie und machte sich auf eine neue Runde. Plötzlich kam ihr in den Sinn, dass vielleicht *Sonjas London* Charles hatte zusammenbrechen lassen. Er und sie arbeiteten unter enormem Druck. Wenige Wochen vor der inoffiziellen Eröffnung unterstützte er sie nicht nur in praktischen Dingen, sondern war auch in schlaflosen Nächten für sie da – natürlich war er genauso ausgelaugt wie sie. Sie ließ sich auf den Stuhl neben Jens fallen.

»Es ist meine Schuld«, sagte sie. »Hätten wir nicht so hart gearbeitet, wäre das nicht passiert.«

Er antwortete nicht, sondern nahm stattdessen ihre Hand. Als der Arzt zu ihnen kam, saßen sie dicht beieinander. Jens hatte den Kopf auf Susannes Schulter gelegt.

»Wir haben Charles in den OP gebracht, vermutlich müssen wir seine Herzkranzgefäße erweitern«, sagte er, nachdem er ihnen erklärt hatte, dass Charles einen heftigen Herzinfarkt erlitten hatte.

»Werden Sie ihn aufschneiden?«, fragte Jens verzweifelt.

»Nein, wir versuchen, die Herzkranzgefäße über

die Leistenarterie zu erreichen. Für uns ist das ein Standardeingriff, Sie müssen sich also keine Sorgen machen. Wenn Sie mir folgen, bringe ich Sie auf die Intensivstation«, sagte er und stand auf.

Sieben Stunden später verließ Susanne das Krankenhaus und fuhr nach Hause. Sie hatte ein wenig mit Charles sprechen können, der sich erstaunlich gut erholt hatte und mit Jens an seiner Seite gut versorgt war. Langsam ging ihr auf, dass sie nun alleine klarkommen musste.

Charles würde ihr frühestens in ein paar Monaten wieder beistehen können, und auch das nur in Teilzeit. Bis dahin war sie mit der überbordenden Arbeit auf sich allein gestellt. Zum Glück hatte sie Angestellte, auf die sie sich verlassen konnte, dachte sie, als sie die Tür aufschloss.

Es war erst sieben Uhr morgens, aber an Schlaf war nicht zu denken. Sie musste alle über Charles' Zustand informieren, damit sie ihn nicht mehr mit irgendwelchen Fragen bombardierten. Von jetzt an mussten sie sich an sie wenden oder ihre Probleme selber lösen.

Um Viertel nach neun klingelte es an der Tür, und Susanne, die niemanden erwartete, öffnete erstaunt.

»Bevor du mir die Tür vor der Nase zuschlägst: Charles hat mich gebeten zu kommen«, sagte Michael und ging an ihr vorbei ins Haus. Er sah sich bewundernd um. »Wie schön du es hast«, sagte er und zog seine Sportjacke aus. »Führst du mich herum?«

Dazu hatte Susanne nun wirklich keine Lust, und wenn sie damit nicht Charles' Gesundheit in Gefahr gebracht hätte, hätte sie ihn am liebsten angerufen und ihm gesagt, was sie davon hielt, Michael um Hilfe zu bitten.

»Musst du dich nicht um dein Hotel kümmern?«, fragte sie spitz.

»Heute nicht«, antwortete er, während er neugierig in ihr Schlafzimmer schaute. »Wow, toll!«, sagte er augenzwinkernd.

Sie warf eilig die Tür zu und zeigte auf die Küche.

»Geh dahinein«, sagte sie.

Er tat, als sei er enttäuscht, aber ein Lächeln zuckte in seinen Mundwinkeln. »Du furchtbare Frau«, sagte er und ging in die Küche.

»Und zieh deine Schuhe aus.«

Er hob eine Augenbraue.

»Wirklich?«

»Wirklich.«

Als sie die Kaffeemaschine anstellte, erkundigte sie sich nach seinem Gespräch mit Charles. Laut Michael hatte er nur gesagt, dass Susanne Hilfe benötigte, da er ein kleines Problem mit seinem Herzen habe.

»Ein kleines Problem mit seinem Herzen? Er hatte einen massiven Herzinfarkt und liegt auf der Intensivstation von St Thomas«, sagte Susanne.

»O nein, das wusste ich nicht. Wie geht es ihm? Er klang ein wenig schwach am Telefon, aber ich hatte keine Ahnung, dass er auf der Intensivstation liegt.«

Michael erzählte nicht, dass er sofort ins Auto gesprungen und zu Susanne gefahren war, ohne groß zu fragen, wie es Charles ging. Eigentlich sollte er sich schämen, aber das konnte er nicht. Er war viel zu glücklich, sie wiederzusehen.

»Sie haben irgendein Gefäß mit einer Art Ballon erweitert. Ich weiß nicht genau, wie das funktioniert, aber anscheinend ist das Blutgerinnsel jetzt weg. Er war ziemlich erschöpft, als ich vor ein paar Stunden das Krankenhaus verlassen habe. Milch?«

»Ja, bitte.«

Sie goss Kaffee in die großen Teetassen.

»Müde?«, fragte er mit einem Blick auf die enorme Kaffeemenge in ihrer Tasse.

»Fix und fertig«, gab sie zu und stellte eine Packung Zwieback auf den Tisch.

Egal, wie müde sie war – Michael fand sie bezaubernder als je zuvor. Der hellrosa Hausanzug schmeichelte ihren Formen, und trotz ihres ungeschminkten Gesichts war sie schöner, als er sie in Erinnerung hatte. Er widerstand dem Impuls, sie anzufassen, ihre müden Schultern zu massieren, sie auszuziehen und nackt zum Bett zu tragen.

»Hörst du mir eigentlich zu?«, fragte sie und schaute ihn an. Er schien mit den Gedanken ganz woanders zu sein.

»Entschuldige, was hast du gesagt?«

»Dass er sicher zwei Monate fort sein wird.«

»Ich helfe dir.«

»Und wie stellst du dir das vor?«

»Das weiß ich noch nicht, aber ich weiß, dass wir zwei gut zusammenarbeiten, das haben wir schon bewiesen.«

»Aber das war, bevor …« Sie verstummte.

»Bevor du mich verführt hast«, sagte er lächelnd.

»Bevor du dich als eifersüchtiger Wüterich entpuppt hast.«

Er sah peinlich berührt zu Boden, blickte schließlich wieder auf und ihr in die Augen.

»Wie kann ich das bloß wiedergutmachen?« Sein Ausdruck war gequält. »Ich weiß, dass ich mich völlig danebenbenommen habe, und bitte glaub mir, dass ich das zutiefst bereue. Du hast recht, natürlich hätte ich dir vertrauen müssen.« Er seufzte.

Susanne wusste nicht, was sie sagen sollte. Entschuldigungen war sie von Männern nicht gewohnt, im Gegenteil, sie hatten immer ihr die Schuld für die eigenen Fehler gegeben. Darauf hatte sie sich nie eingelassen, weshalb es immer damit endete, dass sie die Männer hinauswarf. Aber dieser hier war offenbar ganz anders. Wie anders, würde sich zeigen.

»Ich weiß nicht, wie du mir helfen kannst, aber ich möchte gerne mit dir Frieden schließen. Im Moment habe ich weder Zeit für Streitereien noch Lust darauf. Ich habe einfach an Wichtigeres zu denken.« Sie griff über den Tisch hinweg nach seiner Hand.

»Sind wir wieder Freunde?«, fragte sie.

»Wir sind wieder Freunde«, antwortete er und lächelte. »Darf ich mir jetzt dein Haus ansehen?«

62

Maggan wusste nicht, ob sie Paul jemals wiedersehen würde. Sein Gesichtsausdruck hatte sich von Freude in Trauer und dann in Wut verwandelt, bis er aus der Wohnung gestürmt war.

Sie hatte versucht, sich auf seine Reaktion vorzubereiten, und sich alle möglichen Szenarien ausgemalt – auch dieses. Aber während sie über seine Reaktion nachgedacht hatte, hatte sie ihre eigene vergessen, und als die Tür zuschlug, weinte sie verzweifelt.

Fünfunddreißig Jahre Heimlichtuerei waren nun vorbei, aber sie verspürte keine Erleichterung. Nur Trauer. Sie trauerte um das, worum sie sie alle mit ihrer Feigheit gebracht hatte. Dass sie es damals nicht besser gewusst hatte, war keine Entschuldigung, sie hätte es wiedergutmachen können, als ihr später klarwurde, was sie getan hatte. Stattdessen hatte sie vermieden, auch nur daran zu denken. Sobald jemand die Rede darauf brachte, meistens war es Anneli, wand sie sich und sagte, das sei alles so lange her oder sie wüsste es ganz einfach nicht.

Jetzt musste sie für ihre Feigheit bezahlen. Sie wagte gar nicht, an die Reaktion ihrer Tochter zu denken. Es gab keinen Weg zurück. Nun musste sie mit Anneli sprechen, und zwar so schnell wie möglich.

Aber nicht gerade jetzt. Morgen, nachdem sie mit Alex gesprochen hatte. Sie goss sich ein Glas Wein ein und leerte es in einem Zug. Dann noch ein Glas. Als die Flasche leer war, schlief sie auf dem Sofa ein.

Sie wurde vom Telefon geweckt. »Hallo, Rebecka«, sagte sie gedämpft in den Hörer.

»Guten Morgen, Paris. Wie geht's?«

»Ich weiß noch nicht, ich bin gerade erst aufgewacht.« Sie schaute auf die Uhr. Neun. Sie hatte zehn Stunden geschlafen.

»Du klingst zerknautscht.«

»Ich bin verkatert.«

»Oh, dann hattet ihr bestimmt einen schönen Abend. Was habt ihr unternommen?«

Maggan entschied, alles zu erzählen. Die Panik in ihrer Brust hatte in der Nacht nachgelassen, aber jetzt schlug sie mit voller Wucht zu, so dass sie kaum sprechen konnte. Sie stotterte die Wahrheit hervor, die Wahrheit, die sie noch nie jemandem erzählt hatte, außer Paul am Abend zuvor. Sie betete, dass Rebecka sie nicht auch im Stich lassen würde.

»Aber meine Süße, hast du das all die Jahre ganz alleine mit dir herumgetragen? Natürlich verstehe ich Pauls Reaktion, ich wäre an seiner Stelle auch enttäuscht gewesen, aber warum sollte ich dich verurteilen, ich verstehe sehr gut, weshalb du so gehandelt hast.«

»Verstehst du das wirklich?«

»Aber natürlich. Du warst so unglaublich jung. Dass du heute einen ganz anderen Blick auf die Dinge hast, ändert doch nichts daran, wie es damals war. Du hast es nicht besser gewusst.«

Rebecka hatte zutiefst Mitleid mit Maggan, die schon mit neunzehn gezwungen gewesen war, eine Entscheidung zu treffen, die ihr ganzes Leben verändert hatte.

Maggan schluchzte. Sie hatte Angst, solche Angst. Ohne Paul würde sie klarkommen, das hatte sie ja ihr ganzes Leben lang geschafft, aber vor Annelis Reaktion fürchtete sie sich.

»Lass sie ruhig wütend und enttäuscht sein«, sagte Rebecka.

»Vielleicht will sie mich nie mehr sehen«, schluchzte Maggan.

»Das kann ich mir nicht vorstellen, aber vielleicht braucht sie Zeit zum Nachdenken, und die musst du ihr dann auch lassen. Sie kann gerne mich anrufen oder Susanne, wenn du ihr alles erzählt hast, wir sind für sie da. Vertrau deiner Tochter. Sie ist ein wunderbarer Mensch.«

Maggan hörte zu und versuchte aufzunehmen, was Rebecka sagte. Ihre Tochter loszulassen, wenn sie verletzt und traurig war, fiel ihr schwerer als alles andere, trotzdem wusste sie, dass Rebecka recht hatte. Sie hatte das ganze Drama verursacht, so dass Anneli sich wohl kaum hilfesuchend an sie wenden würde.

»Danke, Rebecka. Ich weiß nicht, was ich ohne dich tun würde.«

»Ich danke dir, dass du mir alles erzählt hast.«

Sie legten auf, ohne über Rebeckas Anliegen gesprochen zu haben, nämlich ob Paul und Adam befreundet waren. Das konnte noch eine Weile warten.

Susanne reagierte genau wie Rebecka. Kein einziges vorwurfsvolles Wort, keine Wut über die große Lüge, nur Unterstützung und Wärme. Maggan wünschte sich, ihre Freundinnen könnten neben ihr auf dem Sofa sitzen, wenn sie Anneli anrief, aber dieses Gespräch musste sie alleine durchstehen, egal ob ihre Freundinnen in der Nähe waren oder nicht. Sie konnten nicht für sie sprechen, sie selbst musste Anneli alles erzählen.

Um Viertel vor sechs abends wählte sie die Nummer in Östersund, und es war Alex, der abnahm. Nachdem sie eine Weile gesprochen hatten, bat sie ihn, Anneli ans Telefon zu holen.

»Da hast du aber Glück, beide Mädchen schlafen«, zwitscherte sie.

Maggan holte tief Luft, und dann erzählte sie alles. Sie begann ganz am Anfang und hörte erst auf, nachdem sie Pauls Reaktion beschrieben hatte und wie er aus ihrer Wohnung gerauscht war. Anneli schwieg. Zwischendurch hörte Maggan, wie sie tief einatmete, aber das war alles.

»Ich habe ein Foto von ihm«, sagte Anneli. »Nach Sonjas Tod wurde mir ein Bild zugeschickt, und auf der Rückseite stand, ich solle dich ein Jahr später nach diesem Mann fragen, aber nicht früher.«

»Kam das Bild von Sonja?« Maggan verstand nicht.

»Von der Anwaltskanzlei Andréasson, aber der Text war in Sonjas Handschrift geschrieben. Warum hast du Sonja alles erzählt, aber mir nicht?«

»Ich habe es weder ihr noch sonst jemandem erzählt. Es war ganz allein mein Geheimnis, aber vermutlich hat sie sich ausgerechnet, wie es war.«

»Ich sehe ihm ähnlich«, flüsterte Anneli.

»Ja. Ganz verblüffend ähnlich sogar«, sagte Maggan zärtlich. Die Tränen liefen ihr über die Wangen.

»Aber was, wenn er mich nicht sehen will?«

Die Unsicherheit ihrer Tochter schmerzte Maggan.

»Er wird dich treffen wollen. Paul ist ein herzensguter Mensch, aber gerade ist er sehr verletzt, dass ich ihm dich dein ganzes Leben lang vorenthalten habe.«

»Das war grausam von dir, Mama. Das hätte ich dir nicht zugetraut.«

»Ich weiß. Und es tut mir furchtbar leid, dich so verletzt zu haben. Du hättest deinen Papa kennenlernen sollen.«

»Und er mich.«

»Ja.«

»Ich will nicht, dass du mich anrufst, bevor du nicht alles mit Paul geklärt hast. Das bist du mir schuldig«, sagte Anneli, und plötzlich klang ihre Stimme scharf. »Und wo wir schon dabei sind, Heimlichkeiten aufzudecken, kann ich dir erzählen, dass Sonja uns das Haus in Östersund und die Aktienanteile an Skistar verschafft hat. Das Angebot kam zusammen mit dem Foto von meinem Vater. Beinahe hätte ich es nicht angenommen, weil du mir so leidtatest. Habe ich dir jemals leidgetan, Mama? Kannst du dir vorstellen, wie es sich für mich anfühlte, wenn sich meine Mitschüler über Vatertagsgeschenke unterhielten oder darüber, was sie mit ihren Vätern am Wochenende alles unternommen hatten? Du hast mich nie gefragt, wie es für mich war, ohne einen Vater aufzuwachsen. Ich weiß, dass du auch keinen Vater hattest, aber du hast nie verstanden, dass ich nicht bin wie du. Verstehst du? Ich bin nicht du.« Sie holte tief Luft. »Und jetzt rufe ich Tante Rebecka an und spreche mit ihr.«

63

Rebecka hatte sich umentschieden. Sie würde nicht alles ausräumen und in Sonjas Wohnung schaffen. Stattdessen fotografierte sie, was ihr Geld einbringen würde, und stellte die Bilder ins Internet. Von dem Geld würde sie einen Minibus für die Eltern und Kinder kaufen, die ihre Gäste auf Mallorca sein würden.

Sie setzte die Preise niedrig an, um so viel wie möglich zu verkaufen, und zwei Tage später hatte sie fast zweihunderttausend Kronen zusammen. Die Hästens-Betten hatten ihr dreißigtausend eingebracht, und die vier Le-Corbusier-Stühle noch einmal genauso viel. Ihr komplettes Nobel-Service verkaufte sie für fünfzehntausend, für ihr Auto bekam sie fünfzigtausend. Ursprünglich hatte sie nur ein paar Tage bleiben wollen, aber das reichte nun nicht. Als sie die wenigen übriggebliebenen Kartons in Sonjas Wohnung gebracht und einige nach Mallorca geschickt hatte, war eine ganze Woche vergangen. Als sie aus dem Hotel auscheckte, spürte sie eine tiefe Zufriedenheit. Fürs Erste hatte sie mit Stockholm abgeschlossen, zumindest mit ihrem alten Leben.

Robert hatte nach der Scheidung nichts von ihren gemeinsamen Sachen mitgenommen, da er einen Neuanfang wollte, stattdessen hatte er dafür Geld von Rebecka gefordert, und sie hatte, ohne mit der Wimper zu zucken, gezahlt. Sie hatte ihm auch den halben Marktwert der Wohnung ausgezahlt, weil sie tief in ihrem Innern hoffte, dass er zu ihr zurückkäme, wenn sie nur nett genug war.

Wie dumm sie gewesen war. Von ihr aus konnte er dahin gehen, wo der Pfeffer wuchs.

Man sollte besser aufpassen, was man sich wünschte, dachte Rebecka, als Robert plötzlich auf dem Flughafen Arlanda vor ihr stand. Sein Lächeln deutete darauf hin, dass er sich freute, sie zu treffen, und seine Umarmung kam so plötzlich, dass sie sie nicht abwehren konnte.

»Trinken wir einen Kaffee auf die alten Zeiten?«, fragte er freundlich.

»Nein danke«, antwortete sie. »Ich habe mit den alten Zeiten abgeschlossen und keine Lust, mit dir Kaffee zu trinken.«

Das hatte Robert nicht erwartet, und er schaute sie mit einem dümmlichen Gesichtsausdruck an.

»Aha, dann wohl nicht. Dann wünsche ich dir eine gute Reise.«

»Danke, dir auch«, sagte sie, und Gleichgültigkeit breitete sich in ihr aus. Er ließ sie völlig kalt.

So fühlt es sich also an, wenn man über jemanden hinweg ist, dachte sie, während sie ihr Handgepäck auf das Laufband für die Sicherheitskontrolle legte. Und so, wenn man es absolut nicht ist, dachte sie, als sie plötzlich Adam erblickte. In ihr krampfte sich alles zusammen, und am liebsten hätte sie sich auf dem Boden gekrümmt. Sie sah sich nach einem Versteck um. Ein Pocketshop lag etwa zehn Meter von ihr entfernt. Sie schickte ein Stoßgebet zum Himmel, dass Adam einfach weitergehen würde, ohne sich umzudrehen.

Keuchend stellte sie sich vor eins der Regale und

starrte auf die Bücher, ohne einen einzigen Titel entziffern zu können. Sie musste zum ersten Gate, das direkt neben dem Geschäft lag. Falls er nicht nach Mallorca wollte, war sie gerettet – dann würden sie sich nicht über den Weg laufen. Vorsichtig spähte sie nach draußen und sah, dass das Boarding begonnen hatte.

Verdammt. Sie würde ihr sicheres Versteck verlassen müssen.

Zum Glück bin ich vorgewarnt, dachte sie, als sie seine Stimme hinter sich hörte.

Sie drehte sich um.

»Hallo, Adam.«

»Auf dem Nachhauseweg?«, fragte er.

Sie nickte.

»Dein Haus ist bald fertig.« Das war keine Frage, ihr war klar, dass Sverker ihn auf dem Laufenden hielt. Merkwürdigerweise freute sie sich darüber, dass er sich immer noch für ihr Haus interessierte.

»Komm doch vorbei und schau es dir an, wenn du sowieso auf Mallorca bist«, schlug sie, ohne nachzudenken, vor.

»Ist das denn für dich in Ordnung?«, fragte er, während er dem Flughafenpersonal seine Bordkarte und den Pass hinhielt.

»18 C«, sagte die Frau, als sie ihm seine Papiere zurückgab. »18 D«, wandte sie sich an Rebecka.

Adam lächelte, und Rebecka fragte sich, ob ihr hier jemand absichtlich einen Streich spielte, als ihr bewusst wurde, dass nur der Mittelgang sie trennen würde.

»Ja, natürlich ist das in Ordnung«, antwortete sie.

»Sverker will dir sicher zeigen, was er aus unseren Plänen gemacht hat.«

»Du nicht?«

Doch, natürlich wollte sie ihm zeigen, wie perfekt alles geworden war. Wie herrlich der Garten mit all seinen blühenden Mimosenbüschen. Wie Palmen, Olivenbäume, Feigenkakteen und Zypressen genau so gepflanzt worden waren, wie Adam es geplant hatte, und dass der Rasen endlich an Ort und Stelle zu beiden Seiten des Pfades lag, der zum Pool führte. Sie wollte ihm ihre großen Steinkrüge zeigen, die sie mit einer farbenfrohen Blumenpracht bepflanzt hatte, und die wunderbare Terrasse.

»Nein, ich muss dir das nicht zeigen, das kann Sverker genauso gut«, sagte sie stattdessen und hob ihre Tasche ins Gepäckfach. Er half ihr, Platz dafür zu finden, und als er so nah hinter ihr stand, stieg ihr der Duft seines Rasierwassers in die Nase.

»Danke«, sagte sie, als ihre Tasche verstaut war und sie sich hinsetzen konnte. Sie hoffte, dass er nicht bemerkte, wie rot sie geworden war. Sie schnallte sich an und lehnte sich in ihrem Sitz zurück.

Als die meisten Passagiere ihre Plätze gefunden hatten, beugte Adam sich zu ihr hinüber.

»Rebecka«, flüsterte er, und sie drehte sich zu ihm um. Er bedeutete ihr, dass sie näher kommen sollte, und als sie sich zu ihm beugte und ihr Blick seinen traf, hatte sie das Gefühl, sie müsse die Sauerstoffmaske über ihrem Sitz herunterreißen, um Luft zu bekommen.

»Du und ich gehören zusammen. Wann wirst du das endlich verstehen?«

Sie fuhr zurück und drückte sich in ihren Sitz.

Die restliche Reise über schaute sie starr nach vorne.

So konnte sie ihm gut ausweichen. Aber als sie auf Mallorca landeten, war das Problem wieder da. Dieses Mal stand er nicht nur hinter ihr, als er ihre Tasche herunterholte, sondern presste noch dazu seinen Oberkörper an ihren Rücken.

»Ich könnte ewig so stehen«, murmelte er an ihrem Ohr und ließ absichtlich seine Arme über ihr verweilen.

Rebecka antwortete nicht. Sie hatte genug damit zu tun, die Reaktionen ihres Körpers in Schach zu halten. Erst als die Passagiere hinter ihnen ungeduldig wurden, weil sie den Gang blockierten, gab Adam auf.

Er reichte ihr ihre Tasche, und sie ergriff sie und eilte zum Ausgang.

64

Zwei Wochen vor der inoffiziellen Eröffnung von *Sonjas London* hatte Susanne ihr Personal zusammen und berief alle zu einer Sitzung ein.

Mit Hilfe der Werbeagentur hatte sie eine Präsentation vorbereitet, die ihnen ein Gefühl davon vermitteln sollte, wofür das Hotel stand, und welche Atmosphäre sie mit ihrer Hilfe schaffen wollte.

Die erste Folie zeigte Sonja. Das Foto hatte Susanne an einem Herbstabend vor ein paar Jahren in Sonjas Wohnung gemacht. Sonja saß in einem bodenlangen grünen Mantel, der von den Schultern bis zum Saum mit Spitzen besetzt war, auf ihrem alten Sofa. Unter dem Mantel trug sie ein ebenso langes dunkelrotes Kleid, das an jeder anderen albern ausgesehen hätte. Der Ausschnitt betonte ihre großen Brüste, über denen eine Reihe Halsketten hingen. Eine Mischung aus wertlosem Klimbim und kostbarem Schmuck, die zu tragen niemand sonst gewagt hätte. Um ihr wildes rotes Haar hatte sie einen Schal geschlungen, und ihr Mund hatte dieselbe rote Farbe wie ihr Kleid.

Die roten Lippen waren ihr Markenzeichen. Ganz gleich zu welcher Jahreszeit, welchem Anlass und ob es die Mode gerade so verlangte – immer leuchteten ihre Lippen in demselben Rotton. Auf dem Bild lächelte sie breit. Noch ein Markenzeichen. Im Laufe der Jahre hatte Susanne viele Bilder von Sonja gemacht, und auf keinem war sie ohne ihr unverkennbares Lächeln zu sehen. Seit Sonjas Tod hatte Susanne sich oft gefragt, ob die Freundin wirklich so zufrieden gewesen war, wie es schien. Ihre schwere Krankheit musste ihr sehr zugesetzt haben.

Susanne räusperte sich.

»Das hier ist Sonja, deren Erbe wir alle zusammen verwalten werden«, begann sie.

Während des Mittagessens ein paar Stunden später begrüßte sie alle persönlich. Patrik und sein Küchenteam servierten ein schwedisches Büfett, und die gesamte Mannschaft aß und unterhielt sich dabei angeregt. Einige kannten sich schon, andere traten gerade ihre erste Arbeitsstelle an.

Susanne setzte sich an einen der Tische und wurde mit Fragen nach ihr selber, nach Sonja und dem Hotel überschüttet. Lachend hob sie die Hände in die Luft und bat sie, nicht alle gleichzeitig zu sprechen.

»Sind Sie geliftet?«, fragte eine der jüngeren Frauen beherzt.

»Um Himmels willen, nein! Sehe ich etwa so aus?«, antwortete Susanne.

»Sie sind so hübsch. Meine Mutter ist genauso alt wie Sie und sieht absolut nicht so aus. Sie hätte ein Lifting wirklich nötig.«

Die anderen lachten.

»Ich habe wohl Glück mit meinen Genen. Schaut euch Patrik an.«

Ihr Bruder kam gerade mit einer neuen Platte fürs Büfett herein, und der ganze Tisch drehte sich nach ihm um.

»Er sieht gut aus«, stellte die wenig schüchterne junge Frau fest. »Ist er Single?«

»Seine Frau sitzt dort drüben«, sagte Susanne und nickte zu einem Tisch weiter hinten.

»Und Sie? Sind Sie verheiratet?« Ihr Tischnachbar schlug ihr auf den Arm und warf ihr einen ärgerlichen Blick zu, aber Susanne machte das nichts. Sie fand diese direkte Art erfrischend.

»Nein.«

»Bei Ihrem Aussehen?«

»Ja, ist das nicht schrecklich?« Susanne stand lachend auf und nahm ihren Teller mit.

Sie spülte ihn in der Küche ab und stellte ihn in die Spülmaschine.

»Braucht ihr Hilfe?«, fragte sie Patrik.

»Ja, es wäre super, wenn du die Teller einsammeln könntest«, antwortete er.

Nach dem Mittagessen war Susanne völlig erledigt und holte sich die Schlüsselkarte zu Sonjas Suite. Sie würde sich einen Moment hinlegen, bevor sie die Gemälde auspackte, die Rebecka aus Stockholm geschickt hatte.

Sie wurde wach, als es an der Tür klopfte, schaute sich verwirrt um und fragte sich, wo sie war. Als es noch einmal klopfte, sprang sie auf und öffnete.

»Oje, habe ich dich geweckt?«, fragte Michael, als er Susannes müde Augen sah.

»Das macht nichts, komm rein.«

Er duftete, als sei er gerade aus der Dusche gestiegen.

»Was für eine tolle Suite.« Er ging ins Schlafzimmer. Sie folgte ihm.

»Ich verstehe, weshalb du diese Suite *Sonja* genannt hast«, sagte er. »Ich habe sie nie in Stockholm besucht, aber so habe ich mir immer ihr Zuhause vorgestellt. Ist das Bett bequem?«

»Sehr bequem.«

»Darf ich es ausprobieren?«

»Aber bitte.«

Er legte sich auf die Seite, auf der Susanne gerade noch gelegen hatte.

»Komm zu mir, Kumpel«, sagte er und klopfte auf die andere Betthälfte.

»Warum?«

»Erzähl mir von deinem Tag.«

»Geht das nicht im Stehen?«

»Doch, aber das ist so ungemütlich. Komm jetzt her.«

Sie gehorchte. Wie angenehm, dass einmal jemand anders das Kommando übernahm. Sie nahm sich vor, im Bett einen gehörigen Sicherheitsabstand zu halten. Sobald dieser Mann im Spiel war, konnte sie sich selbst nicht vertrauen.

Er drehte sich auf die Seite und sah sie an.

»Du bekommst noch Krämpfe, wenn du die Arme weiter so um dich schlingst.«

»Und du bekommst eine Gesichtslähmung, wenn du nicht bald aufhörst zu lächeln.«

Er streckte einen Finger aus und stach ihr in die Seite, worauf Susanne nach einem Kissen griff und ihm damit auf den Kopf haute.

Dieses Startsignal war nötig gewesen.

Knurrend zog er sie an sich, und ihr Widerstand war sofort gebrochen. Sie öffnete ihren Mund, und als seine Zunge ihre spielerisch berührte, stöhnte sie auf. Sie pressten sich aneinander. Er war steif. Susanne spürte es in ihrem Unterleib pochen. Sie zog ihr T-Shirt und den BH aus und seufzte vor Wohlbehagen, als er ihre aufgerichtete Brustwarze berührte und sie dann lustvoll in den Mund nahm. Es war einfach wunderbar. Langsam, ganz langsam küsste er ihre Brüste und ließ seine Zunge über ihren Körper gleiten. Susanne wand sich voller Lust, und als er bei ihrem Bauchnabel angekommen war, half sie ihm, ihre Jeans abzustreifen.

Auf dem Bett kniend, zog er sein Hemd aus, und als er begann, seine Hose aufzuknöpfen, richtete sie sich auf, half ihm dabei und küsste ihn.

»Leg dich hin«, flüsterte sie, und als er tat wie befohlen, riss sie ihm die Hose herunter.

Er war zweifellos bereit, und als Susanne ihn in den Mund nahm, murmelte er, sie solle vorsichtig sein. Das war sie. Sie ließ ihn zappeln, um ihn dann wieder anzutreiben, und ihre Zunge ließ ihn nach Luft schnappen.

»Warte, warte«, bat er. »Mehr ertrage ich nicht.« Er packte sie um die Taille und drehte sie vorsichtig um, bis sie auf dem Rücken unter ihm zu liegen kam.

»Du bist die reinste Folter«, flüsterte er, während seine Hände über ihren Körper wanderten. »Das bleibt nicht ungestraft.«

»Jetzt, bitte«, bat sie.

Sein Kopf war auf dem Weg nach unten, und er blickte zu ihr auf.

»Bald, Liebling, bald.«

Sie konnte nicht sagen, ob seine Zunge oder seine Finger sie streichelten, es spielte keine Rolle. Sie brannte. Die Finger in seinem Haar vergraben, ließ sie sich von Wogen der Lust überrollen, während er in sie eindrang. Er bewegte sich kraftvoll vor und zurück, und ihr erster Orgasmus war noch nicht verklungen, als schon ihr zweiter herannahte. Als auch er kam, hörte vermutlich das halbe Hotel, was hier vor sich ging.

Danach blieb er auf ihr liegen.

»Ich ersticke.«

Er hob seinen Oberkörper und schaute sie zärtlich an.

»Du bist ein guter Kumpel«, sagte er und wischte eine Träne von Susannes Wange.

»Danke, du bist auch nicht schlecht.«

»Was machen wir für den Rest des Tages?«

»Ich werde Bilder aufhängen; was du vorhast, weiß ich nicht.«

»Ich helfe dir.« Er stieg aus dem Bett. »Hoch mit dir. Wir müssen sauber sein, bevor wir die Bilder anfassen. Wie wär's mit einer Dusche unter Freunden?«

65

Maggan hatte Paul eine Woche lang täglich versucht anzurufen, aber er nahm nicht ab. Im Restaurant sagte man ihr, er sei beschäftigt. Einmal war sie hingefahren, angeblich war er nicht da gewesen, obwohl sein Auto vor der Tür stand.

Rebecka und Susanne sagten, sie solle ihm Zeit lassen, aber das war furchtbar schwierig. Anneli wollte nicht mit ihr sprechen, und Maggan brach es jedes Mal das Herz, wenn sie anrief und Peter oder Alex sich meldeten.

Um sich die Zeit zu vertreiben, schrieb sie an ihrem Buch über Sonja. In diesen Stunden konnte sie den bohrenden Schmerz vergessen.

Jeden Tag sprach sie mit ihren Freundinnen, trotzdem fühlte sie sich zum ersten Mal einsam. Sie sehnte sich nach ihrem Reihenhäuschen in Farsta. Sogar die Holzwände des Gartenhäuschens vermisste sie.

»Komm lieber her, statt nach Farsta zu fahren«, schlug Susanne vor. »Hier bei mir kannst du genauso gut schreiben. Und wenn du willst, kannst du uns im Hotel helfen. Patrik wäre außer sich vor Glück, wenn du dein gutes Brot backen würdest.«

Rebecka hielt das ebenfalls für eine gute Idee.

»Ich komme auch ein paar Tage vor der Eröffnung, dann haben wir beide in London ein bisschen Zeit füreinander, während Susanne im größten Stress steckt.«

Sie litt mit Maggan und fühlte sich an die Zeit erinnert, als Robert sie verließ. Damals hatte sie sich komplett zurückgezogen. Hätten ihre Freundinnen sie nicht aus ihrer Wohnung geholt, wäre es möglicherweise schlimm ausgegangen.

Maggan bat um Bedenkzeit. Sie würde noch ein letztes Mal versuchen, Paul zu erreichen, dann würde sie aufgeben. Sie konnte ihm weder sich selbst noch ihr gemeinsames Kind aufzwingen.

Dieses Mal erwartete Susanne sie auf dem Flughafen. Sie war nicht alleine, Michael hatte darauf gedrängt, sein Auto zu nehmen.

»Sie ist auch meine Freundin«, hatte er gesagt.

Als Maggan die beiden zusammen sah, stiegen ihr wieder die Tränen in die Augen. Sie schienen nie zu versiegen. Während des Fluges hatte sie versucht, sich zusammenzureißen, was ihr – von einer kurzen Weinpause auf der Toilette abgesehen – auch gelungen war. Aber ihre alten Freunde so dicht und anscheinend in friedlichem Einvernehmen beieinander zu sehen, rührte sie zutiefst.

Michael zog sie in seine Arme und küsste sie auf den Kopf.

»Er wird es verkraften, das verspreche ich dir. Er ist mein bester Freund und ein furchtbarer Dickkopf, aber ich kenne ihn. Mal davon abgesehen, dass er völlig in dich vernarrt ist, wird er seine Tochter kennenlernen wollen.«

Anscheinend hatte Susanne ihm alles erzählt.

»Hat sie dir auch erzählt, dass ich ihn hundertmal angerufen habe?«

»Nein, das weiß ich von Paul. Susanne hat kein Wort gesagt.«

»Hast du mit ihm gesprochen?«

»Jeden Tag zweimal, seit du ihm die Wahrheit erzählt hast.«

»Was sagt er denn?«

»Dass er wütend ist, verwirrt und nicht weiß, was er tun soll.«

»Da gibt es ja wohl nichts zu lachen«, sagte Maggan, als sie Michaels breites Grinsen sah.

»Doch, so ist er nämlich immer, wenn etwas Wichtiges in seinem Leben passiert. Er klagt und klagt, bis das Problem plötzlich aus der Welt ist.«

Susanne reichte es.

»Hallo, kriege ich auch ein bisschen Aufmerksamkeit?«, rief sie, und beide drehten sich zu ihr um. »Ich will auch eine Umarmung!«

Arm in Arm gingen Susanne und Maggan Richtung Auto, Michael einen Schritt hinter ihnen. Das machte ihm nichts aus. Mit Aussicht auf Susannes Hintern ging er gerne so langsam. Wären sie alleine gewesen, hätte er ihr einen Quickie im Parkhaus vorgeschlagen. Auf dem Weg nach Heathrow hätten sie beinahe anhalten müssen, weil sie nicht aufhören konnten, einander anzufassen. Er wusste, dass sie unter den Jeans keinen Slip trug, und natürlich wackelte sie jetzt nur so mit dem Hintern, um ihn in Versuchung zu führen.

Als er an ihr vorbeiging, um das Auto aufzuschließen, packte er fest ihre Arschbacke.

»Wenn du noch einmal so damit wippst …«, flüsterte er ihr ins Ohr.

Langsam schwang sie ihre Hüften, und als er fester zugriff, machte sie sich lachend frei.

»Ich setze mich zu Maggan auf den Rücksitz, du bist ja lebensgefährlich.«

Michael ließ die beiden vor Susannes Haus heraus. Er wollte noch ein paar Stunden arbeiten und später vorbeikommen, wenn er es schaffte. Während Maggan sich einrichtete, öffnete Susanne eine Flasche Wein und zündete ein paar Kerzen an.

»Sie ist genauso dickköpfig wie ihr Vater. War sie eigentlich schon immer so stur?«, fragte Susanne, nachdem Maggan von ihrem Gespräch mit Anneli erzählt hatte.

»Ja, wenn etwas richtig wichtig war, dann schon. Aber sie hat mich noch nie zuvor so aus ihrem Leben ausgeschlossen. Hat sie gesagt, dass Sonja ihr ein Foto von Paul hat zukommen lassen?«

»Ja. Kannte Sonja die Wahrheit?«

»Sie muss es sich gedacht haben. Anneli sieht Paul ziemlich ähnlich, und Sonja hat ihn ja über viele Jahre hinweg immer wieder getroffen, ohne dass wir davon wussten.«

»Aber trotzdem, weshalb sollte Sonja sich einmischen?«

»Sie hat sich doch in alles eingemischt. Sie hat dafür gesorgt, dass Anneli Stockholm verließ, indem sie ihr ein Haus ganz woanders vermacht hat. Und natürlich wollte sie, dass Paul und ich wieder zusammenkommen, und ich bin mir ziemlich sicher, dass sie dich in Michaels Arme getrieben hat.«

»Glaubst du? Nein, ich bin doch durch Charles mit ihm in Kontakt gekommen.«

»Ja, aber andernfalls hättest du ihn über mich und Paul kennengelernt. Da bin ich mir sicher. Außerdem kannte sie sogar Adam, das heißt, sie hat auch für Rebecka in Liebesdingen gesorgt.«

Susanne konnte sich nicht zurückhalten. Es war völlig unpassend, jetzt, wo Maggan so traurig war, aber sie platzte beinahe, und schließlich brüllte sie fast vor Lachen. Die Tränen liefen ihr herunter, sie konnte sich nicht mehr einkriegen.

»Diese Verrückte«, ächzte sie. »Sie hätte doch wohl genauso gut all diese Männer nach Stockholm bitten können, um sie uns dort vorzustellen, statt mit diesen wahnsinnigen Plänen aufzuwarten.«

»Das hätte nicht funktioniert. Kapierst du das nicht? Sonja hatte schon lange verstanden, dass wir selbst entdecken müssen, was das Beste für uns ist, egal, ob es um Männer oder irgendetwas anderes geht. Hätte sie uns die Lösung auf dem Präsentierteller serviert, hätten wir dankend abgelehnt.«

»Aber dann hat sie ja Gott gespielt!« Sie schlug mit der Faust auf den Tisch. »Sonja schwingt aus dem Grab ihren Zauberstab, und wir tanzen nach ihrer Pfeife.«

»Du scheinst ja kein größeres Problem damit zu haben, solange Mikey mittanzt.« Maggan lächelte.

»Michael? Ach, wir sind nur gute Freunde, weißt du.« Susanne lächelte zurück.

66

Gemeinsam gingen sie noch ein letztes Mal die Gästeliste durch. Charles, der am Telefon mit dabei war, grummelte über einige Absagen und jubelte über diverse Zusagen. Am Abend der großen Eröffnung würde niemand im Hotel übernachten, weil sie alle Zimmer zeigen wollten. Darauf hatte Charles beharrt. Übernachtungsgäste konnten im Hyatt unterkommen oder wo auch immer sie wollten. In *Sonjas London* würde gefeiert und das Hotel gezeigt werden, sonst nichts.

Patrik wollte das morgige Büfett unbedingt mit schwedischen Spezialitäten wie Elchfleisch, Rogen und von Maggan gebackenem Knäckebrot füllen. Von Susanne aus hätte er auch Spaghetti bolognese servieren können. Ihr ging es nur darum, dass die Gäste sich wohl fühlten und das Hotel zu sehen bekamen. Charles wollte ihr Bilder der wichtigsten Kritiker zeigen, damit sie wusste, wen sie besonders aufmerksam behandeln musste, zog das Angebot aber schnell zurück, als er ihr verächtliches Schnauben hörte. In ihrem Hotel waren alle Gäste gleich wichtig, und wenn Charles das nicht verstand, war er vielleicht in der falschen Branche tätig, sagte sie.

»Entschuldige, Charles, ich habe nicht an dein schwaches Herz gedacht«, lachte sie, und er verzieh ihr sofort. Für ihn war die beste Medizin, genau wie immer behandelt zu werden, und er war froh, dass Susanne das verstanden hatte, ohne dass er ein Wort darüber verlieren musste.

Michael und Susanne stiegen gleichzeitig aus dem Bett, nachdem sie sich bei Charles für seine Hilfe bedankt hatten. Michael musste zurück zu seinem eigenen Hotel, und Susanne war mit Maggan zum Mittagessen verabredet. Als sie sich anzogen, fragte er, ob sie oft Telefontermine nackt wahrnehme, und als sie antwortete, das käme durchaus vor, blitzte es in seinen Augen.

»Und wie oft führst du auch zu Ende, was du begonnen hast?«, fragte er. Sie trat einen Schritt auf ihn zu.

»Was meinst du?«, fragte sie und ließ ihren BH unverschlossen.

»Oh, es gibt viele Beispiele. Wie du dir die Lippen leckst. Deine Hände nicht bei dir behältst. Oder wie du dich an mich drückst.« Er umfasste ihre schweren Brüste.

»Aber das führe ich immer zu Ende«, sagte sie und fuhr sich mit der Zunge über die Lippen, während er seine Daumen um ihre Brustwarzen kreisen ließ.

Seufzend ließ er ihre Brüste los und nahm stattdessen ihr Gesicht zwischen seine Hände. Er streichelte ihre Wange und küsste sie auf die Stirn.

»Ich bin eine wichtige Person, die sich um ihren Job kümmern muss. Könntest du deine Schulden auch ein wenig später begleichen?«

»Nie im Leben.«

»Das heißt jetzt oder nie?«

»Ja.« Sie legte die Hände auf seine Brust und streichelte über den dichten Wald aus schwarzen Haaren.

»Du bist eine schreckliche, aber ganz wunderbare Frau«, murmelte er und küsste sie, während sie rückwärts auf das Bett zuging.

Während Rebecka und Maggan bei Selfridges nach etwas Festlichem für die Eröffnung suchten, blieb Susanne zu Hause. Sie musste ein paar Stunden vor ihren Freunden im Hotel sein und wollte ihr Abendkleid erst anziehen, wenn alle Vorbereitungen erledigt waren.

Damit allen Gästen genügend Aufmerksamkeit gewidmet würde, hatte sie ihr gesamtes Personal gebeten, an diesem Abend zu arbeiten. Als sie das Hotel vorhin verlassen hatte, waren viele von ihnen schon da gewesen. Susanne war ganz gerührt vom Anblick der neuen Uniformen mit dem aufgestickten Schriftzug *Sonjas London*.

Egal, in welchem Bereich sie arbeiteten – alle bekamen die gleichen Kleider. In den Vorstellungsgesprächen hatte Susanne betont, dass in ihrem Hotel niemand etwas zu suchen hatte, der sich zu putzen weigerte, nur weil er an der Rezeption arbeitete. Aus diesem Grund hatten einige ihre Bewerbung zurückgezogen. Aber das machte nichts. Damit *Sonjas London* ein Erfolg wurde, musste das Personal zusammenarbeiten, ohne dass jemand sich für etwas Besseres hielt. Deshalb bekamen auch alle, von wenigen Ausnahmen abgesehen, den gleichen Lohn.

Das lange enge Kleid von Yves Saint Laurent hatte schon einige Jahre auf dem Buckel, war aber immer noch wunderschön. Susanne strich über die grauschwarze Seide, bevor sie es in die Schutzhülle packte. Dazu würde sie dunkelgrüne Pumps mit wahnsinnig hohen Absätzen tragen und Smaragdohrringe, die sie schon ewig besaß. Sie hatte sie bei einem schwedischen Juwelier auf Gran Canaria gekauft, nachdem sie über ein Jahr dafür gespart hatte. Während sie alles zusammenpackte, um sich später verwandeln zu können, dachte sie über Adam und Paul nach. Keiner von beiden hatte auf ihre Einladung geantwortet, und obwohl Susanne beide Männer mochte, fand sie das unhöflich. Und schade. Rebecka schien glücklich darüber, dass Adam nicht kam, aber Maggan hatte bestimmt darauf gehofft, Paul hier zu treffen, um mit ihm zu sprechen.

»Ich kann ihn nicht einfach vergessen, er ist der Schlüssel zu Anneli«, antwortete Maggan auf Rebeckas Frage, ob sie ihn nicht längst zum Teufel wünschte.

Maggan betastete ein himmelblaues Kleid, das eigentlich viel zu teuer und außerdem viel zu tief ausgeschnitten war. Ihre Brüste würden hinausfallen.

»Probier es an«, schlug Rebecka vor. »Soweit ich weiß, gibt es hier keinen Kaufzwang.« Sie lächelte.

Sie selbst hielt ein rotes Etwas in der Hand. Sie hatte noch nie ein Kleid in dieser Farbe besessen, aber die Frühlingssonne auf Mallorca hatte ihre Haut zart gebräunt, und in der kräftigen Farbe sah sie frisch und erholt aus. Der weite Rock war knielang, und die drapierte Taille betonte ihre neuen Kurven. Mit ein paar hübschen Sandalen dazu war sie bereit für das Einweihungsfest.

»Die Größen hier sind so merkwürdig«, sagte Maggan, die überall nach einer vierzig suchte.

»Probier es mit zwölf. Hier.«

»Danke. Kommst du mit?«

Maggan hatte sich noch nicht an die kleineren Größen gewöhnt. Natürlich sah sie, dass sie dünner geworden war, ihre Haut warf Falten, und sie besaß mittlerweile mehrere richtig enge Kleider. Am wichtigsten war ein enges Unterkleid, diesen Trick hatte ihr Susanne beigebracht. Bevor sie zu ihrer Shoppingtour aufgebrochen waren, hatte Susanne sie daran erinnert, das richtige Unterkleid anzuziehen, wofür sie jetzt dankbar war, als sie das himmelblaue Kleid anzog. Es saß perfekt, das sah sogar Maggan. Der Ausschnitt war tatsächlich schamlos, aber nicht geschmacklos. Sie warf einen Blick auf das Preisschild, obwohl sie wusste, was darauf stand. Vierhundertfünfzig Pfund. Unglaublich viel Geld.

»Hör auf«, sagte Rebecka. »Du kannst es dir leisten.«

Sie hatte eine kleine Handtasche entdeckt, die sie Maggan zeigte, aber die Freundin schüttelte bloß den Kopf. Wenn sie das Kleid kaufte, brauchte sie auch noch neue Schuhe, und das reichte dann wirklich. Ihre Tasche war zwar schon alt, aber völlig ausreichend.

»Wie wär's mit Lunch?« Rebecka hatte Hunger, und Maggan musste ihre Beine ausruhen. So saßen sie, kurz nachdem sie Selfridges verlassen hatten, bei einem Glas Weißwein in einem kleinen italienischen Restaurant in einer Seitenstraße der Oxford Street und warteten auf ihre Pasta.

»Und was machst du, wenn Adam heute Abend kommt?«

»Dann lächele ich und verstecke mich irgendwo«, antwortete Rebecka. »Aber ich glaube nicht, dass er kommt. Er ist doch auf Mallorca mit einem neuen Projekt beschäftigt.«

»War er da und hat sich das Haus angeguckt, so wie er es angekündigt hat?«

»Weiß ich nicht. Sverker hat nichts davon gesagt, aber ich habe ihn auch nicht danach gefragt.«

»Der Arme hat nur einen einzigen Fehler gemacht, nämlich sich in dich zu verlieben. Wie lange willst du ihn eigentlich noch dafür bestrafen?«

Rebecka hob den Blick von ihrem Teller.

»Meinst du, das mache ich?«

»Ja.«

»Das muss ich meiner Psychologin erzählen: Meine beste Freundin denkt, dass ich andere bestrafe.«

»Hast du eine Therapie angefangen? Auf Mallorca?«

»Ja, denk dir bloß«, sagte sie und lächelte.

»Und wie findest du es?«

»Angenehm und anstrengend. Ich hatte gedacht, sie würde mir sagen, wie falsch ich über alles denke, aber so ist es überhaupt nicht.«

»Und Adam ...?«

»Über den haben wir noch nicht gesprochen«, antwortete Rebecka. »Dafür habe ich inzwischen begriffen, dass ich tatsächlich Angst hatte, genau wie du und Susanne gesagt haben. Ist das nicht merkwürdig? Bei der Arbeit war ich selbstsicher, eine treibende Kraft und mir meiner Entscheidungen sicher, aber in meinem Privatleben ...« Sie verstummte. »Vielleicht geht die Welt doch nicht unter, wenn man verlassen wird?«, sagte sie nachdenklich. »Ich habe immerhin überlebt, oder?«

67

Michael stand in einer Ecke der Lobby und betrachtete Susanne, wie sie von Gast zu Gast ging und alle willkommen hieß. Alle waren ganz offensichtlich von ihrer Schönheit geblendet, vergaßen sie aber dank ihrer natürlichen Art schnell wieder. Vor einem halben Jahr hatte es ihn genauso erwischt, und er hatte nicht vor, daraus aufzuwachen.

»Warum stehst du hier so herum und sinnierst, komm, lass uns etwas essen.«

»Gerne. Du siehst wunderbar aus«, sagte er, und Rebecka bedankte sich.

»Dann solltest du erst Maggan sehen!«

»Wo ist sie überhaupt?«

»Bestimmt nicht weit von der Küche.«

Zusammen gingen sie in den Speisesaal, und als sie an Susanne vorbeikamen, streichelte Michael ihr über den Rücken.

»Komm zu mir, wenn du kannst«, flüsterte er.

Vor dem Büfett drängten sich die Gäste, und das Servicepersonal kam kaum hinterher, die benutzten Teller abzuräumen.

»Du musst unbedingt Maggans Knäckebrot probieren«, sagte Rebecka und legte eine Scheibe auf ihren Teller.

»Das hier?«, fragte Michael mit hochgezogenen Augenbrauen.

»Guck nicht so skeptisch. Wenn du mit Susanne zusammenbleiben willst, gewöhnst du dich besser an schwedisches Essen.«

»Ja, das habe ich vor. Glaubst du, ich habe eine Chance?«

Seine Unsicherheit erstaunte sie.

»Hast du sie nicht gefragt?«

»Ich traue mich nicht.« Er lachte über seine Feigheit.

»Sie ist nicht gefährlich.«

»Doch, für mich und meine Seelenruhe schon.«

Rebecka gefiel seine Ehrlichkeit.

»Woher kennst du eigentlich Adam?«, fragte sie, nachdem sie sich hingesetzt hatten.

»Adam?«

»Adam Ericsson, meinen Architekten.«

Er riss die Augen auf.

»Adam Ericsson ist dein Architekt?«

»Ja, und ich glaube, ihr kennt euch.«

»Aber sicher kennen wir uns, und zwar schon lange. Sonja kannte ihn auch.«

»Das ist ja das Seltsame. Er hat nie eine Miene verzogen, wenn ich von Sonja erzählt habe, und hat kein Wort darüber verloren, dass sie sich kannten.«

Michael begann zu lachen.

»Es war also Adam, der mit euch in Barcelona war, als ich für euch im Miramar Zimmer gebucht habe?«

Rebecka wurde rot.

Michael sah sie an.

»Was verschweigst du mir? Heraus mit der Sprache!«

»Ach, das ist so blöd.«

»Jetzt sag schon.«

»Er behauptet, gewisse Gefühle für mich zu hegen«, sagte sie und schaute betreten auf den Tisch.

Michael betrachtete sie schweigend.

»Und er macht mich nervös«, fügte sie leise hinzu.

»Weil du diese Gefühle erwiderst?«

»Weil er mich verwirrt«, sagte sie verzweifelt. »Wir haben uns ein paarmal zufällig auf der Straße in Stockholm getroffen. Und dann tauchte er plötzlich vor meiner Tür in Palma auf und behauptete, er solle mir mit dem Haus helfen.«

Die ganze Geschichte brach aus ihr heraus, sie ließ nichts aus, nicht einmal ihren Verdacht, er sei verheiratet, wofür sie sich so geschämt hatte, als sie seine Cousine kennenlernte.

»Das hört sich so an, als sei er endlich darüber hinweg«, sagte Michael.

»Worüber?«

»Wusstest du nicht, dass seine Frau vor einigen Jahren an Krebs gestorben ist? Ich glaube, schon drei Monate nach der Diagnose war sie tot. Adam war natürlich am Boden zerstört.«

»Davon hatte ich keine Ahnung. Wir haben nie über unser früheres Leben gesprochen.«

»Vielleicht wollte er ein neues?« Er zwinkerte ihr zu. »Adam und Rebecka. Verflixt noch mal.«

Susanne, die gerade Kellnerin spielte, kam an ihren Tisch und fragte, ob alles zu ihrer Zufriedenheit sei.

»Absolut. Aber wir vermissen Maggan. Hast du sie irgendwo gesehen?«

»Aber ja, sie und Paul haben sich in einem der Zimmer eingeschlossen. Gott allein weiß, was sie da treiben.«

Zum Smalltalk kam es gar nicht erst.

»Wo können wir reden?«, hatte er gefragt, nachdem er mit großen Schritten auf sie zugestapft war.

Sie hatte Susanne angeschaut.

»Nehmt Maggans Zimmer. Aber schließt um Himmels willen ab.«

Im Aufzug nach oben wandte er ihr den Rücken zu, genauso, als sie das Zimmer betraten.

»Ich kann nicht wütend auf dich sein, wenn du so schön bist, deshalb entschuldige bitte, dass ich dir den Rücken zudrehe.«

Sie antwortete nicht. Ihr Herz klopfte wie wild. Sie bekam kaum noch Luft. Sein Rücken war gerade und abweisend, und er wirbelte mit den Armen in der Luft herum, während er sprach. Sie verstand ihn kaum. Er sagte irgendetwas davon, dass er Anneli und ihre Familie treffen wolle, und wenn sie sich ihm in den Weg stellte, würde er …

Sie warf sich auf seinen Rücken.

»Aber natürlich musst du Anneli treffen! Sie wünscht sich nichts sehnlicher als das.« Er befreite sich aus ihrer Umarmung und drehte sich um.

»Hast du es ihr erzählt? Was hat sie gesagt?«

»Sie ist furchtbar wütend geworden, und ich darf nicht mit ihr sprechen, bevor ich nicht mit dir im Reinen bin.«

»Wir zwei müssen über vieles sprechen.«

»Ich weiß.«

»Ich weiß nicht, ob ich dir verzeihen kann.«

»Das verstehe ich.«

»Ich werde viel Zeit brauchen.«

»Ich lasse dir so viel Zeit, wie du willst, solange du nicht Anneli für meinen Fehler bestrafst.«

»Bekomme ich den Rest des Lebens?«

Sie sah ihn an. Er würde ihr nie vergeben, das wollte er damit wohl sagen.

Paul sah, wie Maggan mit den Tränen kämpfte. Himmel, wie er diese verfluchte Frau liebte, die ihn so enttäuscht hatte.

»Heirate mich, Maggan.« Er nahm ihre Hände in seine. »Ich halte es keinen Tag mehr ohne dich aus«, sagte er mit weicher Stimme. »Ich werde wütend sein. Ich werde weinen, weil du mir meine Tochter vorenthalten hast. Aber ich werde dich genauso wahnsinnig lieben wie jetzt.«

Er holte ein Taschentuch aus seiner Jacketttasche und trocknete vorsichtig die Tränen, die über ihre Wangen liefen.

Sie antwortete nicht. Ihr Lächeln sagte alles, was er wissen musste.

68

Der absolute Höhepunkt war für Sverker immer die Reaktion seiner Kunden, wenn ein Auftrag erfüllt war. Wenn sie die Haustür öffneten, die Wände betasteten, ein bestimmtes Detail entdeckten, in einen Wandschrank schauten, mit der Hand über den Fußboden fuhren.

Rebecka hatte jede Kleinigkeit selbst entschieden, trotzdem verhielt sie sich wie alle anderen, als das Projekt abgeschlossen war. Sie konnte sich einfach nicht sattsehen. Jetzt fehlten nur noch die Möbel, doch Rebecka zögerte den Moment hinaus. Sverker ließ sie allein und nahm seine Kaffeetasse mit auf die Terrasse. Er war zufrieden. Auch wenn er das Projekt nur von Adam übernommen hatte, weil der es unbedingt hatte abgeben wollen, war er stolz auf das Ergebnis.

Rebecka beeindruckte ihn. Trotz ihres zierlichen Körpers und ihrer sechsundfünfzig Jahre war sie das reinste Energiebündel. Ihrem scharfen Blick entging nichts, und wann immer er etwas für nicht realisierbar gehalten hatte, drängte sie darauf, es noch einmal zu überdenken. Er lachte vor sich hin. Meistens hatte sie recht behalten. Man fand für fast alles eine Lösung. Er senkte die Lehne seines Liegestuhls. Vermutlich würde sie noch eine ganze Weile brauchen, und eine Siesta war genau das Richtige, bevor sie alle Möbel aufstellten.

Rebecka saß mitten im Wohnzimmer auf dem Fußboden, hinter ihr lag die offene Küche und vor ihr der Garten. Die überdachte Terrasse bot Schutz vor der Sonne, trotzdem drang die Wärme durch die offenen Fenster. Sonja war seit über einem Jahr tot.

Morgens hatten die drei übriggebliebenen Freundinnen telefoniert. Sie hatten geweint. Natürlich. Und gelacht. Alles kam ihnen so merkwürdig und zugleich selbstverständlich vor.

Nicht nur Rebecka hatte ein neues Zuhause gefunden. Maggan und Susanne ging es genauso. Es war nicht nur der Umzug nach Mallorca, der Rebecka so empfinden ließ. Zum ersten Mal seit vielen Jahren verspürte sie eine tiefe innere Ruhe. Sie musste nicht länger wissen, wohin sie das Leben führen würde, es war völlig in Ordnung, einfach alles geschehen zu lassen. Früher hatte sie immer etwas gebraucht, worauf sie sich freuen konnte. Jetzt reichte ihr das Hier und Jetzt. Natürlich freute sie sich darauf, zu sehen, wie die *Supereltern* ihr Haus einweihten, aber auch jetzt schon genoss sie jeden Tag. Früher hatte sie nach dem Motto »Augen zu und durch« gehandelt, jetzt sah sie alles mit weit geöffneten Augen.

Sie streichelte ein letztes Mal über den Fußboden und stand auf.

»Sverker«, rief sie durch die offenen Türen, »jetzt bin ich so weit.«

Obwohl das Hotel ausgebucht war, war Susanne sich sicher, sich ruhig für eine Woche verabschieden zu können. Sie arbeitete mehr als alle anderen und war mit Ausnahme von ein paar Nachtstunden stets vor Ort. Auf die Dauer konnte sie so nicht arbeiten, und es würde sowohl ihr als auch dem Personal guttun, wenn sie eine Woche weg wäre.

Der Taxifahrer erhaschte im Rückspiegel einen Blick auf das Liebespaar. Wie peinlich! Erwachsene Menschen? Er verstellte den Spiegel, so dass er sie nicht mehr sehen konnte.

Der Flug von Paris nach Palma war verspätet. Es war schwer zu sagen, wen von beiden das nervöser machte: Maggan oder Paul. Paul ging in der Abflughalle auf und ab und zuckte jedes Mal zusammen, wenn die Lautsprecherstimme ertönte. Maggan saß mit ihrer Krücke auf einer der unbequemen Bänke neben dem Gate. Zwischendurch ging er zu ihr hinüber, um sie zu küssen, damit klar war, dass sie zu ihm gehörte, und es keinem der Männer in ihrer Nähe einfiel, ihr schöne Augen zu machen. Immerhin hatten sie ein gemeinsames Kind. Eine Tochter, die sie bald zum ersten Mal gemeinsam sehen würden.

Mit zwei kleinen Schreihälsen und einem neugierigen Sechsjährigen zu fliegen war nicht die einfachste

Übung. Anneli schwitzte bereits, als sie an Bord gingen. Aber dann geschah ein Wunder, beide Zwillinge schliefen sofort ein. Peter kümmerte sich um Alex. Anneli warf ihm einen dankbaren Blick zu und schob ihre Hand in seine. Ohne ihn wäre sie längst das reinste Wrack.

Anneli und ihre Familie am Flughafen von Palma abzuholen war ein guter Anlass für Rebecka, ihren Minibus einzuweihen. Er war wirklich perfekt mit seinen sieben Sitzen, von denen drei mit Kindersitzen ausgestattet waren, überlegte Rebecka, während sie die vertraute Straße Richtung Osten entlangfuhr. Sie freute sich auf Anneli. Sie hatten sich seit einem Jahr nicht mehr gesehen, und die beiden Kleinen kannte sie nur von Fotos. Anneli war für sie fast wie eine Tochter. Sie hatte Anneli als Neugeborene zum ersten Mal gesehen und sie seitdem nicht aus den Augen gelassen. Wenn sie mit Maggan gestritten hatte und am liebsten von zu Hause abgehauen wäre, war sie entweder bei Rebecka, Susanne oder Sonja untergekommen. Jetzt war sie erwachsen und hatte selbst drei Kinder.

Rebecka schüttelte den Kopf. Vielleicht war es an der Zeit, dass Anneli sie nicht länger Tante nannte?

Anneli traute ihren Augen nicht, und als sie zu Peter hinüberblickte, sah sie, dass ihm vor Staunen der Mund offen stehen geblieben war.

Das war kein Haus, sondern das reinste Paradies.

»Darf ich ins Wasser, darf ich ins Wasser, jetzt gehe ich schwimmen!«, rief Alex, während er sich die Kleider herunterriss. Splitternackt rannte er zum Pool. Peter erwischte den Jungen gerade noch, bevor er ins Wasser gehüpft war, und zog ihn zum Haus, denn Alex konnte noch gar nicht schwimmen.

»Im Schrank neben der Tür im linken Flügel sind Schwimmflügel und Luftmatratzen«, rief Rebecka lachend.

»Kommst du mit mir ins Wasser?«, fragte Alex mit schiefgelegtem Kopf.

»Na klar«, antwortete Rebecka. »Fühlt euch wie zu Hause, und richtet euch ein«, sagte sie zu Anneli und Peter. »Falls ihr hungrig seid – der Kühlschrank ist voll.«

Lachend rannten Alex und sie über die Steinplatten zum Pool und waren voll und ganz mit Planschen beschäftigt, als Susanne und Michael auftauchten. Keine Minute später hatte Susanne sich ausgezogen.

»Macht euch selbst miteinander bekannt. Ich will jetzt zu Alex«, sagte sie und sprang in den Pool. Alex quietschte glücklich. Gleich zwei Tanten, die mit ihm spielen wollten. Das war fast zu viel des Guten.

»Schön, dich endlich kennenzulernen«, sagte Michael lächelnd zu Anneli, bevor er Peter die Hand schüttelte.

»Darf ich?«, fragte er und wies auf Isabell auf Peters Arm.

»Aber bitte«, antwortete Peter und reichte ihm das Baby.

»Bist du aufgeregt, Paul zu sehen?«, fragte Michael und wandte sich an Anneli, während Isabell ihn mit großen Augen anschaute.

»Ich bin furchtbar nervös«, gab Anneli zu.

Michael betrachtete sie genau.

»Du siehst ihm ähnlich«, stellte er fest.

»Ja, das sagt Mama auch.« Sie lächelte.

Als sie hörte, dass Maggan und Paul sich wieder vertragen hatten, hatte sie ihre Mutter sofort angerufen, und seitdem sprachen sie wieder jeden Tag miteinander, wenn auch mit einer gewissen Vorsicht. Anneli hatte endlich alle Fragen stellen können, die sie auf dem Herzen hatte, und Maggan hatte sie ihr, so gut sie konnte, beantwortet. Anneli würde Zeit brauchen, um ihr völlig zu vergeben, und ohne Susanne und Rebecka, die ihre Mutter schon vor ihrer Geburt gekannt hatten, wäre sie noch weiter davon entfernt gewesen.

Sie blickte zum Pool hinüber und lauschte dem fröhlichen Gelächter.

»Pass gut auf meine Tante Susanne auf«, sagte sie ernst und schaute Michael an. »Sie bedeutet mir sehr viel.«

»Da haben wir etwas gemeinsam«, antwortete er. »Sollen wir ihnen Gesellschaft leisten?«

Paul sagte den ganzen Flug über keinen Ton. Er war wie gelähmt vor Angst. Maggan hielt seine schweißige Hand in ihrer und versuchte ohne Erfolg, ihn zu beruhigen. Er war sich sicher, dass Anneli ihn hassen würde und er das nächste Flugzeug zurück nach Paris besteigen müsste.

Anneli empfing sie in der Tür. Sie war unglaublich hübsch in ihrem einfachen Sommerkleid und mit nackten Füßen.

Als sie lächelte, fühlte Paul, wie etwas in ihm zersprang. Weinend schloss er seine Tochter in die Arme.

Maggan schlich schniefend an ihnen vorbei. Der Moment gehörte den beiden ganz allein. Sie würde sie später umarmen.

»Oma ist da, meine Oma ist da!«, brüllte Alex, und eine Sekunde später klammerte sich ein patschnasser Junge an Maggan.

Rebecka genoss es, alle um sich zu haben. Paul und Anneli waren einander den ganzen Abend nicht von der Seite gewichen.

»Mein Opa kann nicht mit mir sprechen«, sagte Alex traurig.

»Warum denn nicht?«, fragte Rebecka.

»Er versteht nicht, was ich sage.«

»Vielleicht kannst du ihm zeigen, was du ihm sagen willst? Nimm ihn einfach an der Hand, dann versteht er schon«, schlug sie vor.

Alex dachte ein wenig nach und holte dann seinen Fußball. Er hielt ihn seinem Opa hin, und als der aufstand, merkte Alex, dass es funktionierte.

Aber warum sein Opa so traurig war, obwohl sie so viel Spaß miteinander hatten, verstand er nicht. Er fragte seine Oma danach, und die sagte, dass Erwachsene manchmal auch vor Freude weinten.

Alex versuchte, die Tränen wegzuwischen, aber es kamen nur immer mehr und mehr, also ließ er seinen Opa trauglücklich sein. Solange er weiter mit ihm spielte, machte ihm das nichts aus.

69

Rebecka wachte früh auf. Sie gähnte und angelte sich ihren Morgenmantel. Wäre sie allein im Haus gewesen, hätte sie sich für den kurzen seidenen entschieden. So nahm sie den langen aus Frottee. Sie öffnete die Schlafzimmerfenster, um ein wenig Luft hereinzulassen, obwohl es draußen schon heiß war, aber das war immer noch besser als gar keine Frischluft.

Bei so vielen Gästen hatte sie die Klimaanlage im ganzen Haus angestellt, sonst benutzte sie bisher nur die im Schlafzimmer. Sie hatte kaum mehr Beschwerden mit den Wechseljahren, aber nachts überkamen sie noch immer Hitzewellen. Ein kühles Schlafzimmer musste deshalb sein.

Während sie ihre Kontaktlinsen einsetzte, dachte sie über das heutige große Fest nach. Sie erwartete eine herrliche Mischung aus Bauarbeitern, Rechtsanwälten, Freunden, Freunden von Freunden und Familie. Ihr Bruder und ihre Schwägerin waren am Tag zuvor aus Stockholm angereist, sie hatte sie in ihrer Wohnung in Palma untergebracht. Sie würden eine Woche bleiben, so dass sie in der Stadt am besten aufgehoben waren. Rechtsanwalt Andréasson und seine Tochter besaßen selbst eine Wohnung auf der Insel, um sie musste sie sich also keine Sorgen machen.

Susanne wurde von Michaels Schnarchen geweckt. Sie versuchte, lautlos aus dem Bett zu steigen, kam aber nicht weit, bevor er sie packte.

»Wohin willst du?«, fragte er verschlafen.

»Nachschauen, ob Rebecka schon wach ist.«

»Kommst du danach zurück zu mir?«

»Ja.«

»Aber hast du dann nicht jede Menge Kleider an?«

»Doch, aber die kann ich ja wieder ausziehen.«

»Gut«, sagte er, drehte sich auf die Seite und stützte sich auf den Ellenbogen. »Richte Rebecka aus, ich sei unersättlich.«

»Das geht nicht, dann fällt sie in Ohnmacht.«

Er lachte.

»Okay, dann muss es wohl reichen, dass du weißt, wie verrückt ich nach dir bin.«

Er legte sich wieder hin.

»Beeil dich!«

Susanne summte auf dem Weg in die Küche vor sich hin. Anders als Rebecka war sie völlig unbefangen in ihrem dünnen Seidenbademantel. Außer Michael kümmerte ohnehin niemanden, was sich darunter verbarg.

»Mhm, das riecht aber gut. Ist noch eine Tasse für mich da?«

Sie setzte sich an die Theke.

»Bitte sehr«, sagte Rebecka und stellte Susanne lächelnd eine dampfende Kaffeetasse hin, bevor sie sich auf den Barhocker neben ihr setzte.

»Du passt gut hierher«, sagte Susanne. »Das Haus ist wirklich etwas Besonderes.« Sie sah sich um. Nichts erinnerte an Rebeckas kühle kahle Wohnung in Stockholm.

»Ist das der Tisch, den ihr in Barcelona gefunden habt?«, fragte sie und zeigte Richtung Essecke.

»Ja, ist er nicht schön?«

Adam und sie hatten Freudenschreie ausgestoßen, als sie den Tisch bei einem der Möbelhändler fanden. Er bot Platz für zwölf Leute, und Adam hatte scherzhaft gesagt, dass sie nun jedes Wochenende Partys schmeißen würden. Sie, hatte er gesagt. Als ob sie zwei zusammen Feste geben würden.

»Denkst du oft an ihn?«, fragte Susanne.

»Ja. Wir haben jedes einzelne Möbelstück zusammen ausgesucht. Das macht es schwer, nicht an ihn zu denken.«

Sie nahm einen Schluck Kaffee und glitt von ihrem Hocker.

»Ich schwimme eine Runde, kommst du mit?«

»Nein, ich bin mit Michael zum Sex verabredet.«

Rebecka warf ihr einen irritierten Blick zu, lachte dann aber. Das Haus brauchte Liebe, und wenn das unbedingt Sex einschließen musste, dann war das eben so.

Als Susanne das Zimmer betrat, putzte Michael sich gerade die Zähne. Sie stellte sich hinter ihn ans Waschbecken und presste ihren Körper an seinen Rücken. Sie wollte seine Nähe und seine Wärme spüren.

Sie hatten zwar sehr viel Sex, oft mussten sie sich bloß anschauen, um Lust aufeinander zu bekommen, aber trotzdem waren ihr ihre Freundschaft und Nähe am allerwichtigsten. Das war etwas völlig Neues für sie, das sie noch nie zuvor erlebt hatte.

Er drehte sich um und nahm sie in den Arm.

»Willst du mich probieren, jetzt, wo ich die Zähne geputzt habe?« Er lächelte.

»Nein danke. Halt mich einfach nur fest.«

Seine Arme schlossen sich fester um sie.

»Ich liebe dich, Susanne. Das ist hoffentlich in Ordnung, auch wenn wir nur Freunde sind?«

»Ich liebe dich auch«, flüsterte sie kaum hörbar.

»Und wir müssen nie heiraten?«

»Nie im Leben.«

»Und du willst auch niemand anderen heiraten?«

»Nie im Leben.«

Er ließ sie los und löste den Gürtel ihres Morgenmantels.

»Haben wir es schon mal auf einem Badezimmerteppich gemacht?«

Danach liefen ihr die Tränen nur so runter. Egal, ob sie sich wild oder zärtlich liebten, sie musste immer noch jedes Mal weinen.

Rebecka konnte nicht genau sagen, wie viele Gäste sich im Garten befanden, weil ihr in letzter Minute noch eingefallen war, alle Nachbarn einzuladen. Vielleicht siebzig?

Die Cateringfirma hatte alle Hände voll zu tun, aber arbeitete perfekt. Der Champagner war gut gekühlt, und niemand musste um Nachschub bitten. Die Kellner waren die ganze Zeit unterwegs, um alle Gläser aufzufüllen.

Rebecka trank fast nur Wasser. Sie wollte sich keine Sekunde ihres Festes entgehen lassen.

Es wurde dunkel, und sie knipste die Außenbeleuchtung an. Der DJ hatte zu spielen begonnen, und auf der Terrasse tanzten mehrere Paare.

Als er ein langsameres Stück auflegte, sah sie ihre besten Freunde die Tanzfläche betreten. Michael und

Susanne, Maggan und Paul. Sie freute sich so sehr für sie und auch, dass sie hier bei ihr waren und mit ihr feierten.

An den Türrahmen gelehnt, blickte sie glücklich über ihren Garten und beobachtete ihre Gäste.

»Darf ich bitten?«

Sie spürte ein Stechen in der Brust, und ihr Herz klopfte so stark, dass sie fürchtete, ihre Beine würden sie nicht mehr tragen. Langsam drehte sie sich um.

»Du bist gekommen.«

»Ja, ich bin gekommen.«

Er breitete seine Arme aus, und sie ließ sich von ihm umfangen. Sie standen ganz still. Die Musik und alle Gäste waren verschwunden.

»Verlass mich nicht«, flüsterte sie an seiner Brust.

»Ich werde dich nie, nie verlassen.«

Sie schaute zu seinem vertrauten Gesicht hoch, während sein Daumen ihre Wange streichelte.

»Ich liebe dich, Adam.«

»Ich weiß.« Er lächelte zärtlich. »Ich weiß.«

Als schließlich alle ins Bett gingen, war die Sonne schon aufgegangen. Rebecka schloss die Tür hinter sich und Adam ab. Keiner von beiden hatte in den letzten Jahren körperliche Nähe erfahren, und beide waren voller Furcht und Sehnsucht. Aber es musste nicht heute passieren und auch nicht morgen. Irgendwann würden sie bereit sein, sich voll und ganz miteinander zu vereinen. Sie hatten alle Zeit der Welt.

Drei Stunden später stieß Rebecka wieder und wieder seinen Namen aus. Ihre Lust war so stark, dass sie ihr unmöglich hatte widerstehen können.

Ihre Schüchternheit hatte sie zusammen mit ihren Kleidern abgelegt, sie war völlig eingenommen von diesem schönen Mann, davon, was er mit ihr machte und was sie sich mit ihm zu machen traute.

Schließlich lagen sie verschwitzt und außer Atem da, die Beine ineinander verschlungen. Sie wischte ein paar Schweißperlen von seiner Stirn.

»Wie bald kannst du hier einziehen?« Ihre Finger zogen seine so vertrauten Gesichtszüge nach.

»Liebling, das habe ich doch schon getan.«

70

Als Letzte kam Rebecka barfuß in den Garten. Maggan und Susanne lächelten, als sie sie erblickten.

»Glaubt ihr, Sonja kann uns sehen?«, fragte sie, als sie sich hinsetzte.

»Das hoffe ich doch«, antwortete Susanne. »Wir haben all ihre Geheimnisse gelöst, und uns geht es gut. Ich glaube, sie ist zufrieden.«

»Das glaube ich nicht«, sagte Maggan. »Es gibt noch mehr.«

Susanne atmete tief ein. »Das kann nicht sein. Wie kommst du denn darauf?«

»Ich habe jede Menge Nachforschungen betrieben, als Paul und Anneli nicht mit mir sprechen wollten. Und leider, meine Damen, war das noch längst nicht alles.«

Rebecka, die gerade eine Beziehung begonnen hatte, schüttelte den Kopf.

»Nicht noch mehr, Maggan, bitte«, sagte sie.

»Dieses Mal geht es nicht um uns, es geht um sie.«

»Aber sie ist doch tot, kann sie das nicht einfach bleiben?«, seufzte Susanne.

»Natürlich, aber ich bin trotzdem neugierig geworden, als ich mit dem Buch über ihr Leben begonnen habe. Ein Puzzlestück fehlt, und ich lasse nicht locker, bis ich es gefunden habe.«

Gegen ihren Willen war auch Susannes und Rebeckas Neugierde geweckt.

»Okay, dann erzähl doch, was du bisher herausgefunden hast«, sagte Rebecka.

Susanne wedelte mit dem Arm in der Luft herum. »Stopp! Können wir drei es nicht einfach einen Moment lang genießen, zusammen zu sein?« Sie räusperte sich. »Im Laufe des letzten Jahres habe ich vor allem eins gelernt, nämlich dass ich das alles ohne euch nie geschafft hätte. Ihr seid wunderbare Freundinnen. Ich glaube, ich habe erst in diesem Jahr verstanden, was Freundschaft eigentlich bedeutet. Für euch beide würde ich einfach alles tun.«

Sie legte ihre Hand auf Rebeckas, und Maggan legte ihre auf Susannes.

»In alle Ewigkeit, amen. Also, was wolltest du uns über Sonja erzählen?«

Danksagung

Alleine auf dem Sofa zu sitzen mit all diesen Wörtern, um die sich niemand außer einem selber kümmern kann, ist eine ziemlich einsame Arbeit. Aber noch einsamer kann es für die Personen um einen herum werden. Vor allem in einer kleinen Familie, die nur aus zwei Menschen und einer Katze besteht.

Deshalb geht mein erster und wichtigster Dank an dich, meinen phantastischen Sohn Jonathan. Du hast dich kein einziges Mal beklagt, wenn ich nicht ansprechbar war. Im Gegenteil, während des gesamten Schreibprozesses hast du dich für mich gefreut und mich aufgemuntert.

Während ich in meinem Zimmer an meinem Manuskript gearbeitet habe, hast du in deinem Musik gemacht. Ich weiß, dass du deinen Weg machen wirst wie alle, die ein großes Herz haben. Ich liebe dich.

Ein Buch über Frauen mittleren Alters ist zum Glück nicht besonders interessant für einen Siebzehnjährigen. Genauso wenig, wie es ihn berührt, ob seine Mutter sich auszudrücken weiß.

Dafür warst zum Glück du da, Lillemor, die du mich mit Herz und Seele durch den gesamten Schreibprozess gelotst hast. Danke. Tausend Dank. Deine Hilfe war unschätzbar.

Mein Dank gilt auch dir, Erik, meinem Verleger, der du als Erster das Manuskript gelesen hast und mir schriebst, du seist hin und weg.

Danach war ich eine Woche wie im siebten Himmel, bis du, Eva, sagtest: »Mehr als nur hin und weg, das ist einfach phantastisch.« Da habe ich, wenn ich mich recht erinnere, getanzt. Ich bin mir nicht sicher, ob Jonathan mitmachte oder nur zuschauen musste. Danke, Eva, du weißt, wie glücklich mich das gemacht hat.

Und vielen Dank auch dir, Eva, meiner neuen Verlegerin. Auf deinem Tisch landete mein Manuskript, als du deine neue Arbeit anfingst, und du hast mich sofort angerufen, um zu hören, ob alles in Ordnung war. Danke.

Vielen Dank, Walter, für den Umschlag und, wie immer, für die schönen Diskussionen.

Vielen Dank euch allen bei Bra Böcker.

Bedanken will ich mich auch bei euch, meinen alten Flugkolleginnen und Freundinnen, Helene und Marianne, deren Namen ich mir für den Roman ausgeliehen habe. Vor allem dir, Helene, gilt mein Dank, die du mir, seit wir vor sechsundzwanzig Jahren zum ersten Mal zusammen geflogen sind, eine große Stütze bei einfach allem gewesen bist.

Danke dir, Jein, die du mich anrufst und mich aufmunterst, obwohl ich in meinen komatösen Schreibphasen vergesse zurückzurufen, weil ich nicht mehr weiß, welchen Tag, Monat oder welches Jahr wir haben. Seit siebenunddreißig Jahren bist du eine wunderbare Freundin.

Mein Dank gilt auch allen Klienten. Ich wünschte, ich könnte eure Namen hier nennen, aber das geht natürlich nicht. Ihr seid, jeder Einzelne von euch, einzigartig, perfekt, phantastisch und inspirierend. Danke, dass ihr mein Leben bereichert.

Vielen Dank an alle meine Blogleser: Adela, Sanna, Gafflan, Sus, Snäckan, Nilla, Maj Korner, Joanna, Tanja, Annelie, Anneli, Suzan, Tove Kungsholmen, Spader, Ebba, Shamrock, Malin, Malin Barcelona, Fruntimret, Kaxig Quinna, Märta, Mia's, Pennelina, Annika, Agneta, Agneta, Anne, Karina, Liz und Frida, um nur einige zu nennen, die gerne auf meinem Blog mit mir sprechen.

Danke, Pernilla, Simona und Susanne B., dass ihr mich inspiriert, mich anfeuert und mich manchmal vom Sofa lockt.

Danke auch lavin-estates.se für die wunderbaren Häuser in Port d'Andratx, wenn ich mentale Rückzugsorte gebraucht habe.

Danke, Misse. Du hast gemaunzt, wenn ich lieber meinen Computer als dich auf dem Schoß hatte, und mich in die Hand gebissen, wenn es zu weit führte. Du bist ein unglaublich kluges und geliebtes Familienmitglied.

Danke auch euch, meinem kleinen Bruder Sverker und meiner Schwägerin Sofie, dass ich eure Namen ausleihen durfte. Und dass ich Tante werden durfte. Und dafür, dass ihr ihr seid.

Jörel. Danke, dass du meine Mama bist. Ich liebe dich.

Und zum Schluss: Allen, die ihr bis hierher gelesen habt, tausend, tausend Dank.

Die Charaktere in diesem Buch haben keinerlei Ähnlichkeit mit irgendjemandem, den ich kenne, allerdings habe ich mich in meinem eigenen Leben bedient. Wie Susanne war ich Flugbegleiterin, alleinerziehende Mutter wie Maggan und habe mich wie Rebecka vor der Liebe gefürchtet.

Alles andere ist erfunden, auch wenn es natürlich genauso jedem von uns passieren könnte.

Eventuelle Fehler in *Sommerfreundinnen* habe ich ganz allein zu verantworten. Wenn du mit mir schimpfen oder eine Umarmung loswerden willst, besuch mich auf hellbergcoaching.blogspot.com.

Åsa Hellberg
Farsta, Februar 2012

Barbara Claypole White

Der wilde Garten

Roman.
Taschenbuch.
Auch als E-Book erhältlich.
www.ullstein-buchverlage.de

Was in der Liebe wirklich zählt ...

Seit die junge Landschaftsgärtnerin Tilly ihren Mann auf tragische Weise verlor, lebt sie sehr zurückgezogen. Bis James vor ihrer Tür steht. Er leidet an einer Zwangsneurose. Mit Gärtnerei will er sie überwinden, und ausgerechnet die bezaubernd-chaotische Tilly soll ihm dabei helfen. Tilly ist wenig begeistert. Sie hat genug eigene Probleme, und ein ordnungsliebender Amerikaner ist das Letzte, was sie in ihrem Garten gebrauchen kann. Doch James bleibt hartnäckig. Und zwischen Rosen und Lavendel, zwischen England und Amerika, zwischen Trauer und neuem Lebensmut werden beide plötzlich von der Liebe überrascht ...

ullstein